KB032777

東醫寶鑑

장편다큐멘터리

허준 & 동의보감

권3

저자 이철호 李喆鎬

圖書出版 明文堂

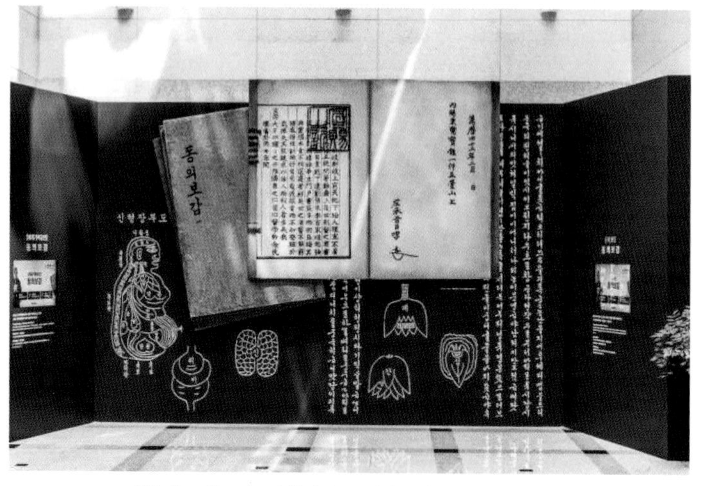

《동의보감》과 신형장부도 (허준박물관 로비 벽면)

사람은 우주에서 가장 영귀한 존재이다.
머리가 둥근 것은 하늘을 본뜬 것이고,
발이 네모진 것은 땅을 본받은 것이다.
하늘에 사시가 있으니, 사람에게는 사지가 있다.
하늘에 오행이 있으니, 사람에게는 오장이 있다.
하늘에는 육극(六極)이 있으니, 사람에게는 육부가 있다.
하늘에 팔풍(八風)이 있으니, 사람에게는 팔절(八節)이 있다.
하늘에 구성(九星)이 있으니, 사람에게는 구규(九竅)가 있다.
하늘에 12시(時)가 있으니, 사람에게는 12경맥이 있다.
하늘에 24기(氣)가 있으니, 사람에게는 24유(兪)가 있다.
하늘에 365도(度)가 있으니, 사람에게는 365골절이 있다.
하늘에 일월이 있으니, 사람에게는 안목(眼目)이 있다.
하늘에 주야가 있으니, 사람에게는 오매(寤寐)가 있다.
하늘에 뇌전(雷電)이 있으니, 사람에게는 희로(喜怒)가 있고,
하늘에 우로(雨露)가 있으니, 사람에게는 눈물이 있다.
하늘에 음양이 있으니, 사람에게는 한열(寒熱)이 있고,
땅에 천수(泉水)가 있으니, 사람에게는 혈맥이 있으며,
땅에 초목과 금석이 있으니, 사람에게는 모발과 치아가 있다.

허준 &《동의보감》 화보

성웅 이순신

거북선 건조(십경도, 정창섭 문학진 교수 그림, 현충사)

한산도 해전(십경도, 정창섭 문학진 교수 그림, 현충사)

죄인 이순신(십경도, 정창섭 문학진 교수 그림, 현충사)

명량대첩(십경도, 정창섭 문학진 교수 그림, 현충사)

이순신과 울돌목

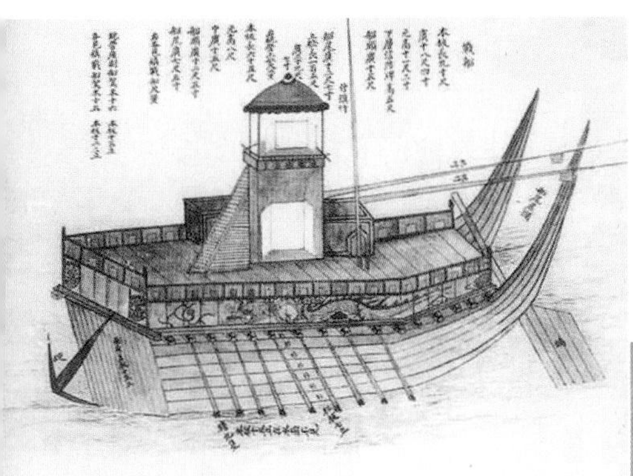

판옥선

안택선(아타케부네)

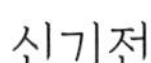

신기전

코무덤(귀무덤, 일본 교토)

허임 묘

鍼灸經驗方 全

허임의 《침구경험방》

혜원 신윤복의 《청금상련(廳琴賞蓮)》; 오른쪽 장죽을 물고 있는 여인이 의녀이다.

東醫寶鑑

장편다큐멘터리

허준 & 동의보감

권3

저자 이철호 李喆鎬

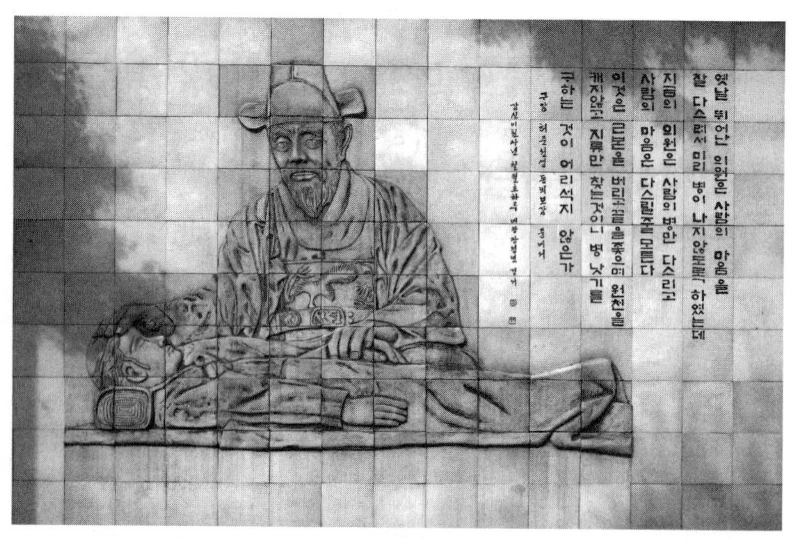

옛날 뛰어난 의원은 사람의 마음을
잘 다스려서 미리 병이 나지 않도록 하였는데,
지금의 의원은 사람의 병만 다스리고
사람의 마음은 다스릴 줄 모른다.
이것은 근본을 버리고 끝을 좇으며 원천을
캐지 않고 지류만 찾는 것이니 병 낫기를
구하는 것이 어리석지 않은가.

— 구암 허준선생 《동의보감》 중에서(허준박물관 정문 벽면)

허준 & 동의보감 卷三

목 차

제1장 비바람은 다시 몰아치는데

제2장 임금의 통증과 백성들의 절규

제3장 허망한 종전(終戰)

제4장 반목과 질시(疾視)의 덫

제5장 불멸의 광영(光榮)

허준 許浚

장편다큐멘터리

허준 & 동의보감

권3

제1장 비바람은 다시 몰아치는데

선조를 끈질기게 괴롭힌 편두통

밤새도록 비바람이 쉬지 않고 몰아쳤다.

봄이 되자 여기저기서 갖가지 꽃들이 피어나 저마다의 아름다움을 뽐내고 있는 것을 시샘이라도 하듯 거센 비바람이 꽃나무들을 마구 후려쳤다.

비바람이 꽃나무들을 사정없이 후려칠 때마다 꽃나무의 가지들은 온몸을 부르르 떨며 흔들렸고, 그때마다 청순한 꽃들은 더 이상 견디지 못하고 그 꽃잎들을 떨어뜨렸다. 이를 짓밟기라도 할 것처럼 비바람이 또 다시 떨어진 꽃잎들 위에 쏟아져 내렸다.

이처럼 세찬 비바람이 꽃나무들을 후려치고 그때마다 꽃들이 진저리를 치며 꽃잎들을 떨어뜨리던 그 밤, 별전(別殿 ; 임진왜란으로 의주로 파천播遷했던 선조가 한양으로 돌아온 후에 정무를 보던 행궁)에 있던 선조는 머리를 두 손으로 움켜쥔 채 통증을 호소했다. 전부터 간헐적으로 그를 괴롭혀 오던 편두통이 재발하며 그의 머리를 쥐어짜고 있었던 것이다.

1595년(선조 28년) 을미년(乙未年) 4월 13일 새벽, 머리의 통증을 견디다 못한 선조가 곁에 있던 환관 내시(宦官內侍)에게 다급하게 말한다.

"어서 의관들을 들라 하라!"

그러자 환관 내시는 밖에서 대기하고 있던 당직 의관에 알렸고, 곧이어 내의원의 어의들이 달려왔다. 이 어의들 가운데는 마침 의관방(醫官房)에서 당직근무 중이던 허준(許浚)도 있었다.

어의와 의관들은 서둘러 선조를 별전에 있던 구석진 방으로 모셨다. 이어 허준을 비롯한 어의들이 차례로 선조를 진맥한 후 서로 논의한 끝에 침을 놓기로 하고 허준이 선조에게 아뢴다.

"전하, 침을 놓을 수 있도록 윤허해 주소서."

당시는 임금에게 침을 놓을 때에도 반드시 임금의 윤허가 있어야만 했다. 허준의 이 같은 요청에 선조는 이를 즉각 윤허한다.

"어서 침을 놓도록 하라! "

선조의 윤허가 떨어지자, 어의들은 침통(鍼筒)에 있던 은침(銀鍼)들을 꺼내 선조의 옥체(玉體)를 조심스럽게 살피며 적절한 경혈(經穴 ; 인체의 경락순행 경로 상에 있는 부위로서 한방에서 침을 놓거나 뜸灸을 뜨는 자리)을 찾아 신중히 침을 놓았다.

얼마 후, 선조의 편두통은 차츰 잦아들었다. 그토록 몰아치던 비바람도 힘이 빠진 듯 그쳐가고 있었다.

그 날 아침, 내의원(內醫院, 약방)에 출근하자마자 당직 의관으로부터 간밤에 있었던 이 같은 다급했던 상황을 보고받은 약방 도제조(藥房都提調) 김응남(金應南)과 제조 홍진(洪進), 그리고 부제조 오억령(吳億齡) 등은 서둘러 입시(入侍)하여 선조를 알현하고는 선조의 병세를 살폈다.

어의들로부터 지난밤에 있었던 일들과 치료에 관한 자세한 이야기도 들었다. 그러나 이때 선조의 편두통은 침을 맞은 후 좀 나아지기는 했으나 완치되지는 않았다. 이 후에도 편두통은 수시로 선조를 찾아와 괴롭혔다.

침을 맞고 탕약(湯藥)을 복용하면 잠시 좋아지는 듯했다가도 얼마 후면 재발하기를 반복했다. 때문에 선조는 그 후에도 편두통을 오래 앓았다. 그리고 편두통이 재발할 때마다 선조는 주로 침을 맞았다. 선조 자신이 탕약보다는 침이 더 효과적이라고 여기며 침을 선호한 까닭이었다.

선조는 어의들로부터 침으로 편두통 치료를 받고 나서 좋아지면 침 치료를 한 어의들에게 선물을 하사하기도 했다. 그러나 선조의 편두통은 난치에 가까운 것이었다.

두통은 원래 그 발병 원인이나 통증의 정도는 사람마다 각기 다른 법이지만, 누구나 다 한두 번쯤은 경험이 있는 흔한 증상에 속한다. 두통은 또 나이나 성별, 경제력, 그리고 사회적 지위 등에 따라 차이를 보이기도 한다.

두통은 크게 1차성 두통과 2차성 두통으로 나눌 수 있다.

1차성 두통은 자세한 검사에서도 특별한 원인이 발견되지 않는 수가 많으며, 여기에는 편두통을 비롯해서 긴장성 두통, 군발성(群發性) 두통이 있다. 전체 두통의 약 90퍼센트는 1차성 두통이라고 할 수 있을 정도로 많은 사람들이 흔히 겪는 두통이다.

2차성 두통으로는 뇌종양, 뇌출혈, 뇌압 상승, 뇌염, 뇌수막염, 약물 과용 등에 의한 두통 등이 있으며, 전체 두통 환자의 약 10퍼센트가 이에 해당된다.

두통 중에는 고질적인 만성 두통도 있는데, 이러한 두통은 수면을 방해하고 권태감을 느끼게 하며, 식곤증이나 소화불량, 변비, 우울증 등을 동반하는 수가 많아 일상생활에 지장을 초래하기 쉽다.

두통에는 고혈압으로 인해 생기는 고혈압성 두통도 있으며, 시력의 문제로 인해 생기는 두통, 3차신경이 손상될 경우에 발생하는 두통, 심한 운동을 하고 난 후에 생기는 두통, 눈이나 코, 귀, 머리, 신경계 등에 어떤 질환이 있을 때 나타나는 두통도 있다.

목이나 어깨 결림, 눈의 피로, 감기, 뇌의 혈행(血行) 장애 등이 두통의 원인일 수도 있고, 스트레스와 정신적인 문제 때문에 생기는 두통도 있다.

특히 만성적으로 두통을 호소하는 질환에는 편두통, 긴장성 두통, 심인성 두통 등이 있다.

한방에서는 외감(外感)과 내상(內傷)으로 머리의 기(氣)와 혈액순환이 장애되어 양기(陽氣)가 막히고 탁기(濁氣)가 몰려서 두통이 생기기도 하며, 머리의 타박에 의해서도 두통이 생기는 것으로 본다.

한방에서는 두통을 그 원인에 따라 크게 외감두통(外感頭痛)과 내상두통(內傷頭痛)으로 나누며, 외감두통은 다시 궐역두통(厥逆頭痛) · 풍한두통(風寒頭痛) · 풍열두통(風熱頭痛) · 풍습두통(風濕頭痛) 등으로 분류하며, 내상두통도 역시 기궐두통(氣厥頭痛) · 기허두통(氣虛頭痛) · 양허두통(陽虛頭痛) · 혈허두통(血虛頭痛) · 음허두통(陰虛頭痛) · 간양두통(肝陽頭痛) · 상식두통(傷食頭痛) · 담궐두통(痰厥頭痛) · 신허두통(腎虛頭痛) 등으로 다시금 나눈다.

경락(經絡)에 따라 삼양두통(三陽頭痛)과 삼음두통(三陰頭痛)으로 크게 나눈 후 삼양두통은 다시 태양두통(太陽頭痛) · 양명두통(陽明頭痛) · 소양두통(少陽頭痛), 그리고 삼음두통은 다시 태음두통(太陰頭痛) · 소음두통(少陰頭痛) · 궐음두통(厥陰頭痛)으로 나누기도 한다.

두통의 발작 상태와 정도, 부위에 따라 진두통(眞頭痛)·두풍(頭風)·편두통·뇌두풍(雷頭風)·전정통(巓頂痛) 등으로 나누는 수도 있다.

중국에서 가장 오래된 의학서로서 중국 진한(秦漢)시대 때에 쓰인 《황제내경(黃帝內經)》「소문(素問)」편에서는 두통에 대해 이렇게 정의하고 있다.

『두통은 두동(頭疼)이라고도 한다.

머리는 제양(諸陽)이 모이는 곳이자, 정명(精明)의 부(府)이므로 오장육부(五臟六腑)의 기혈(氣血)이 모두 여기에 모인다.

육음(六淫)을 외감하거나, 장부(臟腑)가 안에서 손상되어 양기(陽氣)가 막혀 탁사(濁邪)가 위에 머물거나, 간양(肝陽)이 치솟아 정수(精髓)와 기혈(氣血)이 이지러져 경락(經絡)이 제대로 돌지 못하는 경우, 모두 두통을 일으킬 수 있다.』

두통에 관한 한방에서의 처방은 상당히 다양한데, 환자의 병세와 그 발병 원인, 환자의 건강상태 및 체질 등에 따라 향부자팔물탕(香附子八物湯)을 비롯해서 형방도백산(荊防導白散)·형방패독산(荊防敗毒散)·찬화단(贊化丹)·현삼패독산(玄蔘敗毒散)·생숙지황탕(生熟地黃湯)·거풍산(祛風散)·가미백호탕(加味白虎湯)·금상첨화백호탕(錦上添花白虎

湯)·도해백호탕(渡海白虎湯)·천문동윤폐탕(天門冬潤肺湯)·계지탕(桂枝湯)·승마갈근탕(升麻葛根湯)·오적산(五積散) 등이 쓰인다.

민간에서는 예로부터 두통이 있으면 감국(甘菊 ; 국화과의 여러해살이풀)의 꽃을 따서 그늘에서 잘 말린 다음 가루로 만든 후 공복에 먹거나 칡 줄기를 그늘에서 잘 말린 후에 가루로 만들어 뜨거운 물에 타서 먹는 방법이 쓰여 왔다.

또 수세미 줄기를 짓이겨 생즙을 내어 먹기도 했고, 생강을 다져서 이마에 붙이기도 했다.

결명자(決明子)를 살짝 볶아 냉기를 없앤 다음 물에 넣고 끓여서 마셔도 좋은데, 결명자차는 특히 만성 두통으로 고생하는 사람이 꾸준히 마시면 좋은 것으로 알려져 있다. 또 결명자를 베개 속에 넣거나 결명자를 갈아서 낸 즙을 눈초리(눈의 끝)와 귀 사이 움푹 팬 부분에 바르면 두통 해소에 다소 도움이 된다.

한방에서는 편두통은 특히 극심한 스트레스와 위장질환 및 소화불량 등과 관련이 있는 것으로 보는데, 오랫동안 극심한 스트레스에 시달리며 위장질환과 소화불량 증세마저 있었던 선조에게 편두통이 생긴 것도 이런 것들과 서로 연관이 있어 보인다.

이명(耳鳴) 또한 선조의 오랜 고질병이었다

1595년(선조 28번) 8월 8일.

이번에는 선조가 귀울음, 즉 이명(耳鳴)을 호소하기 시작했다. 이때부터 시작된 선조의 이명은 그 증상이 좋아졌다 나빠졌다 하기를 반복하면서 평생 동안 계속 이어진다.

선조를 가장 괴롭힌 무서운 질환은 바로 이명이었으며, 《선조실록》에도 선조가 이명 증상을 호소했다는 기록이 자주 보인다. 그런데 선조는 이명으로 고생할 때 어의와 신하들이 권하던 약물 치료를 거부하고 침 맞기를 원했다. 심지어 그는 침을 맞기 위해 이렇게 엄포까지 놓았다.

"귓속이 크게 울리니, 침을 맞을 때 한꺼번에 맞고 싶다. 혈(穴)을 의논하는 일은 침의(鍼醫)가 전담토록 하라. 침의가 간섭을 받으면 그 기술을 모두 발휘하지 못해 효과를 보기 어려우니 약방은 알아서 하라."

선조가 이같이 말한 것은, 그가 침의들로부터 침을 맞고 난 후 스스로 좋아졌다고 생각했기 때문이다.

이듬해인 1596년(선조 29년) 3월 3일.

허준은 세자 광해군(光海君)의 병 치료를 맡아 이를 치료한 공로로 동반(東班)에 오르며 신분의 한계를 완전히 벗어던졌다. 동반이란 양반 중 하나인 문관을 뜻하는 것으로서, 허준이 동반에 올랐다는 것은 곧 완전한 양반이 되었음을 의미하는 것이었다.

더욱이 허준은 이때 오늘날에 장관급에 해당할 뿐만 아니라 대감(大監 ; 조선시대 때 정2품 이상의 벼슬아치들에게 붙이던 존칭)으로 불리는 정2품 정헌대부(正憲大夫)로 가자(加資)되었다.

조선시대 때에는 정2품 이상의 판서(判書)나 의정(議政) 등 당상관(堂上官)의 고관을 대감(大監)이라 불렀고, 종2품 · 정3품의 당상관을 영감(令監)이라 불렀는데, 이제 서얼 출신이었던 허준이 대감으로 당당히 불리게 된 것이다.

당상관을 영감으로 불렀던 것에 비해 당하관은 흔히 나리로 불렸으며, 당상관과 당하관은 그 입는 옷의 색깔도 달랐다. 같은 정3품이라도 이처럼 차이가 컸다.

허준이 정2품 정헌대부로 가자된 것과 함께 김응탁(金應鐸) · 정예남(鄭禮男)도 승급되었으며, 이어 허준은 정헌대부 중추부지사(中樞府知事)에 올랐다. 중추부지사란 조선시대 때에 있었던 중추부(中樞府)의 정2품 관직이지만, 문무(文武) 당상관으로서 임직(任職)이 없는 자를 일정한 사무를 맡기지 않고 우대하는 의미로 두었던 상징적 벼슬이었다.

《선조실록》 1596년(선조 29년) 3월 3일자 기록을 보면, 이 때의 상황이 다음과 같이 자세히 묘사되어 있다.

『상이 전교하였다.

"동궁(東宮)이 미령했을 때의 내의원 도제조(內醫院都提調) 김응남(金應南)과 제조(提調) 홍진(洪進)에게 각각 숙마(熟馬) 1필을, 부제조(副提調) 오억령(吳億齡)과 조인득(趙仁得)에게는 각각 아마(兒馬) 1필을 사급하라.

허준(許浚)은 가자(加資)하고, 김응탁(金應鐸)과 정예남(鄭禮男)은 모두 승직(陞職)시키도록 하라." 하였다.』

허준이 이처럼 정헌대부라는 높은 벼슬에 오르자, 즉시 삼사(三司ː 조선시대 때 사헌부・사간원・홍문관을 말함)의 간관(諫官ː 임금에 대한 간쟁諫諍과 봉박封駁을 담당한 관원)들은 또다시 나서서 선조에게 의관들의 가자를 취소해 주기를 청했다. 그러나 선조는 이렇게 말한다.

"이들은 모두 공로가 있는 자들이다."

선조는 삼사의 맹렬한 반대를 이 한 마디로 단호하게 물리쳤던 것이다.

이때 허준의 나이 58세 때였다. 이처럼 선조가 삼사의 요청을 단호히 거부하자, 사간원(司諫院)에서는 타협책을 내놓았는데, 그 내용은 《선조실록) 1596년(선조 29년) 3월 12일자에 자세히 실려 있다.

『묘시 정각에 상(上, 임금)이 별전에 나아가 《주역(周易)》을 강하였다.

낮에 왕세자가 문안하였다.

사간원이 이르기를,

"지난번 동궁에 병이 있을 때 어의 등이 약을 의논한 작은 공로가 있기는 하였으나, 이는 곧 직분 내의 일입니다. 그런데도 중한 가자를 내리거나 동반에 서용하여 작상이 외람되었으므로 공론이 몹시 온당치 못하게 여깁니다. 허준만을 가자하고 정예남, 김응탁 등의 동반 직은 모두 재정하소서." 하니 상이 따르지 않았다.』

결국 선조는 사간원이 내놓은 이 같은 타협책도 받아들이지 않았던 것이다.

그러던 1596년(선조 29년) 5월 11일, 선조는 또다시 이명 증세를 호소했다.

그러자 왕세자가 입시하고, 곧이어 내의원 제조(提調) 김응남과 부제조(副提調) 오억령 등과 함께 수의 양예수(楊禮壽)를 비롯하여 허준(許浚) · 이공기(李公沂) · 박춘무(朴春茂) · 심발(沈發) · 김영국(金榮國) 등 여섯 명의 어의가 입시했다.

이때 선조는 잔뜩 찡그린 얼굴로 어의들에게 자신의 증세에 대해 이렇게 말한다.

"왼쪽 귀가 심하게 울리고 들리지도 않는다. 아무래도 침을 맞아야 할 것 같다."

그러면서 선조는 다시 말을 잇는다.

"전부터 머리가 아프지 않은 날이 없었으나, 지난 가을에 침을 맞은 뒤부터는 머리 아픈 증세는 한결 덜한 듯하다. 하지만 귀울림은 여전하구나."

즉 전에는 두통과 이명 증상이 함께 있었지만, 침을 맞고 나서 두통 증세는 한결 좋아졌으나, 이명 증상이 재발했으므로 침 시술을 받고 싶다는 것이었다.

이에 입시한 어의들은 선조의 병세를 다시금 살피고 진맥한 다음 모여서 의논한 끝에 선조가 원하는 대로 침을 통한 치료를 하는 것이 가장 좋을 것이라는 결론을 내렸다.

이런 어의들의 뜻을 모아 수의 양예수가 선조에게 아뢴다.

"소인들의 생각도 전하의 뜻과 같사옵니다. 침을 놓을 수 있도록 윤허해 주옵소서."

워낙 침 맞기를 좋아했기 때문일 것이다. 이번에도 선조는 망설이지 않고 이를 윤허한다. 선조의 윤허가 떨어지자, 대기하고 있던 침술(鍼術)의 명의(名醫) 이공기를 비롯한 침의(鍼醫)들이 돌아가며 선조에게 여러 차례 침을 놓았다.

그러나 그 효과는 별로 없었다. 오히려 날이 갈수록 그 병세가 악화되었던지 8월 29일, 선조는 이렇게 호소한다.

"이제는 양쪽 귀가 다 먹은 것 같다. 뿐만 아니라 두 눈이 모두 어두워졌다. 지척에서도 하는 말을 들을 수 없고, 몇 줄의 글도 자획(字劃)을 분별할 수 없을 지경이다."

불과 3개월 만에 양쪽 귀는 물론 두 눈까지 다 나빠졌다는 호소였다.

그렇다면 선조의 고질병이었던 이명이란 어떤 병인가.

이명 혹은 귀울림이라 불리는 증상은 의학적으로 볼 때 어떤 특정한 질환이 아니라, 『귀에서 들리는 소음에 대한 주관적인 느낌』을 말한다. 즉 외부로부터의 아무런 청각적인 자극이 없음에도 불구하고 어떤 소리가 들린다고 느끼는 상태를 뜻한다.

그런데 이명은 일반적으로 들려오는 소리가 저음일 때에는 바람소리나 물소리, 심장이 뛰는 것 같은 소리가 들린다. 그러나 고음일 때에는 「삐—」 소리나 「윙」 소리, 「윙, 왱」 거리는 기계음 소리, 혹은 매미나 귀뚜라미 같은 벌레들이 우는 것 같은 별로 의미가 없는 소리가 들린다.

이에 비해 환청일 때에는 음악이나 목소리와 같은 의미가 있는 소리가 들린다. 또한 이명은 매우 흔한 편인 데 비해 환청은 흔하지는 않지만 조현병(調絃病 ; 정신분열증)과 같은 정신질환에서 나타날 수 있는 질환이다.

《동의보감(東醫寶鑑)》에서는 이명을 이렇게 설명하고 있다.

『이명 증상이 있으면 여러 가지 소리가 들리는데, 이를테면 작은 바람에 나뭇잎이 울리는 소리, 바람이 소나무 가지를 울리는 듯한 소리, 물결치는 소리, 물이 끓는 소리, 매미 소리, 금속을 비비는 소리, 싸움터에서 전투를 하는 소리, 개미가 싸우는 소리 등이 간헐적으로 저음의 형태나 혹은 날카롭게 연속적으로 반복될 수 있다.』

만일 이명 증상을 오랫동안 방치할 경우, 두통이나 난청, 어지럼증과 같은 다른 신체적 이상도 나타나며, 불안감·우울증·노이로제 등과 같은 정신적 질환이 나타나기도 한다.

이명의 원인으로는 돌발성 난청과 같은 각종 귀 질환이 있을 때에도 나타나며, 두경부 외상, 중이염, 외이도염, 약물, 상기도염, 스트레스나 과로, 신경과민, 청신경 종양, 영양부족 등이 원인이 되기도 한다.

신경을 많이 쓰거나 스트레스나 과로 등으로 인해 신체적 리듬이 깨지고 건강 상태가 나빠졌을 때에도 생기며, 장시간 소음에 노출되었을 때에도 생길 수 있다.

한방에서는 이명을 인체의 오장육부(五臟六腑)와 연관된 증상으로 보고 약한 장기(臟器)를 치료하고 귀 자체의 기혈

순환을 바로잡으면서 증상 개선을 위한 치료를 한다.

한방에서는 귀 주위의 경락(經絡)이 일시적으로 막혀 이명이 생기는 경우도 있는 것으로 보는데, 이럴 때에는 침 치료 등을 통해 귀 주위 경락을 풀어 순환이 잘되도록 하기만 해도 치료가 잘 된다.

한방에서는 이명이 단독으로 나타날 경우에는 한약, 약침, 탕약이나 환약 등을 통해 치료에 임하는 수가 많으며, 만일 두통과 어지럼증이 동시에 발생했을 때에는 뇌 혈액순환을 개선하고 체내 노폐물을 제거하는 데 도움이 되는 탕약을 쓴다. 이와 함께 침이나 뜸을 사용하기도 한다.

그러나 이명은 그 완치가 쉽지 않다. 한방과 양방(洋方) 모두 이명 치료는 쉽지 않은 것으로 보고 있다. 더욱이 이명을 앓고 있는 사람들은 겉으로 보기에는 이렇다 할 증상이 나타나지 않기 때문에 다른 사람들이 그 고통을 이해하지 못하는 경우가 많아 이중의 고통을 받는 경우도 많다.

한의학에서는 뜨겁고 팽창하는 힘은 화(火)이며, 차갑고 수축하는 힘은 수(水)로 여긴다. 그러면서 귀는 차가운 곳이며 물과 깊은 관련이 있는 수(水)로 본다. 우리는 흔히 뜨거운 냄비 같은 것을 무심코 만지면 자신도 모르는 사이에 반사적으로 그 손을 귀에 갖다 대는 것도 귀가 원래 차가운 곳이기 때문이다.

따라서 이처럼 차가운 귀에 뜨거운 화의 기운이 올라오면 귀는 물이 끓듯이 달아오르면서 자기 소리를 시끄럽게 증폭하는 것으로 보며 귀울음, 즉 이명을 유발한다. 여기에다 스트레스는 불길에 기름을 붓는 역할을 하여 이명을 악화시키는 것으로 간주한다. 또 이명이 생기면 자신의 심장 소리가 마치 천둥소리처럼 들리기도 한다.

한의학에서는 귀는 신장과 관련이 있는 부위로서 좀 더 세분해서 보면 왼쪽 귀는 스트레스나 분노(화)와 관련이 있으며, 귀는 또한 간과도 관련 있는 것으로 본다. 《동의보감》에서도 이명은 각종 분노와 스트레스와 관련이 깊은 간담(肝膽 ; 간과 쓸개를 아울러 이르는 말)이 어떤 분노나 스트레스로 인해 열을 받으면 기가 치밀어 오르면서 귓속에서 소리가 난다고 했다.

《동의보감》에서는 또한 귀의 본질을 「공한(空閒)」으로 보는데, 「공한」이란 『고요함을 중히 여기며, 마음이 텅 비어 한가함을 좋아한다』는 뜻이다. 그래서 마음이 만일 번뇌로 가득 차거나 화가 뻗치면 이 「공한」이 무너지며 귀에 병이 생기는 것으로 여긴다.

귀는 원래 고요한 기관인데, 어떤 이유로 귀 안에 고요함이 깨지면 이명이 찾아온다는 것이다. 이와 함께 한의학에서는 오른쪽 귀는 정(精 ; 정수精髓 · 정액精液 · 정기精氣를 말함)의 소모와 관련이 깊고, 인체 내의 장기 중에서는 특히 신장과 관련 있는 것으로 생각한다.

따라서 한방에서는 이명 치료를 할 때 귀 자체의 기혈 순환을 좋게 하는 것은 물론 왼쪽 귀에 이명이 있으면 이 왼쪽 귀와 관련이 있는 스트레스와 분노를 해소하도록 하는 한편 간의 기능 보강을 위한 처방약을 써서 치료를 도모한다.

만일 오른쪽 귀에 이명이 있으면, 이 오른쪽 귀와 관련이 있는 정수나 정액, 정기를 많이 소모해서 부족해져 있다면 이를 보완해 줄 수 있는 신기(腎氣)나 신장 기능의 보강을 위한 처방을 한다.

《동의보감》에서는 귀가 잘 들리지 않는 경우에 대해서도 다음과 같이 크게 세 가지로 나누어 언급하고 있다.

『왼쪽 귀가 잘 들리지 않는 것은 분노가 원인인 경우가 많으며, 여자들에게서 많이 나타난다.

오른쪽 귀가 잘 들리지 않는 것은 과도한 성생활이 원인인 경우가 많으며, 주로 남성들에게서 나타난다. 좌우의 귀가 모두 들리지 않는 것은 기름지고 좋은 음식을 과도하게 섭취해 나타나는 수가 많으며, 비만인 경우에도 잘 생긴다.』

다시 말해 지나친 스트레스나 분노, 과도한 성생활로 인한 정액의 부족, 또는 신기(腎氣)나 신장 기능의 약화 및 비뇨생식 계통의 약화, 그리고 습담(濕痰) 등이 이명의 원인이 된다고 본 것이다.

그런데 선조는 오랫동안 많은 스트레스와 분노심에 시달렸고, 과도한 성생활로 인한 정액 부족과 함께 신기 및 신장의 기능 또한 약화되어 있었다.

뿐만 아니라 그는 희고 멀건 가래가 많이 나오며 가슴이 답답하거나 메스껍고 숨이 차며, 기침을 하고 배가 더부룩하고 설사를 하며, 누런 기름때 같은 설태가 끼는 증상이 나타나는 습담 증세도 있었다.

《중종실록》(중종 39년 11월 14일자)을 보면, 조선조 제11대 임금이었던 중종(中宗, 1488~1544) 또한 귀가 잘 들리지 않았다는 것을 알 수 있게 하는 이런 내용의 글이 나온다.

『상(上, 임금)께서 노열(勞熱)과 심열(心熱)로 병세가 위중해 세자에게 왕위를 넘기려고 하는데, 상이, "귀까지 어두워 잘 듣지 못한다." 고 하신다.』

그런데 한방에서는 귀에서 소리가 나는 증상을 「이명」이라고 하고, 귀가 어두워져 소리가 잘 들리지 않는 증상을 「이롱(耳聾)」이라고 한다. 따라서 중종은 선조와는 달리 이명이 아닌 이롱을 앓았던 것으로 보인다.

1596년(선조 29년) 5월 11일, 선조는 다시 귀의 이상과 함께 무릎 통증을 호소한다. 그 자세한 내용은 이 날짜 《선조실록》에 나온다.

『어의들이 입시한 가운데, 김응남이 아뢰기를, "상의 증후를 자세히 알아야 침을 놓을 수 있습니다."라고 말하자, 선조가 자신의 증세를 상세히 이야기한다.

"왼쪽 귀가 심하게 울리고 들리지도 않으므로, 침을 맞지 않으면 낫지 않을 듯하여 이렇게 하는 것이다."라고 말하며 귀의 증상을 호소하는데, 덧붙여 이르기를,

"왼손의 손등에 부기가 있는 듯하고 손가락을 당기면 아파서 침을 맞으려 한다. 왼쪽 무릎도 시리고 아파서 잘 걷지 못하므로 침을 맞아 맥을 트려고 한다."라고 말한다.』

즉 선조는 왼쪽 귀와 왼손의 손등, 그리고 왼쪽 무릎도 함께 아프다며 호소한 것이다. 역시 「걸어 다니는 종합병원」다운 말이었다.

같은 날에 쓴 《선조실록》에는 이런 내용의 글도 보인다.

『상이 별전에 나아가 침을 맞다.

왕세자가 입시하고, 약방제조 김응남, 부제조 오억령, 의관 양예수, 허준, 이공기, 박춘무, 심발, 김영국 등이 입시하였다.

김응남이 아뢰기를,

"상의 증후를 자세히 알아야 침을 놓을 수 있습니다."

왕이 허준에게 완비된 우리나라 의서를 찬집하라는 명이 있어, 허준이 유의(儒醫) 정작, 태의 양예수, 김응탁, 이명원, 정예남 등과 같이 설국(設局)하고 찬집을 시작하다.』

선조, 허준에게 《동의보감》 편찬을 명하다

임진왜란으로 인해 큰 혼란을 겪다가 일본과의 전쟁을 일시 멈추고 기나긴 강화회담이 진행되고 있던 1596년(선조 29년) 5월 11일,

햇볕은 따사롭고, 화사한 꽃들은 저마다의 아름다움을 뽐내며, 꽃물결들이 춤을 출 때마다 향기로운 꽃향기가 사방으로 퍼져나가던 이 날, 선조는 자신이 가장 신임하는 어의 허준에게 의서 5백 권을 내주며 말한다.

"이 의서들을 자세히 읽고 살펴 현재를 일신(日新)할 수 있는 새로운 의서를 편찬하도록 하라."

그런데 선조가 이때 허준에게 편찬을 지시한 새로운 의서가 바로 이로부터 오랜 세월이 지나 허준의 명성을 세계만방에 널리 알리게 한 저 유명한 《동의보감(東醫寶鑑)》 이다.

더욱이 이 《동의보감》 은 2009년 7월 31일 「세계기록유산」 으로 등재된 데 이어 2015년 6월 22일에는 국보(國寶) 제

319-1호로 지정되었으며, 지금 동아시아 최고의 한방의서로 일컬어지고 있다.

이런 점에서 볼 때 당시 허준에게 《동의보감》 편찬을 지시한 선조는 우리 민족의 자랑인 《동의보감》 의 기틀을 마련해 놓은 셈이었다.

그렇다면 선조는 왜 이때 허준에게 새로운 의학서 즉 《동의보감》 의 편찬을 명했던 것일까?

당시 선조는 1592년(선조 25년) 음력 4월에 발발한 임진왜란으로 인해 도성 한양을 버리고 의주로 피난 가다가 돌아온 이후, 전쟁의 참화로 폐허가 된 도성과 처절한 전쟁의 참화 속에서 다치거나 죽고 병들어 신음하는 백성들의 처참하고도 피폐해진 삶을 직접 목격하면서 몹시 안타까운 심정이었다.

그런데도 이들을 보살피고 치료해 줄 약재는 부족하고, 그동안 질병의 예방 및 치료에 쓰여 왔던 많은 의서들은 전쟁통에 불타버리거나 없어져 버렸다. 왜군들이 약탈해 간 귀한 의서들도 적지 않았다.

따라서 의서는 귀해졌고, 의서를 구하기 힘든 현실 속에서 백성은 더욱 질병에 시달리며 고통스러워하고 있었다. 의관이나 의원들도 병자들의 치료에 참고할 만한 의서가 부족했으며, 의과에 응시하려는 자들도 의서가 없어 공부하는 데 어려움을 겪고 있었다.

더욱이 이제까지 쓰여 왔던 의서들은 대부분 백성들이 읽기에 어려운 한문으로 쓰여 있었다. 게다가 같은 병을 놓고도 의서마다 제각기 그 처방이 다르거나 잘못 기재된 내용들 또한 많았다.

때문에 선조는 이 같은 문제점들을 개선하고, 병으로 신음하는 백성들이 읽기 쉽고 이해하기도 쉬우며, 백성들이 실생활에서 널리 사용할 수 있는 새로운 형태의 의서를 새로 만들 필요가 있음을 절실히 느꼈다. 그리고 이 문제를 속히 해결하기 위해 그는 자신이 가장 신임하는 어의 허준을 중심으로 의술과 의학에 밝은 어의와 의관들이 모여서 이런 다급한 상황을 일신(一新)할 만한 새로운 의학서적을 편찬하도록 지시했던 것이다.

선조의 이 같은 명에 따라 이때 새로운 의서인 《동의보감》 편찬 작업에 참여하게 된 사람들은 허준을 비롯하여 당시 내의원의 수의(首醫)로 있던 양예수(楊禮壽)와 이명원(李命源)·김응탁(金應鐸)·정예남(鄭禮男) 등 4인과 민간에서 명성을 떨치고 있는 유의(儒醫) 정작(鄭碏)이었다.

이렇게 많은 어의와 의원들이 의서 편찬에 투입된 사례는 일찍이 세종이 조선의 자주적 의학을 발전시키기 위하여 1433년(세종 15년) 《향약집성방(鄕藥集成方)》을 완성한 이후 다시 집현전(集賢殿)의 부교리(副校理) 김예몽(金禮蒙)과 저작

(著作) 유성원(柳誠源), 집현전 직제학(直提學) 김문(金汶)·신석조(辛碩祖) 및 부교리 이예(李芮), 승문원(承文院) 교리 김수온(金守溫), 의관 전순의(全循義)·최윤(崔閏)·김유지(金有智) 등에게 편찬케 하여 1445년(세종 27년)에 완성하였던 동양 최대의 의학사전 《의방유취(醫方類聚)》 이후 처음 있는 일이었다.

그런데 《동의보감》 편찬 작업이 시작된 이때 내의원 소속의 모든 어의와 의관들의 우두머리 격인 수의 양예수는 허준보다 한참 선배였던 어의로서 당시 뛰어난 어의로 평가받은 인물이었다.

또한 정작은 비록 어의는 아니었으나, 민간에서 형 정렴과 함께 도교적 양생술의 대가로서 의학에 밝다는 평을 받고 있었다. 그리고 어의 이명원은 특히 침술에 밝았으며, 김응탁과 정예남은 이때 촉망받던 신예 어의였다.

그러나 양예수는 《동의보감》 편찬 작업에 참여하기는 하였으나, 당시 나이가 많고 노쇠하여 내의원의 수의로서 명목상으로만 참여했을 뿐 실제 편찬 작업에는 관여하지 않았다. 《동의보감》 편찬 작업에 주도적인 역할을 한 인물은 사실 허준이었다.

《동의보감》의 편찬사업은 이처럼 처음부터 선조의 지대한 관심과 아낌없는 지원, 백성들을 위한 애민(愛民) 정신, 그리고 누구나 쉽게 읽고 이해할 수 있는 독자적인 의학서 발간이라는 국가적인 방침에 따라 방대한 규모로 기획되어 신속하게 착수되었다.

이제까지와는 분명히 다르고 차별화된 획기적인 의학서를 만들겠다는 생각으로 《동의보감》의 편찬을 계획했을 당시, 선조는 이미 이 의학서를 어떤 식으로 만들겠다는 구체적인 목표와 자세한 구상도 갖고 있었다.

선조는 특히 이 새로운 의학서의 편찬에 있어서 꼭 염두에 두고 반드시 실행해야 할 세 가지 큰 틀(원칙)을 세워 놓고 있었는데, 이를 요약해 보면 다음과 같다.

『첫째, 환자의 병을 고치기에 앞서 환자의 수명을 늘리고 병에 걸리지 않도록 하는 예방법을 더욱 중시한다. 왜냐하면 당연히 몸을 잘 지키고 병을 예방하는 것이 병에 걸린 후에 치료하는 것보다 더 낫기 때문이다.

둘째, 무수히 많은 처방들의 요점만을 간추린다.

이제까지 중국에서 수입된 의학서들이 매우 많았으나, 이러한 의서들은 책에 따라 그 내용이나 처방법 등이 각기 다른 경우가 많아 통일성과 일관성이 없으며, 서로 앞뒤가 맞지 않는 경우도 많기 때문이다.

셋째, 우리나라에서 생산된 국산 약을 널리, 그리고 보다 쉽게 쓸 수 있도록 약초 이름에 조선 사람이 흔히 부르는 이름을 한글로 쓴다.

즉 시골에서는 약에 쓸 약재가 부족하기 때문에 주변에서 흔히 나는 약초들을 써야 하는데, 기존의 의서에 한문으로 적혀 있는 약재 이름들은 시골사람들이 잘 알 수 없는 경우가 있으므로 이들이 평소 흔히 불러 잘 알고 있는 약초 이름을 주로 쓰기로 한다.』

이런 독창적이고도 진보적인 생각을 갖고 있던 선조는 허준에게 《동의보감》의 편찬을 지시할 때 다음과 같이 강조한다.

"외진 시골에는 의약(醫藥 ; 의술과 약품)이 없어 일찍 죽는 자들이 많다.

우리나라에는 향약(鄕藥 ; 시골에서 나는 약재. 또는 우리나라에서 나는 약재를 중국 약재에 상대하여 일컫는 말)이 많이 생산되는데도 사람들이 이를 잘 알지 못하니, 그대는 약초를 분류하면서 향명(鄕名)을 함께 적어 백성들이 쉽게 알 수 있도록 하라."

선조의 이 같은 《동의보감》의 편찬 방향 제시는 곧 이 새로운 의학서가 질병의 치료보다는 예방에 대해 더욱 중점을 두면서 이에 걸맞게 기술하고, 통일성과 일관성이 결렬되고 오류도 많았던 이제까지 나온 의학서들과는 달리 보다 체계적이고도 일관성이 있으며 오류가 없는 책을 만들며, 비단 의관이나 의원 같은 의술 및 의학의 전문가들뿐만 아니라, 일반 백성 누구나 쉽게 이해하고 가까이 접하여 실생활에서 보다 유용하게 활용할 수 있는, 백성들을 위한 의학서가 되어야 한다는 것이었다.

이 밖에도 선조가 지시한 《동의보감》에 대한 편찬 지침은 몇 가지 더 있었는데, 그 내용은 다음과 같은 것들이다.

『1. 수양(修養)이 우선이며, 약물 치료는 그 다음이다. 양생을 통해 질병을 미리 예방하도록 하라.
2. 중국과 조선에서 발간된 의서들을 통틀어 핵심 처방만을 선별하라.
3. 백성들이 보다 알기 쉽고 쓰기 쉬운 향약 위주로 처방을 소개하되 알맞은 약의 분량까지 정확하게 명시하라.
4. 백성들은 흔한 약초들도 그 효능을 잘 몰라 사용하지 못하는 경우도 많은 만큼 백성들 사이에서 흔히 쓰는 약초 이름을 써서 처방법이나 활용법을 한자 대신 한글로 자세히 일러주고, 그 효능 또한 한글로 알기 쉽게 정리해서 기술하라.』

선조는 특히 당시에 흔했던 「까막눈 백성」들이 어쩌다 귀한 의서를 구해 이를 읽고 질병 치료에 활용하려고 해도 거의 대부분 한문으로 쓰여 있어 읽을 수 없는 안타까운 현실을 개탄했다.

사실 당시의 백성들은 약초와 약재들을 곁에 두고도 자신들이 흔히 부르는 약초나 약재 이름과 의서에 한문으로 표기된 그것들의 이름이 어떤 것이 같은 것이고, 또 어떤 것이 다른 것인지를 잘 구분하지 못하는 수가 많았다. 뿐만 아니라 많은 백성들이 「까막눈」인 탓에 한문을 읽지 못하므로 의서에 쓰여 있는 한문으로 된 약초 및 약재 이름은 물론 그 효능, 처방법이나 활용법, 부작용이나 주의해야 할 점 등도 알 수 없었다.

이런 이유로 백성들에게 한문으로 쓰인 의서는 비록 그것이 곁에 있거나 손에 쥐고 있다 하더라도 그야말로 「그림의 떡」이나 다를 바 없었으며, 좋은 약초나 귀한 약초들이 주위에 널려 있어도 이를 제대로 섞어 처방할 줄 몰라 병을 고치지 못하여 생명까지 잃는 수도 허다했다.

이처럼 한문을 몰라 겪고 있던 백성들의 고충과 서러움을 일찍이 간파한 조선조 제4대 임금이었던 세종(世宗, 1397~1450년)은 1443년(세종 25년) 12월, 한문을 읽지 못해 인간으로서의 권리도 제대로 찾지 못한 채 많은 어려움을 겪고 있던 백성들을 위해 누구나 배우기 쉽고 쓰기 쉬운 우리 고유의 문자이며 표음문자인 한글을 만들었고, 1446년(세종 28년)에 이를 「훈민정음(訓民正音)」이란 이름으로 반포한 바 있다.

이후 조선의 많은 무지렁이 백성들은 비록 어려운 한문은 읽지 못하더라도 읽기도 쉽고 쓰기에도 쉬울 뿐만 아니라, 누구나 쉽게 배울 수 있는 한글을 배워 선조가 집권하고 있던 이 시기에는 한글을 읽고 쓸 줄 아는 백성들이 제법 많았다.

따라서 선조는 한글을 쓰고 읽을 수 있게 된 백성들이 많아진 이때 이들이 보다 읽기 쉽도록 편찬한 새로운 의서들을 제공해 주고 싶었다.

또 이렇게 쉽고도 새롭게 쓰인 의서를 통해 백성들이 주변에서 흔히 구할 수 있는 약초와 약재들을 적절히 배합하거나 처방하여 약으로 쓸 수 있도록 해줌으로써 백성들의 건강을 돌보고, 각종 질병으로부터 벗어나게 해 주고 싶은 마음도 갖고 있었다. 그리고 이것이 백성들의 어버이인 군주(君主)로서 해야 할 도리로 여겼다.

이런 점에서 선조는 비록 임진왜란이 발발했을 때 도성과 백성들을 버리고 맨 먼저 의주로 피난가고 중국 요동으로의 망명까지 생각하는 등 임금으로서 잘못하고 부족한 면이 많았던 것도 사실이지만, 무지한 백성들의 건강을 위해 이처럼 독창적인 의학서를 만들고자 했던 것만은 높이 평가받을 만한 일이었다.

허준 역시 무지한 백성들을 생각하는 선조의 이 같은 마음에 깊은 감명을 받았다.

때문에 그는 백성들 누구나 쉽게 읽고 활용할 수 있는 새로운 의서를 편찬하라는 선조의 뜻을 받들어 누구나 보다 읽기 쉽고 이해하기 쉬우며, 실생활에서 적극 활용할 수 있는 의서, 진정한 백성들을 위한 의서를 만드는 일에 참여하게 된 것을 큰 영광으로 여겼다.

그러면서 그는 자신에게 막중한 임무를 맡겨 준 선조 임금의 뜻에 맞는, 백성들을 위한 의서를 편찬하기 위해 최선을 다하겠다는 다짐도 했다.

허준은 이때 모든 질병을 치료할 수 있는 방안을 수록한 의학서를 편찬하기로 계획하고, 우선 그 기초 작업에 착수하였다.

그러나 이 같은 기초 작업을 시작한 지 얼마 되지 않아 나라에 또 다시 전쟁이 터졌다. 임진왜란 이후에 있었던 명나라와 일본과의 기나긴 협상이 결렬되면서 휴전과 소강상태는 깨지고 일본과의 전쟁이 다시 시작된, 이른바 「정유재란(丁酉再亂)」이 발발한 것이다.

정유재란(丁酉再亂)

정유재란은 《동의보감》 편찬 작업이 시작되어 이를 위한 기초 작업을 한창 진행하고 있던 1597년(선조 30년) 정유년(丁酉年) 1월 14일 발발했다. 12지(支) 가운데서 10번째 동물인 닭의 우렁찬 목소리가 새 해 새 아침을 알리며 시작된 지 불과 14일밖에 안 된 이때 약 20만 명의 왜군이 다시 우리나라에 쳐들어왔던 것이다.

정유재란이 발발하고 왜군이 다시 쳐들어오자 야심차게 기획되었던 《동의보감》 편찬사업은 부득이 중단될 수밖에 없었고, 어의들과 의관들은 또 다시 전국 각지로 흩어지기 시작했다.

그렇다면 임진왜란 때 한양이 수복된 이후 무려 4년간이나 길게 끌었던 일본과의 협상은 왜 깨졌으며, 정유재란은 왜 일어난 것인가.

1593년(선조 26년) 10월 1일, 도성 한양이 수복된 뒤에도 줄곧 평양성에서 머무르고 있던 선조가 마침내 일부 신료들과 어의 허준, 이공기(李公沂) 등을 대동하고 뒤늦게 한양으로 돌아왔던 이 무렵, 임진왜란의 최대 피해 당사국인 조선은 배제된 채 명군(明軍)과 왜군은 종전협상을 본격적으로 벌이고 있었다.

도성 수복의 여세를 몰아 한강 이남으로 물러난 왜군을 추격하고자 했던 조선 조정과 유성룡(柳成龍) 등 일부 대신들의 강력한 의지에도 불구하고 명나라의 소극적인 태도로 인하여 왜군에 대한 추격은 끝내 관철되지 못한 채 명군과 왜군은 각자의 이익만 얻으면 된다는 생각으로 전쟁을 끝낼 협상을 계속하고 있었던 것이다.

명나라와 일본 양쪽은 서로 자국(自國)이 유리한 처지에서 화의를 교섭하려고 하였으나, 당시 명나라는 국력이 기울어 가던 때였다. 따라서 명나라는 반드시 왜군과 싸워 이기고야 말겠다는 강인한 의지도 부족했고, 싸워 이길 수 있다는 자신감도 결여되어 있었다.

그러자 명나라의 이 같은 실상을 재빨리 파악한 일본은 명나라와 협상을 하면서 오만방자한 조건을 내걸었다. 즉 일본 측에서는 명나라에 조선 8도를 명나라와 각각 4도씩 나누어 한반도 남부에 위치한 4도를 자신들에게 내어 줄 것, 명나라의 황녀(皇女)를 일본의 후비(後妃)로 보낼 것, 조선의 왕자와 대신들을 볼모로 일본에 보낼 것 등 터무니없는 7개 조항을 제시했던 것이다.

그러나 명나라는 일본의 이 같은 요구를 대부분 받아들이지 않았다. 조선에서도 일본의 이 같은 요구는 도저히 받아들일 수 없는 것이라며 단호히 거부했다.

하지만 당시의 조선은 명나라 구원병의 힘을 빌리지 않고 독자적으로 왜군을 몰아내기에는 군사적 역량이 너무도 부족했다.

일본의 이 같은 무리한 요구에 결국 명나라와 일본 간의 화의 교섭은 결렬되고 말았다. 다만 협상하는 과정에서 1593년 명나라의 사신 심유경(沈惟敬)과 왜장 고니시 유키나가(小西行長) 사이에 강화가 이루어지면서 일본은 임진왜란 때 함경도 지역에서 왜군의 포로가 되었던 조선의 두 왕자, 즉 임해군(臨海君)과 순화군(順和君)은 풀어 주었다. 그러나 일본은 임해군의 두 자녀는 끝내 돌려보내지 않았다.

일본이 정유재란을 일으키기 전, 조선군은 왜군의 침략에 대비하여 경상도의 금오산성(金烏山城)과 공산산성(公山山城), 화왕산성(火旺山城)을 비롯하여 각 도에 산성(山城)을 수축하고 전쟁에 대비하고 있었다.

또한 명나라에서도 일본의 재침에 대비하여 마귀(麻貴)를 제독(提督)으로 삼은 원군(援軍) 5만 5천 명을 조선에 파병한 바 있었다.

그런데 이보다 앞서 1596년(선조 29년) 9월 초, 일본의 군주(君主) 도요토미 히데요시(豊臣秀吉)는 일본 오사카(大阪)성(城)에서 있었던 명나라와 일본 간의 화의가 결렬되자, 왜장 고니시 유키나가로 하여금 조선 수군의 명장(名將) 이순신(李舜臣)을 제거하고 조선 수군의 제해권을 분쇄하도록 지시했다.

조선과의 전쟁이 다시 시작되면 그 누구보다도 두려운 존재가 바로 이순신이었기 때문이다.

일본의 이 같은 계획에 따라 왜장 고니시 유키나가는 이중간첩 요시라(要時羅)를 시켜 경상우병사 김응서(金應瑞)에게 거짓 정보를 흘렸다. 즉 왜장 가토 기요마사(加藤淸正)가 곧 바다를 건너올 것이니, 조선 수군을 시켜 그를 사로잡도록 은밀히 알려온 것이었다.

그러자 조선 조정에서는 이 같은 거짓 정보를 사실로 믿고 삼도수군통제사(三道水軍統制使) 이순신에게 이를 실행하라는 명령을 내렸다. 그러나 이순신은 이것이 왜군의 간계임을 확신했기 때문에 출동하지 않았다.

이 무렵, 조선 조정에는 영의정 유성룡을 몰아내려는 자들이 있었다. 그는 유성룡이 전라좌수사로 추천한 사람이 바로 이순신이라며 이순신과 유성룡을 엮어 두 사람 모두 몰아내려고 했던 것이다.

특히 이순신에게 라이벌 의식을 느끼며 그를 못마땅하게 여기던 경상우수사 원균(元均, 1540~1597)은 이순신을 모함하는 상소를 올렸다.

원균의 상소를 받은 선조는 크게 노하여 실로 어처구니없는 어명을 내린다.

"적장을 잡을 수 있는 영을 어기고 출전하지 않은 이순신을 엄벌에 처하라!"

이에 유성룡은 끝까지 이순신을 옹호한다.

"전하, 통제사의 적임자는 이순신밖에 없사옵니다. 만일 한산도(閑山島)가 적의 수중에 들어가는 날이면 호남 또한 지킬 수 없사옵니다."

하지만 정세 판단에 어두웠던 선조는 유성룡의 이 같은 충언을 받아들이지 않았다. 결국 이순신은 조정의 영을 어기고 왜장을 놓아줌으로써 나라를 저버렸다는 모함에 빠져 1597년(선조 30년) 2월 6일 체포되었고, 이와 함께 삼도수군통제사 자리를 원균에게 넘긴 채 파직되었다.

이때 영남지방을 순시하던 도체찰사(都體察使) 이원익(李元翼)은 이순신이 체포되었다는 소식을 듣고는 이렇게 한탄한다.

"왜군이 두려워하는 것은 우리의 수군인데, 이순신을 바꾸고 원균을 보내서는 안 된다."

이어서 그는 선조에게 이순신의 파직을 반대하는 상소를 올렸으나 받아들여지지 않았다.

이순신이 한양으로 압송되어 오는 모습을 본 백성들은 땅을 치며 통곡한다.

"장군께서는 우리를 두고 어디로 가십니까? 이제 우리는 모두 다 죽었습니다."

1597년(선조 30년) 2월 26일, 한양으로 압송되어 온 이순신은 의금부(義禁府)에 수감되었다. 곧이어 사헌부(司憲府)에서는 한 달여 동안이나 이순신을 혹독하게 심문했다. 그러나 이 때에도 이순신은 남을 끌어들이거나 헐뜯는 말은 한 마디도 하지 않았다.

3월 12일, 우의정 정탁(鄭琢)은 선조에게 이렇게 아뢴다.

"전하, 군사(軍事)는 멀리 앉아서 헤아릴 수가 없는 법입니다. 따라서 이순신이 진격하지 않은 데는 그럴 만한 까닭이 없지 않았을 것입니다. 뒷날에 다시 한 번 공을 세울 수 있게 하소서."

그러자 선조의 마음이 움직여 마침내 이순신에게 백의종군(白衣從軍)을 명한다. 이에 따라 이순신은 그 해 4월 1일, 옥에서 풀려나 도원수(都元帥) 권율(權慄, 1537~1599)의 막하(幕下)로 들어가 백의종군 길에 나선다.

전쟁은 또다시 터졌는데……

정유재란이 일어나기 불과 일주일쯤 전인 1597년(선조 30

년) 1월 6일, 선조는 갑자기 담증(痰症)과 흉통(胸痛)을 호소했다

1597년(선조 30년) 1월 6일자 《선조실록》을 보면, 이때의 상황을 이렇게 기록해 놓았다.

『상(上, 임금)께서 스스로 자신의 병증을 얘기하는데,

"여러 병이 있는 가운데서도 담증과 흉통이 더욱 심하다. 금년 겨울의 추위가 유별나서 그런지 흉통이 자주 일어나 머리를 내밀 수가 없다.

— 중 략 —

수일 전부터 흉통이 크게 일어나 아파서 울부짖느라 숨이 끊어질 것 같아 거의 살지 못할 지경이다가 크게 토하고 나서야 겨우 면할 수 있었다."』

담증이란 담탁(痰濁)이 몸 안에 머물러 발생하는 병증을 말하는데, 한방에서는 장부(臟腑)의 기화(氣化) 작용의 장애로 진액의 흡수, 배설이 장애되어 생기는 것으로 보고 있으며, 특히 폐(肺)와 비(脾) 두 장기의 기능과 밀접한 관계를 갖고 있는 것으로 여긴다.

그러면서 한방에서는 담이 머물러 있는 부위와 담이 생기는 원인 등에 따라 풍담(風痰)·한담(寒痰)·습담(濕痰)·열담(熱痰)·노담(老痰)·기담(氣痰)·조담(燥痰)·격담(膈

痰)·울담(鬱痰)·주담(酒痰)·경담(驚痰) 등으로 나눈다.

또한 한방에서는 담증을 가래나 침이 몸 안에서 빠져나오지 못하는 증세를 아울러 일컫기도 하는데, 특히 폐병(肺病)을 가리키는 경우가 많다.

《동의보감》에서는, 『여러 가지 담증으로 열이 나고 울기(鬱氣)가 오르며 가슴이 답답하고 기침을 하는 데 가감이진탕(加減二陳湯)을 쓴다. 가감이진탕은 급·만성 기관지염 때에도 쓸 수 있다.』고 기록되어 있다.

가감이진탕이란 진피(陳皮, 귤껍질을 소금물에 담갔다가 말린 것) 4.8g, 지실(枳實)·황금(黃芩, 덖은 것) 각 4g, 백출(白朮)·천패모(川貝母, 덖은 것)·향부자(香附子, 법제한 것) 각 3.6g, 백복령(白茯苓)·천화분(天花粉, 소금물에 담갔다가 덖은 것) 각 2.8g, 방풍(防風)·연교(連翹) 각 2g, 감초(甘草) 1.2g이 들어가는 처방약을 말한다.

선조는 담증과 함께 흉통 즉 가슴통증도 호소했는데, 이처럼 가슴통증을 호소하게 만드는 원인은 매우 다양하다. 즉 심장이나 폐에 어떤 이상이 있을 때는 물론 호흡기계 질환, 척수질환, 가슴 부위의 피부나 근육, 연골 및 뼈의 이상이 있을 때, 혹은 큰 혈관의 이상 등이 있을 때에도 가슴통증이 생길 수 있다.

가슴 부위는 아니지만 식도나 위의 염증, 간이나 담낭의 이상 등이 가슴통증의 원인이 되기도 하며, 심한 스트레스로 인해 가슴통증이 생기는 수도 적지 않다.

한방에서는 한사(寒邪 ; 육음六淫의 하나로서 추위나 찬 기운이 병을 일으키는 증후)가 침범하거나 습담(濕痰)이나 어혈이 몰리는 것 등으로 인해 가슴의 경맥 순환이 장애되어 가슴통증이 생기는 수도 있는 것으로 본다.

특히 한방에서는 한사가 침범했을 때에는 흉통이 등에까지 미치며, 몸을 차게 하거나 날씨가 추워지면 더 심해지는 것으로 여기는데, 이럴 때에는 찬 기운을 없애고 양기(陽氣)를 잘 통하게 해주기 위해서 과루해백백주탕(瓜蔞薤白白酒湯)을 쓴다.

또 습담이 몰렸을 때는 가슴이 그득하면서 아프고 가래가 많으며 숨이 차서 바로 눕지 못하는데, 이럴 경우에는 습담을 없애면서 기와 혈액순환을 촉진하는 데 효과적인 과루해백반하탕(瓜蔞薤白半夏湯)을 쓴다.

만일 어혈이 몰려 가슴이 막힌 듯이 답답하면서 숨이 몹시 차고 찌르는 듯이 아프며, 심할 때는 식은땀을 흘리고, 손발이 싸늘해졌을 때에는 어혈을 없애고 기와 혈액순환 촉진을 위해 선복화탕(旋覆花湯)에 홍화(紅花)·도인(桃仁)·당귀(當歸)·해백(薤白) 등을 더 넣어서 쓰기도 한다.

그런데 《선조실록》의 여러 기록들을 살펴보면, 선조는 특히 겨울철 추울 때에 가슴통증이 더욱 심해졌음을 알 수 있다. 따라서 선조의 가슴통증은 한사(寒邪)로 인한 것으로 보이며, 여기에다 평소 자주 앓고 있던 위장질환과 약한 폐 기능, 그리고 늘 시달리던 과도한 스트레스 등까지 더해져 추운 겨울이 되면 가슴통증이 나타난 것으로 추측된다.

더욱이 한방에서는 몸의 양기가 부족하고 위기(衛氣 ; 위양衛陽이라고도 하며, 피부와 주리腠理 등 몸 겉면에 분포된 양기陽氣를 말함. 땀구멍을 여닫는 기능으로 외부 환경에 잘 적응하게 하면서 외사外邪의 침입을 방어하는 기능도 한다)가 튼튼하지 못하면 한사가 쉽게 침입하여 한증(寒症)을 일으키는 것으로 본다.

선조는 원래 몸이 튼튼하지 못한 편인데도 불구하고 무리한 성생활을 하여 양기가 부족해진 데다가 위기마저 튼튼하지 못하여 한사가 쉽게 침입하여 한증을 일으킴으로써 가슴통증이 심해진 것으로 여겨진다.

한방에서는 이러한 한사를 물리치기 위하여 인삼패독산(人蔘敗毒散)을 비롯하여 인삼강활산(人蔘羌活散), 신출산(神朮散), 마황인삼작약탕(麻黃人蔘芍藥湯), 금불초산(金沸草散), 대황좌경탕(大黃左經湯), 오적산(五積散) 등의 다양한 처방약들을 쓰고 있다.

《선조실록》을 보면, 『선조가 평소 날것과 찬 음식을 좋아하였고, 늘 담기(痰氣)가 치밀어 오르는 질환이 있어 여러 신하들이 걱정했다.』는 기록도 있는데, 이처럼 날것과 찬 음식을 좋아했던 선조의 식습관 또한 한사를 쉽게 침입하도록 만든 한 요인이 되었을 것으로 추정된다.

1597년(선조 30년) 4월 14일.

선조는 별전에서 또 다시 침을 많이 맞았는데, 그 이유는 우선 여전히 그를 괴롭히던 이명증(耳鳴症)이 재발하여 면부(面部)의 청궁(聽宮)과 예풍(翳風), 수부(手部)의 외관(外關), 중저(中渚), 후계(後谿), 완골(完骨), 합곡(合谷), 족부(足部)의 태계(太谿), 협계(狹谿) 등 각각 두 혈(穴, 경혈을 말함)에 침을 맞았다.

이와 함께 선조에게는 편허증(偏虛症)도 발병했다.

편허증이란 편허(偏虛) 또는 편고(偏枯)라고도 하며, 몸 절반에 치우쳐 기혈(氣血)이 허해지는 증세가 나타나는 질환을 말한다.

이 병은 특히 기혈이 허하거나 어혈(瘀血), 담(痰)이 몰려서 생기는 수가 많으며, 기혈이 허해진 팔다리는 쓰지 못하며 점차 살이 빠져 여위게 된다. 때로 뼈 사이가 아프거나 눈과 입이 한쪽으로 틀어지는 증상이 겸해 나타나기도 한다.

편허증이 있을 때 한방에서는 원기를 북돋우고 혈액을 풍부하게 하면서 경맥을 잘 통하게 하기 위하여 대진교탕(大秦

芃湯)이나 사물탕(四物湯)에 황기(黃耆) · 계지(桂枝)를 더 넣어 쓴다.

그러나 선조는 이때 처방약 대신 침의(鍼醫)들로부터 수부의 견우(肩髃), 곡지(曲池), 통리(通里)와 족부의 삼리(三里) 등 각각 두 혈에도 침을 맞았다.

뿐만 아니라 선조는 이때 겨드랑이 밑으로 벌레가 기어 다니는 것 같은 느낌이 난다는, 이른바 「기류주증(氣流注症)」도 호소했다.

그러자 어의들은 선조의 이 같은 병증이 풍기(風氣)나 습담(濕痰)이 팔다리의 소양경(少陽經)에 잠복해 있어서 나타나는 것으로 보고 선조에게 침을 또 놓았다. 이로써 선조는 족부의 곤륜(崑崙), 양릉천(陽陵泉), 승산(承山) 등의 각기 두 혈에 또다시 침을 맞게 되었다.

이처럼 선조가 여러 증세들을 동시에 호소하여 온 몸 곳곳에 침을 맞을 때에도 예전과 다를 바 없이 도제조 김응남을 비롯하여 제조 홍진, 부제조 오억령, 수의 양예수 및 어의 허준과 이공기, 그리고 침의 5명이 입시했다.

그런데 이 무렵, 선조는 다시 발발한 전쟁으로 인해 마음이 늘 불안하며 편치 않았을 뿐만 아니라, 이로 인한 스트레스에 또다시 시달리고 있었다.

따라서 이러한 불안정한 마음과 속상함, 근심, 두려움, 스트레스 등이 또다시 그에게 이명증을 비롯하여 편허증과 기류주증 등과 같은 여러 가지 질환들을 동시에 초래한 것으로 보인다.

이 날짜(1597년 4월 14일)의 《선조실록》을 살펴보면, 선조가 겨드랑이 밑에 기류주증이 있어서 침을 맞았다는 기록과 함께 다음과 같은 기록도 보인다.

『이때 상(上, 임금)이 이르기를,

"겨드랑이 밑에 기류주증이 있어서 한쪽이 너무 허(虛)하니, 반드시 쑥김(艾氣)을 들이는 처방이 좋을 것 같다." 고 말했다. 이어서 덧붙여 말하기를,

"오른편 겨드랑이 밑에 기가 도는 듯하고, 무릎이 늘 시리고 아픈데, 대체로 오른편이 더욱 심하다. 그리고 이따금 벌레가 기어 다니는 것 같은 증상이 있고, 온몸에 땀이 나지 않아도 이쪽은 땀이 나는데, 또 추위를 견디지 못할 적도 있다." 고 말한다.

이에 어의들이 아뢰기를,

"이는 풍기(風氣)입니다. 그러나 더러는 습담(濕痰)이 소양경(少陽經)에 잠복해 있어서 그러기도 하옵니다." 라고 했다.』

이처럼 선조는 정유재란을 전후해서 담증과 흉통을 비롯하

여 이명증과 편허증, 기류주증(氣流注症) 등과 같은 각종 질환들이 새로 생겨나거나 전에부터 있던 질환들이 재발하였는데, 이러한 질환들은 모두 전쟁의 재발로 인한 불안정한 마음과 속상함, 근심, 두려움, 스트레스 등과 결코 무관하지가 않았다.

뿐만 아니라 선조의 가슴속에서 늘 끓어오르던 노화(怒火) 또한 그의 이 같은 질환들을 초래하거나 부추기는 역할을 했을 것으로 생각된다.

한방에서는 특히 분노하여 그 기운이 흩어지지 않고 뭉치고 얽혀서 화(火)가 발생하거나, 성을 많이 내어 간기(肝氣)가 위로 치밀어 혈을 따라 오르면서 노화가 많이 발생하는 것으로 보며, 노화가 심해지면 결국 여러 가지 다른 질환들을 초래하는 것으로 여긴다.

이와 함께 한방에서는 크게 성을 내서 기가 역(逆)하거나, 결단을 잘 내리지 못할 때 간화(肝火)가 움직여 신체에 여러 가지 통증을 유발할 수도 있다고 보며, 특히 스트레스가 많이 쌓였을 경우나, 평소 성질이 급하고 성을 잘 내는 사람 등에게 노화로 인한 여러 가지 증상이나 질환들이 더욱 많이 생기는 것으로 본다.

칠천량 해전(漆川梁海戰)

1597년(선조 30년) 2월, 원균은 파직 당한 이순신의 후임으로 삼도수군통제사가 되었다. 그러나 원균은 삼도수군통제사가 되자, 왜군과 싸우기를 주저했다.

"지금 아군의 힘으로는 부산 바다로 들어가 왜적을 토벌하는 것은 불가합니다."

원균의 이 같은 변명에 도체찰사 이원익은 종사관(從事官) 남이공(南以恭)을 원균에게 보내 속히 왜군과의 전투에 임하도록 재촉한다. 그러나 원균은 여전히 전투에 나서지 않고 주저하다가 조정에 이런 장계(狀啓)를 올린다.

"그렇다면 안골포(安骨浦)와 가덕도(加德島)에 주둔하고 있는 적을 먼저 30만의 육군으로 하여금 몰아내도록 해주십시오. 그래야 수군이 비로소 들어가 싸울 수 있습니다."

하지만 원균이 이순신 대신 삼도수군통제사가 될 수 있었던 것은 스스로 부산포(釜山浦)로 나가 왜적과 싸우겠다는 상소 때문이었다.

더욱이나 육군이 먼저 많은 병력을 동원해 부산포 인근에 있는 섬인 가덕도를 쳐 달라는 원균의 이 같은 장계는 현실성도 없을 뿐더러 병법(兵法)에도 맞지 않는 터무니없는 주장에 불과했다.

그런데도 원균은 이 같은 주장만 되풀이하며 출전을 하지 않았다. 그러자 당시 도원수로서 왜군의 북상을 막기 위해 명나라 제독 마귀와 함께 울산에 와 있던 권율은 도체찰사 이원익과 상의해 원균에게 또다시 출전명령을 내린다.

이에 원균은 마지못해 별다른 준비도 갖추지 않은 채 출전했다가 보성군수 안홍국(安弘國) 등의 부하들만 잃고 되돌아왔다. 그리고는 한산도에 있는 본영(本營)에 앉아서 경상우수사 배설(裵楔)로 하여금 웅천(熊川)에 있는 왜군을 급습하도록 지시한다.

그러나 배설은 마지못해 출전했다가 오히려 왜군에게 패하고 돌아온다. 이 같은 사실을 보고 받은 권율은 이에 대한 책임을 물어 원균을 잡아다 태형(笞刑)에 처한 뒤 다시 출전하라고 명한다.

그러자 원균은 어쩔 수 없이 부산포에 주둔하고 있던 왜군의 본진(本陣)을 급습하려고 마음먹는다.

1597년(선조 30년) 7월 14일 새벽, 원균은 한산도 본영에 있던 수군들을 모두 집결시켜 함대를 편성하고 부산을 향해 출발한다. 판옥선과 거북선 등 전함 160여 척과 1만여 명에 달하는 조선 수군을 총동원한 것이다.

한산도를 출발한 조선 수군은 저녁 무렵 부산 앞바다에 있는 절영도(絶影島) 근처에 도달했다. 그러나 이때 왜군은 웅천·안골포·가덕도로 이어지는 연락망을 통해 조선 수군의 이동상황을 자세히 파악하고 있었다. 그러면서 이들 왜군은 수군과 육군의 합동작전을 전개하여 조선 수군을 공격할 준비를 이미 갖추어 놓고 있었다.

7월 14일 낮, 이윽고 부산 근해에 도달한 조선 수군은 바람과 파도를 고려하지 않은 채 무모하게 왜군을 공격하기 시작했다. 이에 왜군은 짐짓 쫓기는 척하며 달아난다. 그러나 원균은 이것이 적의 유인술이라는 것을 간파하지 못한 채 급하게 왜군을 추격한다.

결국 원균이 이끄는 수군은 왜군의 작전에 말려들어 적진 깊숙이 들어갔다가 뒤늦게 깨닫고는 급히 배를 돌려 퇴각하려고 했으나, 전함들이 파도에 휩쓸리게 된다. 그리고 이로 인해 12척의 전함을 잃고 만다. 게다가 적의 반격을 받아 또다시 많은 전선을 잃게 된다.

그런데 훗날 밝혀진 바에 의하면, 이때 조선 수군은 적이 공격해 오자, 활 한 번 제대로 쏘지도 못 한 채 도망치기에만 급급했다고 하며, 이때 조선 수군을 공격한 것은 어이없게도 왜군의 수군이 아니라 육군의 수송 함대였다는 것이다.

왜군의 공격에 놀란 조선 수군은 고전을 치르다가 가덕도 쪽으로 후퇴했는데, 밤이 되자 조선 수군은 식수를 보충하기 위해 가덕도에 상륙했다.

그런데 이곳에는 이미 왜군이 매복하고 있다가 상륙한 조선 수군을 기습 공격해 왔다.

조선 수군은 이에 맞서 싸웠으나 결국 4백여 명의 사상자를 내고 퇴각하여 다시 철천도(七川島 ; 지금의 거제시 하청면으로서 온천도溫泉島라고도 한다)로 이동했다. 그리고 이곳에서 전투와 항해로 지친 조선 수군은 거의 무방비상태로 휴식을 취한다.

그런데 이때 원균은 자신의 죽음을 예감했던지 부하들에게 이런 말을 했다고 한다.

"하늘이 우리를 돕지 않는 것 같소. 이제 우리에게는 한 마음으로 순국(殉國)하는 것만이 남아 있을 뿐이오."

이처럼 원균이 이끄는 조선 수군이 칠천도에서 거의 무방비 상태로 잠을 자고 있던 7월 15일 새벽, 왜군은 달밤을 이용해 일제히 수륙 양면으로 기습작전을 개시했다.

많은 전함들을 이끌고 부산에서 출발한 도도 다카토라(藤堂高虎)와 와키자카 야스하루(脇坂安治)의 수군과 고니시 유키나가(小西行長), 시마즈 다다유타(島津忠豊) 등이 이끄는 육군과 가토 요시아키(加藤嘉明)의 수군이 합세하여 기습공격을 해 왔던 것이다.

이보다 조금 앞서 왜군은 먼저 초탐선(哨探船)을 조선 수군의 선단 사이로 몰래 잠입시켰다. 이와 함께 많은 함선들로 조선 수군을 포위했으나, 조선 수군에서는 이를 알아차리지 못했다.

그런데 새벽녘, 칠천량(漆川梁 ; 지금의 경상남도 거제시 하청면 실전리와 거제도 서북부에 위치한 칠천도의 일부를 이루고 있는 하청면 어온리 사이의 해협)에 정박하고 있던 조선 수군의 함선에서 갑자기 불이 났다. 이어 사방에서 왜선들이 몰려오며 탄환이 우박처럼 쏟아졌다. 어디선가 천지를 진동하는 함성 소리도 들려 왔다.

이에 놀라고 당황한 원균과 장수들은 서둘러 부하들을 독려하며 응전했으나 적을 당해낼 수가 없었다. 조선 수군은 겁에 질린 채 우왕좌왕하다가 왜군들이 쏘아대는 총에 맞아 죽어갔고, 함선들은 대부분 불에 타버리며 침몰했다.

전라우수사 이억기(李億祺)와 충청수사 최호(崔湖) 등 용맹했던 수군의 장수들도 이때 전사했다.

원균은 선전관 김식(金軾)과 함께 가까스로 육지로 탈출했다. 그러나 원균은 왜군의 추격을 받아 결국 적의 칼에 맞아 죽고 말았다. 이때 그의 나이 58세였다.

단지 경상우수사 배설만이 12척의 함선을 이끌고 남해 쪽으로 겨우 후퇴할 수 있었다. 이로써 전투태세를 제대로 갖추지 못한 채 기습을 당한 조선 수군은 우세한 화력이나 기동력을 발휘해 보지도 못한 채 완전히 궤멸되고 말았다.

이순신이 애써 키워 놓았던 조선 수군이 일시에 궤멸되면서 수많은 조선 수군이 죽고, 조선 수군의 전함들을 대부분 잃고 만 이 어이없고도 비극적인 패전이 바로 칠천량해전(漆川梁海戰)인데, 임진왜란과 정유재란에 걸쳐 조선 수군이 유일하게 패배한 해전이다.

위기에 빠진 호남(湖南)

칠천량 해전에서 크게 패함으로써 조선 수군은 이제 남해(南海) 일원의 제해권을 완전히 상실했다. 뿐만 아니라 전라도 해역까지 왜군에게 내주게 되면서 왜군으로 하여금 서해로 진출할 수 있도록 해주었다.

남해안에 머무르며 대기하고 있던 일본 육군은 칠천량 해전에서 승리를 거두자 기다렸다는 듯이 그 여세를 몰아 두 갈래로 나뉘어 전라도 공략에 나섰다.

일본 육군이 그동안 전라도를 비롯한 조선의 내륙으로 선뜻 공격해 들어가지 못한 채 기다리고 있었던 것은, 무엇보다도 그들이 출격한 사이에 조선 수군에게 뒤통수를 맞을 것이 두려워서였다.

지난 임진왜란 때 이순신이 이끄는 조선 수군에게 된통 당했던 그 처절한 패배와 이로 인한 두려움과 수모가 왜군들의 가슴속에 깊이 각인되어 있었던 것이다.

그러나 칠천량 해전에서의 승리와 함께 조선 수군이 완전히 궤멸되자, 왜군에게는 이제 더 이상 두려울 것도, 거칠 것도 없었다. 더욱이 조선 수군의 명장 이순신마저 삼도수군통제사의 자리에서 쫓겨났다고 하지 않은가.

이때 왜군은 임진왜란 때와는 달리 경상도와 충청도, 그리고 전라도부터 완전히 점령하겠다는 전략을 세웠다.

이들 하삼도(下三道 ; 경상 · 충청 · 전라의 한반도 남쪽에 있는 3도를 이르는 말)부터 완전히 점령하겠다는 전략을 세워 놓고 있던 왜군은 우선 호남의 중심인 전주성부터 점령한 다음 북진할 생각으로 경상도 남쪽에 있던 왜군들을 나누어 서진(西進)시켰다.

이에 따라 모리 히데모토(毛利秀元)가 지휘하는 「후군」은 양산을 출발하여 밀양과 창녕, 합천을 거쳐 호남과 영남을 잇는 요충지로서 경상남도 함양군 서하면 봉전리에 있는 고려시대 때 축성한 황석산성(黃石山城)을 공격했다.

도체찰사 이원익은 이 성이 호남과 영남을 잇는 요새이므로 왜군이 노릴 것으로 판단하여 인근의 주민들을 동원하여 지키도록 했는데, 왜군이 공격해 오자, 김해부사 백사림(白士霖)은 성을 넘어 도망쳐 버렸다. 그러나 함양군수 조종도(趙

宗道)와 안음현감 곽준(郭浚)은 관군과 백성들을 이끌고 끝까지 싸우다가 성이 함락되면서 전사했다.

한편 우키타 히데이에(宇喜多秀家)가 이끄는 「좌군」은 배편으로 부산을 출발하여 사천 등에 상륙한 후에 하동, 구례를 지나 남원성으로 밀려들었으며, 임진왜란 때 함경도 방면으로 진출하여 조선의 왕자 임해군과 순화군을 포로로 잡았던 가토 기요마사가 이끄는 왜군은 밀양과 초계, 거창 등을 거쳐 전주성으로 향했다.

이처럼 왜군이 칠천량 해전에서 조선 수군을 궤멸시키고 호남을 향해 물밀듯이 쳐들어오고 있다는 소식이 조선 조정에 날아들자 선조와 신료들은 또다시 두려움에 휩싸이며 마음이 조급해졌다.

평양에 머무르던 명군 또한 급히 남원과 성주, 전주, 충주 등지로 군대를 내려 보냈다.

그런데 정유재란에 앞서 도요토미 히데요시는 왜장들에게 지침을 내렸는데, 그 중에는 임진왜란 때와는 크게 다른 이런 것들이 있었다.

"전라도를 반드시 손에 넣고, 나머지는 가능한 한 그리하라."

"점령보다는 섬멸을 목표로 하라."

임진왜란 때 왜군은 최대한 빨리 한양을 공략하여 선조의 항복을 받아내려고 했다. 아울러 조선인을 도요토미 히데요시의 신민(新民)이자 중국 공격군의 일부로 쓰기 위해 잔학 행위는 되도록 자제하도록 했다.

그러나 정유재란 때는 그 생각이 크게 달랐다. 즉 임진왜란 때와는 달리 왜군은 이순신과 조선 수군, 그리고 의병들 때문에 손을 못 댄 전라도를 철저히 유린하는 한편, 조선인이라면 남녀노소를 가리지 않고 무자비하게 학살한다는 전략을 세워 놓고 있었던 것이다.

또한 여기에는 전라도에 대한 철저한 응징과 함께 보복하겠다는 뜻도 담겨 있었다. 즉 임진왜란 때 이순신과 전라도 사람들이 중심이었던 조선 수군에게 연거푸 패배했던 왜군은 이에 대한 분노와 보복심, 그리고 그때 제해권을 빼앗겨 전라도 지역에는 진출하지도 못했던 것에 대한 한을 풀며 앙갚음을 하고자 했던 것이다.

그때의 치욕이 얼마나 컸던지 도요토미 히데요시는 이런 말까지 했다고 한다.

"전라도의 조선인들을 모두 죽여 버리고, 그 땅에 일본 서도(西道)의 백성들을 옮겨 살게 할 것이다."

조선에 진출한 왜군들은 원래 조선 백성들을 포로로 잡으면 외국에다 노예로 팔아서 돈을 벌 생각이었다. 그러나 조선인을 무자비하게 죽이고 그 증거를 실물로 가져오라는 도요토미 히데요시의 명에 따라 왜군들은 먼저 일정한 수의 조선인을 베어 죽이고 난 다음 나머지 포로들만 팔 수 있게 되었다.

그런데 전쟁 중에 조선인을 죽였다는 증거로 목을 자른 수급(首級)을 가지고 다니기에는 너무나 귀찮고 불편했다. 게다가 수급은 금방 썩어버리는데다 냄새가 날 염려마저 있었다. 때문에 왜군들은 조선인들의 수급 대신 코를 베어 일본으로 보냈다.

왜군 장수들이 조선인들의 코를 베어 소금에 절인 다음 이를 일본에 보내면 도요토미 히데요시는 아주 흐뭇한 표정으로 이를 훑어본 뒤 이 전리품들을 일본 곳곳에 자랑스레 순회시키며 일본 백성들이 모두 보도록 한 뒤 교토(京都)에 묻도록 지시했는데, 이렇게 해서 생겨난 것이 바로 「코 무덤」이었다.

지금도 일본 교토에 가면 이 「코 무덤」이 남아 있다. 그런데 이 「코 무덤」은 흔히 「귀 무덤」 즉 「이총(耳塚)」으로 잘못 알려져 있다.

그 이유는 일본 에도시대 초기의 유학자 하야시라산(林羅山)이 「코 무덤」은 너무 야만스럽다며 이를 「귀 무덤」으로 바꾸어 부르자고 하여 이후 「코 무덤」이 「귀 무덤」으로 바뀌어 불리게 되었기 때문이다.

그러나 실제로는 조선인 12만 6천 명의 코가 묻혀 있는 「코 무덤」이며, 현재 교토 시가 세운 「코 무덤」 설명 팻말에는 먼저 「귀 무덤」이라 쓰고 괄호 안에 다시 「코 무덤」이라고 덧붙여 써 놓았다.

왜군들은 조선에서 붙잡아 온 조선인들을 일본에 보냈다가 서양에서 온 노예 상인에게 이들을 팔기도 했으며, 이때 서양으로 팔려간 조선인 노예의 후손들의 일부가 지금 서양에 살고 있다. 활석산성을 점령한 왜군들은 다시 남원 성을 공격하기 시작했다.

이에 남원 성에 있던 조선군과 명군은 합세하여 대포를 쏘아대며 치열하게 방어전을 벌였다. 하지만 왜군의 수많은 조총들을 제압하지는 못한 채 8월 16일, 남원 성은 함락되고 말았다. 이와 함께 성 안에 있던 조선군과 명군, 그리고 조선의 백성들은 왜군들에 의해 모조리 살육 당했다.

남원성을 점령한 왜군은 곧바로 전주성으로 쳐들어갔다. 그러자 남원성의 함락과 남원성에서 벌어진 왜군의 만행을 전해들은 전주성의 조선군과 명군, 조선의 백성들은 겁에 질려 성을 버리고 달아나 버렸다.

호남의 중심 전주성이 순식간에 함락되자 곡창지대인 전라도는 마침내 왜군의 손에 넘어가고 말았으며, 남원성과 전주성을 함락시킨 왜군은 그 여세를 몰아 충청도 직산까지 거침

없이 진격하며 명군과 대치하기에 이른다.

이렇게 되자 한양성은 마치 가마솥처럼 끓어오르며 큰 혼란에 빠져들었다. 임진왜란 때처럼 조선의 도성 한양이 또다시 왜군들에 의해 점령될 것으로 생각하여 많은 고관대작(高官大爵)들이 식솔(食率)을 거느리고 서둘러 한양 성을 빠져나갔다. 이때 내의원의 수의 양예수 또한 어디론가 사라져 버린다.

그러나 선조는 임진왜란 때와는 달리 세자 광해군(光海君)으로 하여금 대비(大妃)를 모시고 북으로 피난가게 한 다음 자신은 한양성에 남아 왜군을 맞아 싸울 준비를 한다.

임진년에 백성들로부터 들었던 그 「비겁한 군주」라는 오명을 씻겠다는 뜻이었을까.

허준 또한 도성에 남아 선조 곁을 지킨다. 이 공로로 허준은 1606년(선조 39년), 정승 반열이며 관직의 최고 단계인 정1품 보국숭록대부(輔國崇錄大夫)라는 최고위 벼슬에 양평군(陽平君)이라는 작호까지 받는다. 그의 나이 68세 때였다.

그러나 사간원과 사헌부에서 중인인 의관에게 이처럼 높은 벼슬을 주는 것은 신분사회의 질서를 그르치는 잘못된 조치라며 맹렬히 반대한다.

그러자 선조는 결국 이 명을 철회하였으나, 허준의 사후(死後), 조정에서는 그의 공을 다시 인정하여 정1품 보국숭록대부를 추증한다.

한편 칠천량 해전에서 왜군에게 대패한 후 원균과 함께 육지로 탈출했다가 원균은 적의 칼에 맞아 죽고, 겨우 살아서 돌아온 선전관 김식(金軾)으로부터 조선 수군이 칠천량에서 왜군에게 대패하고 삼도수군통제사 원균마저 전사했다는 보고를 받은 조선 조정은 크게 놀라 선조와 대신들이 급히 모여 대책을 논의한다.

이때 병조판서 이항복(李恒福)이 선조에게 아뢴다.

"이순신을 다시 통제사로 기용해야 합니다. 지금은 오직 이 방법밖에 없사옵니다."

이에 선조는 말이 없었다.

원균의 상소를 받아들여 이순신을 삼도수군통제사에서 해임하고 그 자리에 원균을 앉힌 것이 바로 자신이 아닌가.

뿐만 아니라 이순신을 엄벌에 처하라고 명한 것도 자신이고, 당시 영남지방을 순시하던 도체찰사 이원익이, 이순신이 체포되었다는 소식을 듣고는 이순신의 파직을 반대하는 상소를 올렸을 때에도 이를 단호하게 물리쳤던 것 또한 자신이 아닌가.

하지만 이 위기 속에서 어쩌겠는가.

선조는 이순신을 다시 삼도수군통제사로 기용하지 않을 수 없다는 생각이 들었다.

"지난번에 이순신의 관직을 빼앗고 죄를 주게 한 것은 또한 사람이 하는 일이라 잘 모르는 데서 나왔던 것이오. 또 그리하여 오늘날 패전의 욕을 보게 된 것이니, 그 무엇을 말할 수 있겠소?"

변명이 궁했던 선조는 이렇게 얼버무리며 당시 백의종군(白衣從軍)하고 있던 이순신을 다시 삼도수군통제사로 임명한다. 그러면서도 이순신에게 흩어진 수군을 수습하여 일본수군을 속히 물리치라는 어명도 내린다.

1597년(선조 30년) 7월 22일이었다.

이와 함께 선조는 권준(權俊)을 충청수사로, 김억추(金億秋)를 전라우수사로 임명했다.

이 무렵, 이순신은 칠천량 해전에서 조선 수군이 궤멸되며 원균이 죽고 수많은 조선 수군들이 전사했다는 비보(悲報)에 접하고는 비통해 하고 있었다. 그러면서도 그는 남해안 지역을 직접 돌아보며 대책을 고심하다가 7월 21일 노량에 도착했다.

그리고 그는 이곳에서 거제 현령 안위(安衛)와 경상우수영 소속인 영등포(永登浦, 거제도) 만호(萬戶) 조계종 등을 만나 칠천량 해전의 패전에 관한 자세한 상황을 듣고 이들과 함께 대책을 논의한다. 그리고 왜군들의 동향에 관한 첩보활동도 계속한다.

이어서 이순신은 9명의 군관들과 군사 6명을 이끌고 다시 길을 떠나 8월 3일 구례에 도착했는데, 바로 이 날 이순신은 구례에서 자신이 다시 삼도수군통제사로 임명되었다는 어명을 받는다. 이런 점에서 구례는 이순신에게 있어서 재기를 위한 출정 전진기지나 다름없는 곳이었다.

그러나 이때는 이미 조선 수군의 대부분의 함선들이 소실되고, 남해안의 제해권이 왜군 쪽으로 완전히 넘어가 있었다. 뿐만 아니라 이 틈을 타서 일본 육군이 전라도 지역으로 쳐들어와 남원성과 전주성이 함락되는 바람에 호남의 대부분이 왜군의 수중에 있는 형국이었다.

이순신은 구례에서 14일 정도를 지내면서 군자감(軍資監) 첨정(僉正) 손인필(孫仁弼)과 체찰사 이원익 등을 만났다. 또한 이곳에서 이순신은 조선 수군에게 꼭 필요한 병참물자를 어떻게 조달할 것인지에 대해 고심하며 왜군과 싸울 전략을 모색했다.

충청도 직산까지 왜군들이 몰려오자 조선군과 명군은 이들을 막기 위해 1597년(선조 30년) 9월 5일, 직산 북방에 있는 소사평(素沙坪)에서 왜장 구로다 나가마사(黑田長政)가 이끄는 왜군과 치열한 전투를 벌인다.

그리고 이 전투에서 조·명 연합군은 많은 왜군을 사살하며 대승을 거둔다.

이 전투가 바로 평양성 전투, 행주산성 전투와 함께 임진왜란 당시 육전(陸戰) 삼대첩(三大捷) 가운데 하나로 불리는 소사평 대첩이다. 직산 전투라고도 한다.

이로써 조·명 연합군과 조선 조정은 한숨을 돌릴 수 있게 되었고, 이 전투에서 큰 피해를 입으면서 대패한 왜군은 더 이상 북진할 생각을 하지 못했다.

왜군은 한양성에 대한 공략도 포기한 채 남쪽의 해안으로 물러나 울산에서 순천에 이르는 바닷가에 왜성을 쌓고 장기 주둔 태세를 취한다.

1597년(선조 30년) 9월 9일, 소사평 전투에서 조·명 연합군이 많은 왜군을 사살하며 대승을 거두었다는 소식이 알려지자, 대비를 모시고 북으로 향하던 광해군은 방향을 바꾸어 한양으로 되돌아온다.

제2장. 임금의 통증과 백성들의 절규

선조를 찾아온 무릎 통증

1597년(선조 30년) 5월 11일, 날씨는 더없이 화창하고 봄꽃들은 여기저기 무리지어 피었는데, 선조는 갑자기 무릎 통증을 호소했다.

이에 허준을 비롯한 여러 어의들이 입시한 가운데 도제조 김응남이 선조에게 아뢴다.

"전하, 자세한 증후를 말씀해 주소서. 그래야만 침을 놓을 수 있사옵니다."

그러자 선조가 자신의 증세에 대해 이렇게 말한다.

"왼쪽 귀가 심하게 울리고 들리지도 않으므로 침을 맞지 않으면 낫지 않을 듯하구나."

무릎이 아프다며 어의들을 불러 놓고는 선조는 뜬금없이 귀의 불편함을 호소한 것이다.

선조의 이 같은 허두에 도제조 김응남과 어의들은 약간 어이가 없었지만, 머리를 숙인 채 가만히 있었다.

그러자 선조는 다시 말을 잇는다.

"왼손의 손등에 부기가 있는 듯하고, 손가락을 당기면 아파서 침을 맞으려 한다. 왼쪽 무릎도 시리고 아파서 잘 걷지 못하므로 침을 맞아 맥을 트려고 하는 것이다."

즉 왼쪽 귀와 왼쪽 손등, 그리고 왼쪽 무릎이 모두 아프거나 이상이 있는 것 같은데, 침을 맞아 맥을 트면 나아질 것 같다는 자가진단이었다.

무릎 관절은 원래 체중 부담을 많이 받는 관절이고, 더욱이 이곳은 운동이나 일상적인 활동 중에도 손상을 받기 쉬운 부위이기 때문에 통증이 잘 생긴다.

특히 무릎 통증은 관절염으로 인한 경우를 비롯하여 양반다리를 오랫동안 하며 살아 왔을 때, 쪼그려 앉기를 자주 하거나 오랫동안 걸었을 때, 또는 허벅지 근력이 만성적으로 약화된 상태에서 계단을 자주 오르거나 등산을 많이 했을 때 등 여러 가지 원인으로 발생한다.

또한 무릎 관절을 너무 많이 써서 연골과 뼈에 퇴행성 변화가 일어나서 통증이 생기는 경우도 흔하지만, 이와는 반대로 무릎 관절을 너무 사용하지 않아 혈액과 기의 순환에 문제가 생기거나 근육과 인대가 굳어져서 통증이 생기기도 한다.

물론 무릎의 가벼운 통증이나 일시적인 무릎의 불편함 정도는 안정을 취하면서 온열 찜질을 하면 이내 가라앉는 수가 많다. 그러나 며칠이 지나도록 통증이 지속되거나 보행이나 일상적인 활동, 혹은 운동 같은 것을 할 때 불편함을 겪거나,

이런 증상들이 자주 재발한다면 전문의의 자세한 진단을 거쳐 적절한 치료를 받아야 한다.

한방에서는 무릎에 통증이 있거나 불편할 경우에 그 발생 원인에 따라 크게 두 가지로 나누어 치료에 임한다.

우선 어떤 작업이나 운동 등을 하다가 넘어지거나 부딪쳐서 무릎을 다쳤을 때, 또는 갑자기 무리해서 걷거나 뛰고 난 후에 무릎이 갑자기 붓고 아파 오며 구부리거나 펼 때 무릎에 통증이 느껴지는 것은 흔히 외상(外傷)으로 인한 것으로 본다.

이럴 경우, 한방에서는 외상을 받은 부위를 지나는 경락(經絡)에 어혈(瘀血)이 생김으로써 경락 속을 지나는 기혈(氣穴)의 흐름에도 장애를 초래하는 것으로 여긴다. 그러면서 통증이 있는 무릎 부위를 지나는 경락상의 경혈(經穴)에 침이나 부항, 수기요법, 뜸 등을 통한 자극으로 이를 소통시켜 치료를 도모한다.

만일 무릎 부위에 어떤 외상을 입었음에도 불구하고 이에 대한 치료를 소홀히 하게 되면, 퇴행성관절염 등과 같은 본격적인 무릎 질환으로 발전하는 수도 있다.

따라서 어떤 외상으로 인해 무릎을 다치게 되면 우선 손상을 입은 부위에 즉시 얼음찜질을 하여 부기와 내부 출혈이 생기지 않도록 해야 한다. 그런 다음 압박붕대 같은 것으로 환부를 압박하여 고정시킨 후에 속히 전문의를 찾아가는 것이 바람직하다.

한방에서는 단지 외상이 생겼을 때뿐만이 아니라 신체의 노화나 내장 기능이 약화되거나 어떤 이상이 생겼을 때에도 무릎 통증이 생길 수 있다고 보는데, 이를 내인성(內因性)으로 인한 무릎 통증이라고 한다.

특히 한방에서는 간(肝)이 근육을 주관하고, 신장이 뼈를 주관하는 것으로 보는데, 만일 간과 신장의 기운이 허약하거나, 이들 장기(臟器)에 어떤 이상이 생기면 이와 연관이 있는 다리 근육과 무릎 관절도 쇠약해져 쉽게 다치거나, 그리 힘들지 않은 일을 하고 난 후에도 잘 부어오르고 무릎이 아플 수 있다고 여긴다.

그러므로 특별히 넘어지거나 다치지 않았음에도 불구하고, 또는 무리한 일이나 운동 등을 하지 않았는데도 무릎이나 다리가 붓거나 통증이 있을 때, 혹은 무릎 뒤쪽이 당기고 저린 경우에는 간이나 신장 혹은 내장 기능에 어떤 이상이 있는지도 한번 살펴보아야 한다.

몸 안의 수분을 조절하는 기능을 맡고 있는 장기인 비장과 신장이 약해져도 무릎과 다리가 붓거나 아픈 수가 있는데, 이런 경우에는 손발이 더 잘 붓고 습기가 차거나 흐린 날씨가 되면 더욱 아프다고 호소하는 수가 있다.

또 이런 경우에는 허리나 다리가 항상 무겁고 몸이 전체적으로 묵직한 느낌이 들면서 통증과 부기를 함께 느낀다는 사람들이 많다.

위와 장이 약해서 체내에 담이라고 하는 노폐물이 생기면 이것이 인체 안에서 여기저기 돌아다니며 통증을 유발하기도 하는데, 만일 무릎이 아플 때 한 곳만 아프지 않고 이곳저곳으로 옮겨 다니면서 아플 때에는 담에 의한 통증이 아닌지 의심해 볼 필요가 있다.

또한 이런 경우에는 무릎 이외에도 등이나 어깨, 허리 등에 담이 자주 걸리는 수도 있다.

이처럼 외상이 아닌 내장 기능의 약화나 어떤 이상으로 인해 무릎이 아픈 경우에는 아픈 부위에 대한 물리치료나 침 치료만을 해서는 잘 낫지 않는다. 또한 낫더라도 재발하기가 쉽다.

그런 만큼 무릎 통증이 있을 때 한방에서는 단순히 외상에 의한 것만 살피지 않고 내장기에 대한 자세한 진찰을 통해 그 원인이 된 부위를 찾아낸 후 그 근본부터 치료하는 것을 원칙으로 하고 있다.

때로는 내장기가 아닌 인체의 다른 부위에 이상이 생겨 무릎에 통증이 나타나는 수도 있는데, 이를테면 목이나 허리에 어떤 이상이나 통증이 있을 때에도, 이들과는 멀리 떨어져 있어 상관이 없어 보이는 무릎 부위에 통증이나 운동 장애가 생길 수도 있다.

이런 이유로 한방에서는 예로부터 무릎 통증이 있으면 단지 통증이 있는 무릎 부위만 보지 않고 그 원인이 될 수 있는 내장기나 목, 허리 등까지도 세심하게 살펴 근본 원인이 된 부위를 찾아낸 후 이들 부위와 함께 통증이 있는 무릎 부위에 침이나 부항, 수기요법, 뜸 치료와 함께 적절한 처방약을 통한 치료도 병행한다.

특히 한방에서는 내장기의 어떤 이상으로 생긴 무릎 통증에는 우선 내장기능의 이상을 치료할 수 있는 처방약을 복용하도록 하는 한편 이와 함께 환부인 무릎 부위에 대한 침술 및 물리치료도 함께 실행한다. 아울러 적절한 식이요법도 권한다.

무릎 통증을 비롯하여 관절염 등에 좋은 한방 약재로는 오가피(五加皮)와 가시오갈피(가시오가피)를 비롯해서 구기자(枸杞子, 구기자나무의 열매)·지골피(地骨皮, 구기자나무의 뿌리껍질을 말린 것)·우슬(牛膝, 소 무릎)·하수오(何首烏)·산수유(山茱萸, 산수유나무의 열매)·토사자(兎絲子)·음양곽(淫羊藿, 삼지구엽초)·두충(杜仲, 두충나무의 나무껍질을 말린 약재)·홍화자(紅花子)·해동피(海桐皮, 콩과에 속한 낙엽교목인 송곳오동나무 또는 오갈피나무과에 속한 엄나

무의 나무껍질) · 속단(續斷, 속단과에 속한 다년생 초본식물 인 산토끼꽃과의 천속단川續斷의 뿌리) · 독활(獨活, 두릅나무과에 속하는 다년생 초본식물 땅두릅의 뿌리) · 현호색(玄胡索, 쌍떡잎식물 양귀비목 현호색과의 다년초) · 꾸지뽕나무(뽕나무과 꾸지뽕나무 속에 속하는 낙엽활엽소교목) · 희렴(豨薟, 진득찰의 지상부 전초) · 동충하초(冬蟲夏草, 동충하초과의 소형 버섯류) · 노박덩굴 · 모과(木瓜, 모과나무의 열매) 등이 있다.

이 가운데 오가피와 가시오갈피는 예로부터 「만병을 다스리는 생약」으로 불려온 약초로서 우리나라에서는 흔히 「나무 인삼」이라고도 불려 왔다. 오가피의 잎 모양이 인삼과 흡사할 뿐만 아니라, 그 약효 또한 인삼에 못지않다고 여겼기 때문이다.

《동의보감》에서는 『오가피를 꾸준히 먹으면 몸이 가벼워지고 늙지 않는다.』고 했고, 《본초강목》에는 『한 줌의 오가피는 마차를 가득 채운 금옥보다 낫다.』라며 그 효능을 극찬했다.

근래에는 오가피와 가시오갈피의 효능이 과학적으로 입증되면서 더욱 각광받고 있다. 특히 오가피의 성분과 약리작용을 분석한 결과 간 기능 보존과 해독작용, 면역기능 향상, 항암 및 항염증 작용이 아주 뛰어난 것으로 밝혀졌다.

이러한 효능을 지닌 오가피와 가시오갈피는 무릎관절에도 아주 효과적인 약재인데, 특히 허리와 무릎의 시큰한 통증과 근맥과 뼈가 저리고 경련이 일어나는 증상이 있을 때 복용하면 효과적이다.

간 기능이 약하거나 간 기능 이상에서 비롯된 무릎 통증에도 좋다.

민간에서는 예로부터 무릎이 아플 때 오가피나 가시오갈피를 물에 넣고 달여서 먹었는데, 오가피나 가시오갈피 8~15g 정도를 적당량의 물에 넣고 끓인 후 차처럼 수시로 마시면 좋다. 맛은 좀 쌉쌀하다.

또한 오가피와 가시오갈피는 당뇨와 관절염, 신경통, 고혈압, 손발 저림, 피로(특히 신경피로), 신경쇠약, 기억력 활성화, 신경안정, 노화방지 및 피부미용, 정력보강, 다이어트 및 비만 퇴치 등에도 좋은 약재로 입증되었다.

더욱이 가시오갈피는 어린이나 청소년의 성장발육 촉진에도 아주 좋은 것으로 밝혀졌으며, 허약체질인 어린이나 청소년들에게도 좋은 약재다.

가시오갈피와 구기자를 함께 넣고 달여서 복용하면 신진대사가 촉진되며 성장발육 촉진에 더욱 좋다는 연구 결과가 발표되기도 했다.

러시아의 한 약리학자는 자신의 연구 결과를 토대로 가시오갈피의 약리 성분이 인삼을 능가한다고 발표한 적도 있다. 가시오갈피는 특히 우리나라 산(産)이 좋은데, 노벨상을 수상한 독일의 뮌헨대학 바그너 박사는 한국산 가시오갈피의 효능이 중국산보다 6배, 그리고 러시아산보다는 4배나 더 우수하다고 말했을 정도다.

운동선수들에게 오가피를 꾸준히 먹도록 했더니 피로가 빨리 풀리고 신진대사가 촉진되며 근육이 강화되었을 뿐만 아니라 지구력과 조정력이 좋아지며 기록도 향상되었다는 연구결과가 나온 적도 있다. 러시아와 독일, 일본 등지에서는 오가피로 만든 건강 음료의 인기가 높다고 한다.

선조가 이처럼 무릎 통증을 호소하자, 허준을 비롯한 어의들은 먼저 선조에 대한 세밀한 진찰부터 해 보았다. 다행히 선조는 최근 넘어지거나 무릎을 다친 일이 없었고, 무릎 통증의 원인이 될 만한 다른 외상 또한 없었다.

진맥을 해본 결과, 무릎 통증의 원인이 될 수 있는 간에도 별 이상이 없었다. 그러나 재위 기간 동안에 두 명의 정비(正妃)와 여섯 명의 후궁(後宮)을 거느리고 과도한 성생활을 일삼았던 선조의 신기(腎氣)는 여전히 약한 상태였고, 신장의 기능도 그다지 좋지 않았다 이런 점에서 선조의 무릎 통증은 이와 관련이 있어 보였다.

더욱이 이때 46세였던 선조는 평소 잘 걷지 않았을 뿐만 아니라, 평소 양반다리를 하고 오랫동안 살아온 데다가 변을 볼 때에도 매화틀(조선시대 때 임금이 사용하던 이동식 변기)에 쪼그려 앉았기 때문에 다리와 허벅지의 근력이 많이 약화되어 있었으며, 무릎 관절 또한 많이 쇠약해진 상태였다.

특히 선조는 항상 몸을 잘 움직이지 않고 무릎 관절을 너무 사용하지 않아 혈액과 기의 순환에도 문제가 있었으며, 근육과 인대도 굳어져 있어 무릎에 통증이 생긴 건 어쩌면 당연한 일인지도 몰랐다.

이때 허준은 선조가 왼쪽 귀가 심하게 울리고 잘 들리지도 않는다는 증상을 호소하는 것을 들으면서 선조의 비뇨생식기 계통도 약해졌을 가능성이 크다는 판단도 했다.

그 이유는, 인체의 비뇨생식 계통이 약해지면서 이것이 귀에도 영향을 끼치게 되면 귀에서 소리가 나거나 잘 들리지 않는 수가 있고, 또 허리나 무릎에 영향을 끼치게 되면 다리에 힘이 빠지거나 무릎에 통증을 일으키는 수도 흔히 있기 때문이었다.

따라서 허준은 이러한 것들이 복합적인 요인으로 작용하여 선조에게 무릎 통증이 온 것으로 최종 결론을 내렸다. 다른 어의들도 허준의 이 같은 판단에 동의했다.

그러자 허준은 도제조 김응남에게 이 같은 어의들의 견해를 보고하고는 내의원에서도 특히 침을 잘 놓는 침의들을 불렀다. 이어 허준은 이 침의들에게 선조의 무릎 연골 부위의 염증을 완화시키고 주변 근육이 강화될 수 있도록 도와주면서 무릎 통증을 빠르게 완화시켜 줄 수 있도록 적절한 부위에 침을 놓도록 지시했다. 이와 함께 내의원의 의관들에게는 선조의 환부에 대한 뜸 치료도 병행하도록 했다.

그런 다음 허준 자신은 선조에게 약화된 무릎 부위에 기혈을 모으면서 재생물질 분비를 촉진할 수 있고, 근육과 인대를 보다 유연하게 만들면서 염증도 제거할 수 있으며, 혈액순환을 원활하게 하면서 무릎 통증을 완화시킬 수 있을 뿐만 아니라 과도한 성생활 등으로 약화된 선조의 비뇨생식기 계통 및 신기와 신장의 기능을 강화시켜 줄 수 있는 약재들로 구성된 처방전을 떼어 내의원에 내려 보냈다. 그러면서 허준은 이 처방전대로 제조한 탕약을 속히 지어 선조에게 올리라는 지시도 함께 내렸다.

대나무 그릇이 떨어지면 대나무로 고치고,
금 그릇이 깨지면 금으로 때운다

무릎 통증으로 고생하던 선조는 내의원 침의들로부터 침을 맞고, 또 뜸 치료도 병행하는 한편 어의 허준이 처방한 탕약

(湯藥)을 꾸준히 복용하면서 그 증상이 한결 좋아졌다.

그래서 어의들도 마음을 좀 놓고 있었는데, 이듬해(1598년, 선조 31년) 이른 봄인 3월 12일, 선조는 어의들에게 불쑥 이런 말을 한다.

"요즘 근골(筋骨)이 몹시 무거운 듯하고, 다리 힘이 약해져 똑바로 설 수가 없다. 더욱이 밤새 잠을 잔 것 같은데 왠지 잠을 잔 것 같지가 않고, 낮에도 기운이 없고 온몸이 나른하다. 또 눈꺼풀이 어찌나 무거운지 수시로 내려앉는 바람에 참을 수 없을 만큼 졸리는구나."

선조의 이 같은 말이 떨어지기가 무섭게 어의들은 즉각 선조를 진맥하고 진찰하여 그 원인과 병세 등을 살폈다. 그런 다음 모여서 논의한 후에 허준이 어의들을 대표하여 선조에게 아뢰었다.

"전하, 소신들이 그 원인을 자세히 살펴본 바, 지난겨울의 모진 추위에 과로가 쌓여 근골이 상한 것 같사옵니다.

그런데 이제 봄이 되어 따뜻한 봄기운이 피어오르자 한습(寒濕)한 기운이 간(肝)과 신(腎)의 경락에 동한 것으로 보입니다.

봄에는 특히 간의 활동이 왕성해지는데, 이때 조금이라도 무리를 하게 되면 간 기능이 약해지며 피로감을 많이 느끼기 쉬울 뿐만 아니라, 옥체가 나른해지며 졸음이 많아지게 되옵니다."

한의학에서는 예로부터 봄철, 특히 이른 봄을 「간왕지절(肝旺之節)」이라 하여 이때가 되면 우리 인체 내에서 간의 활동이 더욱 왕성해지는 것으로 간주한다. 그러면서 바로 이러한 때에 과로나 과음 등으로 인해 간에 무리를 주거나 밤에 잠을 제대로 자지 못하여 수면부족 상태를 초래하게 되면, 간의 기능이 다른 때보다도 더 쉽게 약화될 뿐만 아니라 피로도 한층 더 심해지는 것으로 여긴다.

또한 봄철이 되면 온몸이 나른하며 졸리고, 정신이 몽롱하거나 기력이 없고, 입맛이 없으며 피로를 많이 느끼는 등 이른바 「춘곤증(春困症)」을 호소하는 사람들도 많아지는데, 한의학에서는 이것 또한 봄철의 여러 가지 기후 변화와 「꽃샘추위」 같은 변덕스러운 날씨에 우리 인체가 재빨리 적응하지 못할 뿐만 마니라, 간의 활동이 다른 때보다도 더욱 커지면서 간에 피로물질이 빨리 쌓이고 간 기능이 약화되기 때문으로 생각한다.

「음양오행설(陰陽五行說)」에서는 봄과 간은 오행상 모두 「목(木)」에 해당하며, 오행의 상생상극(相生相剋) 관계에 따라 「목」은 「토(土)」를 이기는 것으로 본다. 그런데 인체의 장기 중의 하나인 비(脾 ; 비장, 지라)는 「토」에 속한다.

이것은 다시 말해 오행상 「목」은 「토」를 이기기 때문에 봄철이 되어 「목」에 해당하는 간의 기능이 너무 왕성하게 활동하면, 그 여파로 인해 「토」에 해당하는 비와 비위(脾胃)의 활동 역시 방해받거나 억제된다는 뜻이다. 즉 봄철에는 간의 활동이 왕성해지면서 비나 비위의 기능이나 활동력은 상대적으로 약해지기 쉽다는 것이다.

또 이로 인해 평소 비위의 기능이 약한 사람이나, 비나 비위에 어떤 질병이 있는 사람들은 봄철이 되면 더욱 피로를 많이 느끼기 쉬우며, 소화도 잘 안되고 입맛이 없는 등 여러 가지 증세가 잘 나타나게 된다.

아울러 간에 어떤 질환이 있거나 평소 간 기능이 약한 사람, 또는 과음이나 과로 등으로 인해 간의 기운이 약해진 사람들 역시 봄철이 되면 자연적으로 피로를 더 많이 느끼게 되면서 온몸이 나른해지며 졸리고, 잠을 자도 자꾸만 잠을 더 자고 싶어지게 된다.

한의학에서 봄철이 되면 인체의 간의 활동이 더욱 왕성해지는 것으로 보는 것도 바로 이러한 「음양오행설」에 근거한 것이다.

중국 진한(秦漢)시대 때에 쓰인 가장 오래된 중국의 의학서로서 「한의학의 바이블」이라고도 일컬어지는 《황제내경(黃帝內經)》은 보통 줄여서 《내경(內經)》이라고 하는데, 여기에서는 청(靑)·적(赤)·황(黃)·백(白)·흑(黑)의 다섯 가지 색깔, 즉 오색(五色)은 각각 간(肝)·심(心)·비(脾)·폐(肺)·신(腎)의 오장(五臟)과 밀접한 연관을 갖는 것으로 보고 있다.

그러면서 음양오행설에 근거하여 오행상「목(木)」에 속하는 간은 그 색은「청(靑)」에 해당하며, 따라서 푸른색을 띤 식품이나 약재는 특히 간에 이로운 것으로 여겼다.

그런데 여기서 말하는「청」이란 푸른색과 녹색을 다 함께 이르는 말이다. 따라서 간의 활동이 더욱 왕성해지면서 간에 피로가 쌓이고 간 기능이 약화되기 쉬운 봄철에는 간에 이로운 색인 녹색을 지닌 쑥이나 냉이, 씀바귀, 미나리, 달래, 부추 등과 같은 봄나물을 더욱 자주 섭취해야 한다는 것이 한의학적인 견해다.

색채 심리학이나 색채 의료요법에서도 녹색을 건강 회복과 부활의 색으로 여긴다. 특히 눈의 피로를 해소시키고 몸과 마음을 안정시켜 주며, 스트레스 해소에도 좋은 색으로 보며, 녹색이 신경의 예민함을 가라앉혀 주고 다혈질인 성격의 사람에게는 차분함을 안겨주는 색으로도 분류한다.

따라서 이런 색채 심리학이나 색채 치료요법의 견해에서 보더라도 녹색을 띠고 있는 각종 봄나물들은 여러모로 건강에 이로울 수밖에 없다.

"그럼 어찌하면 좋은가? 침을 맞으면 되겠는가?"

지금까지 으레 그래 왔듯이, 침 맞기를 워낙 좋아해 또다시 침 맞을 생각부터 하고 있던 선조의 이 같은 질문에 허준이 다시 아뢴다.

"전하, 이런 증상에는 침을 맞기보다는 이를 물리칠 수 있는 적절한 음식들을 자주 드시는 것이 훨씬 더 효과적일 것으로 생각되옵니다. 봄철이 되면 무엇보다도 왕성해진 간의 활동을 도와주고 간의 피로를 속히 해소시켜 줄 수 있는 음식들을 자주 드시는 것이 가장 좋은 법입니다.

이를테면 예로부터 「간의 성약(聖藥)」으로 불리어 온 냉이를 비롯해서 쑥이나 씀바귀, 미나리, 달래, 부추 등과 같은 봄나물을 자주 드셔야 하옵니다. 또한 모시조개를 비롯해서 각종 조개류는 예로부터 간에 좋은 식품으로 잘 알려져 있으므로 이런 것들 또한 자주 드시면 옥체 보존에 큰 도움이 되옵니다."

우리나라에서는 예로부터 이른 봄이 되면 파릇파릇하게 돋아난 어린 쑥의 새싹을 뜯어다가 국을 자주 끓여 먹었다. 어린 쑥을 끓는 물에 살짝 데친 다음 된장을 알맞게 푼 쌀뜨물에 넣고 끓인 쑥국을 특히 많이 먹었고, 말린 쑥과 함께 쌀가루를 섞어서 쪄 낸 쑥개떡(쑥떡)도 종종 해 먹었다.

봄의 상큼함이 넘치는 냉이를 된장과 함께 끓인 냉이 토장국이나 냉이 무침도 즐겨먹었다.

예로부터 민중 사이에서 전해오는 세시풍속(歲時風俗)들을 모아 엮은 세시풍속서로서 조선조 순조(純祖) 때 홍석모(洪錫謨, 1781~1850)가 지은 《동국세시기(東國歲時記)》를 보면 이런 글이 실려 있다.

『예로부터 봄철이 되면 어린 쑥을 뜯어서 쇠고기와 달걀을 넣고 끓인 애탕(艾湯)과 애단자(艾團子)를 함께 해 먹는 풍습이 있다.』

그런데 애탕이란, 어린 쑥을 살짝 데친 다음 알맞게 썰어서 다진 쇠고기와 함께 파·마늘·깨·소금 등의 양념류를 넣어 완자 모양으로 둥글게 빚은 후, 여기에 다시 달걀과 밀가루에 씌워서 별도로 준비해 둔 육수에 넣고 끓여서 만든 음식을 말한다.

그리고 어린 쑥과 찹쌀가루를 섞어서 떡을 만든 다음, 이것을 볶은 콩가루와 꿀에 묻힌 음식이 애단자이다.

물론 이런 음식들은 옛날에는 자주 먹기 어려웠던 귀한 음식이었다. 그래서 옛날에는 가족이나 친지, 또는 친한 친구들끼리 하루 날을 잡아 함께 모인 다음 이 애탕과 애단자를 만들어 먹었는데, 이런 모임을 가리켜 「쑥국회」라고 했다.

이처럼 옛날에 「쑥국회」라는 모임을 만들어 가면서까지 애탕과 애단자를 함께 나누어 먹었던 것은, 봄철에 막 돋아난 어린 쑥으로 이런 음식들을 만들어 먹으면 그 해에 건강하고 무병하다고 여겼기 때문이다.

이와 함께 봄철에 왕성해진 간의 활동을 도와주고, 왕성한 활동으로 인해 약해지기 쉬운 간의 기운을 보강해 주기 위해서이기도 했다.

물론 봄철에 흔히 나타나는 「춘곤증」을 예방 및 퇴치하고자 하는 목적도 있었다.

거기에다 새 봄이 되어 모처럼 가족이나 친지, 친구들이 한자리에 모여 다 같이 꽃구경도 하고, 맛있는 음식을 들며 봄날의 운치도 즐기고, 봄맞이도 함께 하고자 하는 마음도 담겨 있었다.

사실 이른 봄에 돋아나는 어린 쑥은 그 맛과 향기도 좋을 뿐만 아니라 우리 몸에 여러모로 좋은 식품이다. 특히 쑥은 춘곤증으로 인해 생기기 쉬운 피곤함이나 소화불량 · 식욕부진 · 가슴 두근거림 · 빈혈 · 거친 피부 등에 좋은데, 그 이유는 무기질과 비타민 A와 C 등이 아주 많이 들어 있는 쑥이 이런 증세들을 물리치는 데 아주 효과적이기 때문이다.

게다가 쑥은 간의 활동을 도와주는 역할도 한다. 여기에다 쑥은 속을 덥게 해주고 냉을 쫓으며 복통이나 토사, 대하증,

월경불순, 설사, 위장질환 등을 다스리는 작용도 한다. 따라서 쑥은 여성 건강에 더욱 좋은 식품이다.

쑥은 특히 비위의 기능이 약하고 냉할 뿐만 아니라, 몸이 차가운 사람에게 더욱 유익하다. 그러나 쑥은 원래 열성식품에 속하므로 몸에 열이 많은 사람은 한꺼번에 너무 많이 먹지 않는 것이 바람직하다.

그런데 쑥은 예로부터 바닷가나 섬에서 나는 것이 그 약효가 더욱 좋은 것으로 알려져 있다. 특히 강화도와 백령도, 인천 앞 자월도(紫月島) 등지에서 나는 쑥이 약효가 좋기로 유명하다.

이처럼 이른 봄철에 나는 쑥을 비롯하여 냉이와 씀바귀, 미나리, 달래, 부추 등과 같은 봄나물로 만든 음식들이 봄철이 되면 나타나기 쉬운 여러 가지 증상들과 간 기능 회복 등에 아주 좋다는 사실을 잘 아는 허준은 선조에게 다시금 이렇게 아뢴다.

"전하, 대나무 그릇이 떨어지면 대나무로 고치고, 금 그릇이 깨지면 금으로 때운다는 옛말처럼, 간장이 피로해지거나 나빠지면 간에 좋은 음식들로 속히 부족해진 것을 보강해 주는 것은 타당하다고 생각되옵니다. 그러므로 수라간에 일러 봄나물로 만든 찬품(饌品)들을 수라상에 자주 올리도록 하겠사옵니다. 윤허하여 주옵소서."

광해군의 침의(鍼醫) 허임(許任)

이 무렵(1598년, 선조 31년), 임진왜란 발발 이후 세자인 광해군을 줄곧 수행하는 가운데 그의 건강을 돌보고 병이 나면 치료도 해주던 허임(許任, 1570~1647 추정)이라는 젊은 침의가 내의원에 들어와 선조의 진료에 참여하게 되었다.

그런데 이때 허임의 나이는 불과 29살밖에 되지 않았으며, 당시 60세였던 허준과는 무려 31살이나 나이 차이가 있었다.

허임은 원래 1592년(선조 25년) 임진왜란이 발발하고 나서 선조가 의주로 피난가면서 조정을 둘로 나누는 분조(分朝)를 시행함에 따라 그 해 6월부터 분조를 이끌면서 군대와 백성을 위무하고 의병활동을 독려했던 광해군을 따르던 침의였다.

임진왜란 당시 광해군은 영의정 최흥원(崔興源, 1529~1603)을 비롯하여 분조로 편입된 중신 10여 명을 이끌고 평안도 맹산과 양덕, 황해도 곡산을 거쳐 강원도 이천에 자리를 잡고 왜군 퇴치를 위해 활발한 활동을 벌였다.

그러다가 이 지역에 왜군들이 몰려와 위험해지자 다시 황해도와 평안도 성천을 거쳐 영변에 머물며 분조를 이끌었다. 그러면서 그는 각 지역에서 고군분투하고 있는 의병장들과 조선군 장수들에게 사람을 보내 상을 내리고 관직에 임명하는 등 노고를 치하하였다.

1593년(선조 26년) 4월에 왜군들이 한양에서 물러난 뒤에도 광해군은 각지를 돌아다니며 군과 의병, 백성을 격려하여 민심을 수습하는 데 힘썼다. 그러다가 임진왜란 발발 이듬해인 1593년(선조 26년) 8월 경 광해군은 황해도에 머물고 있었는데, 이때 24세란 아주 젊은 나이의 허임이 광해군의 침의로 발탁되었다.

이후 허임은 광해군을 밤낮으로 수행하며 그의 건강을 보살피는 한편 광해군이 아프거나 건강이 좋지 않을 때마다 그에게 주로 침과 뜸을 이용한 치료로서 그의 병세를 호전시켰다.

당시는 큰 전쟁을 치르고 났던 터라 약재를 구하기가 힘든 상황인 데다가 이동이 많아 더 더욱 약재를 구하기가 어려웠는데, 허임은 휴대하기에 간편한 침과 뜸을 주로 이용하여 광해군은 물론 그를 따르는 일행의 병을 치료했다.

그런데 광해군은 임진왜란이 일어나기 2년 전이던 1590년(선조 23년)에 당시 「호환마마(虎患媽媽, 천연두)」라고 불리던 두창(痘瘡)에 걸려 거의 죽을 지경에 이르렀다가 허준의 치료를 받고 가까스로 살아난 적이 있었다.

그러나 18세의 꽃다운 나이인 이때에도 그의 건강은 그다지 좋지 못했다.

광해군은 원래 어려서부터 몸에 열이 많았는데, 이것이 오랫동안 쌓여 화증(火症)이 있었을 뿐만 아니라 약간의 울열증(鬱熱症 ; 열사병을 말하며, 옛날에는 갈병(暍病, 뚬병)이라고도 한다. 이 병이 생기면 체온이 상승하여 40도 이상이 되기도 하며, 하품과 두통, 피로, 현기증 등이 나타나기 시작하여 의식장애나 경련 등을 일으키며, 그대로 방치하게 되면 사망에까지 이른다)마저 있었다.

여기에다 이 무렵 광해군은 황해도 해주에서 충청도 공주를 거쳐 호남지방으로 자주 오가며 과로한 탓인지 인후증(咽喉症 ; 인후의 종통腫痛을 비롯하여 인후에 나타나는 제반 증상)을 심하게 앓았다.

이때 허임은 자신의 뛰어난 침구술로 광해군의 이 인후증을 치료한다. 일찍이 침술에 뛰어났던 어의 이공기(李公沂)가 침구 치료로서 선조를 비롯하여 대관(大官)들의 병을 많이 치료했을 뿐만 아니라, 1586년(선조 19년)에는 왕비의 인후증을 치료한 공으로 동반(東班)의 직을 제수 받은 적이 있는데, 허임 또한 이공기 못지않은 뛰어난 침구술로 모시던 광해군의 인후증을 말끔히 치료한 것이다.

훗날 조선의 제15대 임금이 된 광해군의 재위 15년간의 실록이지만, 광해군이 그 후에 폐위되었기 때문에 실록이라 하지 않고 일기로 명명된 《광해군일기(光海君日記)》에도 허임의 이 같은 공이 상세하게 기록되어 있다.

『광해군이 1593년(선조 26년) 11월에 해주에서 공주를 거쳐 호남지방으로 내려갈 때. 허임이 11월에는 해주에서, 12월에는 삼례역에서 3일 간격으로 침으로 광해군의 인후증을 치료하는 등 많은 공을 세웠다.』

이때의 공로로 허임은 훗날 위성공신(衛聖功臣) 3등에 녹훈되는데, 위성공신이란 1613년(광해군 5년)에 임진왜란 때 광해군을 호종하여 공을 세운 관원들에게 내린 칭호 또는 그 칭호를 받은 사람을 말한다.

그러나 이 훈호는 1623년(광해군 15년, 인조 즉위년) 3월 12일, 이서(李曙) · 이귀(李貴) · 김유(金瑬) 등 서인(西人) 세력이 정변을 일으켜 광해군을 왕위에서 몰아내고 인조(仁祖, 1595~1649)가 왕위에 오르면서 곧 삭탈되고 만다.

이처럼 광해군을 수행하며 많은 공을 세웠던 허임은 1595년(선조 28년) 경 종기 치료를 전문으로 하는 종6품의 의관직인 치종교수(治腫敎授)로도 활동한다.

그런데 이것은 허임이 이공기처럼 일반적인 침술뿐 아니라 침을 통한 외과적 수술에도 아주 능한 의원이었음을 의미하는 것이다.

황해도 해주에 머물며 충청도 공주를 거쳐 호남을 자주 왕래하던 광해군은 해주와 호남의 중간 기착지인 공주에서 80여 일간 머문 적이 있는데, 이때 허임도 광해군을 수행하며 처음으로 공주와 인연을 맺는다.

그리고 이때 맺은 공주와의 인연은 훗날에도 계속 이어져 허임은 그의 만년을 이곳 공주에서 보내다가 이곳에서 세상을 떠난다.

더욱이 허임은 그의 나이 70대 중반쯤 되던 때에 이곳 공주에서 자신이 평생 동안 축적했던 침구에 관한 임상경험 등을 토대로 《침구경험방(鍼灸經驗方)》을 집필한다.

목판본 1권 1책으로 되어 있는 허임의 이 《침구경험방》은 《허임침구경험방(許任鍼灸經驗方)》이라고도 하는데, 동아시아 최고의 침술서(鍼術書)로 불릴 만큼 뛰어난 침구서로 평가받고 있다.

허임의 침구학(鍼灸學) 기초이론과 그의 오랜 기간의 임상치료 경험 등을 종합하여 70여 개의 항목으로 분류하여 1644년(인조 22년)에 한 권으로 편찬한 이 《침구경험방》은 규장각 도서로 현재 한독의약박물관에 소장되어 있다.

《침구경험방》의 책머리에는 허임의 자서(自序)와 책 끝에 내의원 제조(提調) 이경석(李景奭)의 발문(跋文)이 실려 있는데, 이 발문에 의하면 내의원의 제조로 있던 이경석이 당시의 전라관찰사(全羅觀察使)인 목내선(睦來善)에게 위촉하여 전주에서 이 침술서를 간행한 것으로 적고 있다.

이 발문에서 이경석은 이런 언급도 한다.

『태의(太醫 ; 어의의 다른 말) 허임은 평소 신(神)의 기술을 가진 자로 일컬어져 왔으며, 그가 평생 구하고 살린 사람의 수는 손으로 다 헤아릴 수 없을 정도다.

그간 죽어가던 사람도 일으키는 효험을 많이 거두어 명성을 일세에 날렸으니, 침가(針家)들이 그를 추대하여 으뜸으로 삼았다(許太醫 素稱神術 平生所救活 指不勝屈 間多起死之效 名聲動一世 刺家之流 推以爲宗).』

당시 허임의 침술이 너무도 대단하여 그 명성이 세상에 널리 알려졌다는 뜻이다.

조선 침구학사에 하나의 커다란 획을 그은 뛰어난 침술서로 불리며 특히 그 내용이 간결하면서도 실용성이 돋보이는 것으로도 평가를 받는 이 《침구경험방》은 의약에 관한 단어 약간을 한글로 번역해 놓고 있기도 한데, 이 책의 내용을 살펴보면 크게 총론과 각론으로 나뉘어져 있다.

우선 총론에서는 침을 놓을 때 자칫 잘못 잡을 수 있는 혈(穴)의 위치와 여러 가지 질병의 증상들, 그리고 이런 증상들이 인체의 오장육부(五臟六腑)와 경락에 미치는 영향과 그

상관관계, 십이경맥(十二經脈 ; 모든 경맥들 가운데서 기본이 되는 12개의 경맥)에 속한 혈들 가운데서도 특히 병의 치료에 많이 쓰이는 138개의 혈의 위치와 그 작용, 침뜸을 통한 치료법, 침뜸의 적응증과 금기증, 혈을 정확히 잘 잡는 방법, 57개의 경외기혈(經外奇穴) 등에 대하여 간결하게 설명하고 있다.

또한 각론에서는 침구에 관한 우리나라 의서(醫書) 편찬의 독특한 형식과 체계에 따라 머리에서부터 시작하여 다리로 내려오면서 해당한 부위와 장기들에 생기는 병들의 원인과 증상 및 이에 대한 침뜸 치료법들을 설명하고 있으며, 내과·외과 및 전염병·부인병·소아병 등으로 계통별로 갈라서 침뜸 치료를 편람 식으로 설명하고 있다.

《침구경험방》은 당시 우리나라 침구학 발전의 면모를 여실히 보여주고 있는 것은 물론, 우리나라 침구학 발전에도 크게 공헌한 침구서로 평가받고 있다.

《침구경험방》은 처음 출간된 이후 우리 글로 번역된 《침구경험방언해(鍼灸經驗方諺解)》를 비롯하여 그동안 10여 차례나 다시 출간되었으며, 1725년에는 일본에서도 출간되었다. 그러나 《침구경험방》에는 과학 발전이 미흡했던 당시의 비과학적인 내용들도 들어 있다.

이 책은 또한 침구 전문서로서 허준의 침구법(鍼灸法)과 보사법(補瀉法)을 합하여 한 권의 책으로 다시 엮은 것이라고도 할 수 있으나, 침구의 보사법에 있어서는 허임만의 독자적인 분야가 개척되어 있다.

더욱이 이 《침구경험방》은 우리나라에 전해오는 가장 오래된 의방서(醫方書 ; 여러 의학서적들 중에서 질병의 치료법에 대해 전문으로 기술하고 있는 의서의 총칭)로서, 본래 고려시대 때인 1236년(고종 23년) 경 강화도에서 팔만대장경(八萬大藏經)을 만들던 대장도감(大藏都監)에서 처음으로 간행하였다고 생각되며, 그 뒤 1417년(태종 17년) 7월 경상도 의흥현(義興縣 ; 지금의 군위군 의흥면)에서 중간한 《향약구급방(鄕藥救急方)》이 현재 남아 있지 않은 상황에서 그 당시의 이두(吏讀)식 표기를 연구하는 데도 많은 참고가 되는 자료로도 평가받고 있다.

몰락한 양반 집안에서 천민으로 태어난 허임

허임의 본관은 하양(河陽)이며, 그의 생몰(生沒) 년도는 정확하게 알려져 있지 않다. 다만 1570년(선조 3년) 경 한양 혹은 전라도 나주에서 태어나 1647년(인조 25년) 경 충청도 공주에서 78세를 일기로 세상을 떠난 것으로 추정되고 있을 뿐이다.

그만큼 허임의 출생 연도와 사망 연도는 정확하지 않으며, 그의 출생지와 사망지에 대한 정확한 기록도 없다.

그러나 전해오는 기록들에 의하면, 허임은 태어날 때 당시 최하급 신분에 속했던 이른바 천출(賤出)이었으며, 그의 아버지 허억봉(許億鳳)은 조선시대 때 궁중에서 연주하는 음악과 무용에 관한 일을 담당한 관청이었던 장악원(掌樂院)의 악공(樂工)이자 관노(官奴)였다. 그의 어머니 또한 사비(私婢)였다.

그런데 허준은 비록 서출이긴 하였으나 그래도 아버지가 양반이었다. 이런 허준과는 달리 허임은 그 출신 성분이 허준보다도 훨씬 낮은 천민이었을 뿐만 아니라, 당시 짐승보다도 못한 하찮은 대접을 받으며 무시당하던 관노(官奴)의 자식이었다.

그러나 허임의 가계를 거슬러 올라가 보면, 그의 집안은 원래 조정에서 높은 벼슬을 했던 양반 집안이었다. 특히 그의 선조 중의 한 사람인 허조(許慥, 1430~1456)는 호(號)가 응천(凝川), 본관(本貫)은 하양(河陽)으로 좌참찬(左參贊) 허눌(許訥)의 아들이었으며, 사육신(死六臣)의 한 사람인 충간공(忠簡公) 이개(李塏)의 매부(妹夫)였다.

허조는 일찍이 문과(文科)에 등제(登第)하고 수찬(修撰)에 제수되었으며, 집현전 부수찬(集賢殿副修撰)을 지냈다. 그러나 그는 이른바 「단종복위운동(端宗復位運動)」에 가담했다가 이 거사가 실패하는 바람에 그의 집안은 졸지에 풍비박산(風飛雹散)이 났고, 그의 후손들은 모두 양반에서 천민으로 전락하고 말았다.

조선조 제5대 임금이었던 문종(文宗, 1414~1452)의 아들로서 어린 나이에 즉위하였으나, 숙부인 수양대군(首陽大君, 세조, 1417~1468)에게 왕위를 찬탈당한 단종(端宗, 1441~1457)의 복위를 위해 1456년(세조 2년) 6월, 성삼문(成三問)과 박팽년(朴彭年), 하위지(河緯地), 이개(李塏), 유성원(柳誠源), 김문기(金文起) 등의 유신(儒臣)들과 무관인 유응부(兪應孚)·성승(成勝) 등이 함께 모의하여 세조를 제거하고 단종을 복위시키기 위해 일으켰던 거사가 바로 「단종 복위운동」이다.

그런데 이들이 세조를 제거하고 단종을 복위시키기 위해 모의하고 기회를 노리고 있을 때 이 거사에 가담했던 김질(金礩)이 거사 계획이 탄로 날 것을 두려워하여 그의 장인인 정창손(鄭昌孫)에게 이 거사 계획을 누설한다. 그러자 정창손은 급히 김질을 데리고 세조에게로 달려가 이 거사 계획을 고변한다.

이에 놀란 세조는 이 거사의 주동자였던 성삼문·박팽년·하위지·이개·유성원·유응부 등과 그 밖에 연루자 70여 명을 모두 붙잡아 들이라는 명을 내린다. 그리고 이 명에 따라 이들은 대부분 붙잡혀 처참한 고문을 당한 끝에 처형되었으며, 이 가운데 일부는 관군에게 붙잡히기 전에 스스로 목숨을 끊는다.

이로써 「단종 복위운동」은 실패로 끝나고 말았는데, 당시 허조는 「단종 복위운동」의 중심인물로서 훗날 사육신(死六臣)의 한 사람으로 불리게 되는 이개의 매부였다.

더욱이 허조는 이 「단종 복위운동」에 동조하며 가담했던 권자신(權自愼) · 권저(權著) · 김문기(金文起) · 박중림(朴仲林) · 박기년(朴耆年) · 박대년(朴大年) · 박인년(朴引年) · 박쟁(朴崢) · 성승(成勝) · 성삼고(成三顧) · 송석동(宋石同) · 심신(沈愼) · 윤영손(尹令孫) · 이유기(李裕基) · 이의영(李義英) · 이호(李昊) · 이휘(李徽) · 조청로(趙淸老) · 최득지(崔得池) · 최사우(崔斯友) · 최치지(崔致池) · 황선보(黃善寶) 등 70여 명 가운데 한 사람이었다.

이처럼 「단종 복위운동」이 실패로 끝나자 이에 가담했던 사람들과 연루된 사람들은 모두 처형되었고, 그 가족들 중 부녀자들은 세조의 공신들에게 사노비로 주어진다. 이와 함께 이들의 재산은 몰수당하여 세조의 공신들에게 분배되었다.

이때 성삼문의 아내와 딸을 비롯하여 160여 명의 부녀자들은 모두 천민으로 전락하여 세조의 공신들에게 분배되었으며, 당시 병조판서(兵曹判書)였던 신숙주(申叔舟)는 이들 가운데 3명의 부녀자들을 사노비로 받았다.

《세조실록》 1456년(세조 2년) 9월 7일자 기록을 보면, 이에 관한 다음과 같은 글이 실려 있다.

『의금부에 난신(亂臣)에 연좌된 부녀를 대신들에게 나누어주게 하다.

의금부(義禁府)에 전지하기를,

"난신(亂臣)에 연좌(緣坐)된 부녀 가운데

— 중략 —

성삼문(成三問)의 아내 차산(次山)과 딸 효옥(孝玉), 이승로(李承老)의 누이 자근아지(者斤阿只)는 운성부원군(雲城府院君) 박종우(朴從愚)에게 주고,

— 중략 —

최면(崔沔)의 누이 선비(善非), 조완규(趙完圭)의 아내 소사(召史)와 딸 요문(要文)은 병조판서 신숙주(申叔舟)에게 주고,

— 중략 —

유성원(柳誠源)의 아내 미치(未致)와 딸 백대(百代), 이명민(李命敏)의 아내 맹비(孟非)는 좌승지(左承旨) 한명회(韓明澮)에게 주라.

— 후략 —

하였다.』

「단종복위운동」이 실패로 끝난 직후 허조는 거사 동지들이 체포되고, 곧이어 의금부의 관원들이 자기를 체포하기 위해 몰려오자 체포되기 직전 스스로 목숨을 끊는다.

이후 그의 시신은 목이 베어 효수(梟首)되고, 그의 전 재산은 몰수되었는데, 《세조실록》 1457년(세조 3년) 3월 23일자 기록을 보면 허조를 포함하여 「단종 복위운동」에 가담했거나 연루된 사람들의 전지(田地 ; 농사짓는 땅, 토지)를 다음과 같이 나누어준다는 글이 나온다.

『난신들의 전지를 종친과 대신들에게 나누어주다.

이휘(李徽)의 평산(平山) 전지를 가지고 양녕대군(讓寧大君) 이제(李禔)에게 내려주고, 이유(李瑜)의 당진(唐津) 전지, 성삼문(成三問)의 당진(唐津) 전지 및 양주(楊州) 전지는 임영대군(臨瀛大君) 이구(李璆)에게 내려주고,

— 중략 —

유응부(兪應孚)의 포천(抱川) 전지, 아가지(阿加之)의 김포(金浦) 전지는 우찬성(右贊成) 신숙주(申叔舟)에게 내려주고, 심신(沈愼)의 상주(尙州) 전지, 박팽년(朴彭年)의 온양(溫陽) 전지, 조청로(趙淸老) · 유성원(柳誠源)의 청주(淸州) 전지, 이개(李塏)의 여산(礪山) 전지, 허조(許慥)의 하양(河陽) 전지, 이문(李聞)의 안산(安山) 전지, 정종(鄭悰)의 평산(平山) 전지

는 도승지(都承旨) 한명회(韓明澮)에게 내려주도록 하라.

— 후략 —

하였다.』

여기에 허조의 하양(河陽) 전지를 모두 도승지 한명회에게 내려준다는 내용이 들어 있는데, 이 기록 속에 나오는 인물인 허조가 바로 허임의 조상이었다.

사육신의 한 사람인 이개와 그의 매부였던 허조가 「단종복위운동」에 가담했다가 이 거사가 실패한 이후 대대로 양반이었던 허조 집안의 후손들은 하루아침에 노비로 전락하여 비참한 삶을 살게 된다.

허조의 후손이었던 허임의 아버지 허억봉도 역시 노비로 태어나 노비로서의 삶을 살 수밖에 없었다. 그러나 허억봉은 비록 관노의 신분이기는 했지만, 예술적 재능이 아주 뛰어났다.

그는 특히 피리를 아주 잘 불었으며 학춤에도 능해 장악원(掌樂院)의 악사로 선발되었는데, 나라에 어떤 큰 행사나 사대부(士大夫) 집안에서 연회가 있을 때면 단골로 불려 다닐 정도로 그의 명성이 아주 높았다.

허억봉의 예능 실력이 얼마나 뛰어났는지는 당시의 명사(名士)들이 쓴 문집에 그의 이름과 함께 그의 뛰어난 예능 실력을 칭찬하는 글들이 실려 있는 것만 보더라도 잘 알 수 있는 일이다.

조선조 중기의 학자였던 오희문(吳希文, 1539~1613)은 임진왜란 때 벌어졌던 여러 가지 전쟁에 관한 기록들과 함께 당시의 비참했던 백성들의 생활상 및 혼란스러웠던 사회상 등을 자신의 《쇄미록(瑣尾錄)》(보물 제1096호)에 자세히 기록해 놓았다.

때문에 그의 《쇄미록》은 임진왜란에 관한 연구와 당시의 한국 사회사 및 경제사 연구 등에 도움이 되는 중요한 자료로 평가받고 있다.

그런데 오희문은 이 《쇄미록) 에서 허임의 아버지 허억봉에 관해 다음과 같이 언급하고 있다.

『허억봉은 피리 연주와 학춤에 아주 능했다.』

조선 중기의 문신으로서 선조 때에 여러 고을에서 현감과 판관을 지냈고, 광해군 때에는 교리를 거쳐 봉상시첨정(奉常寺僉正)에 이르렀던 양경우(梁慶遇, 1568~?) 또한 그의 시문집《제호집(霽湖集)》에서 허억봉에 대해 이렇게 적고 있다.

『허억봉은 그 천함으로 말하자면 관노이지만, 피리를 아주 잘 불어서 매번 잔치 때마다 좋은 자리에까지 불려 나갔다.』

그런데 이처럼 예술적 재능이 뛰어나 나라의 큰 행사나 사대부 집안의 연회 등에 자주 불려다니던 허억봉이 어느 날 갑자기 병이 나더니, 움직이기조차 어려울 지경이 되었다. 그리고 얼마 후에는 그의 아내마저 깊은 병에 걸렸다.

그러나 이들은 형편이 너무도 어려워 약을 쓸 돈이 없었다. 이를 보다 못한 허임은 부모의 병 치료를 위해 자신이 나서기로 결심하고, 어린 나이에 어느 의원 집에 들어가 잡다한 일들을 거들어 주며 그 대가로 부모의 병 치료에 쓸 약을 얻어왔다.

이때 허임은 의원집의 일을 거들면서 어깨 너머로 의술을 배우며 부모의 병을 반드시 자신의 손으로 직접 고쳐 보겠다는 각오를 했다. 이런 각오가 있었기에 그는 온갖 수모와 어려움 속에서도 이를 잘 참아내며 열심히 의술을 배우고 익힐 수 있었다.

다행히 허임이 일하던 의원 집의 의원은 의술이 훌륭했는데, 그는 특히 침구술에 아주 능했다. 마침 허임도 침구술에 관심이 많았고, 이 분야에 소질도 있었다. 때문에 허임은 이 의원 밑에서 의술 특히 침구술을 많이 배울 수 있었고, 성인이 되어 독자적으로 의술을 시행할 무렵에는 그의 의술 또한 상당한 수준에 올라 있었다.

허임이 비천한 신분인 데다가 약관의 나이었음에도 불구하고 세자인 광해군의 침의로 발탁될 수 있었던 배경에는 허임이 이처럼 훌륭한 의원 밑에서 의술을 배우고 익혀 의술이 뛰어났던 것도 있었지만 그의 타고난 의학적 재능 또한 뛰어났기 때문이다.

허임은 훗날 《침구경험방》을 발간하면서 이 책 서문에서 자신이 의술을 배우게 된 계기에 대해 언급하고 있는데, 그 내용을 살펴보면 다음과 같다.

『명민하지 못한 내가 어려서 부모의 병 때문에 의원의 집에서 일하면서, 오랫동안 노력하며 어렴풋이나마 의술에 눈을 뜨게 되었다.』

허임은 이 서문에서 《침구경험방》이 기존의 여러 침구 의서들을 참고하여 썼으면서도 단순한 인용에 그치지 않고 자신의 독자적인 임상경험 및 주관적인 견해 등도 덧붙였음을 언급하며 자신의 이런 심경도 밝히고 있다.

『이제 노쇠하게 되어서 올바른 침구의 법이 전해지지 못하는 것이 염려되어 평소에 듣고 본 것을 가지고 편집하였으며……,

감히 스스로를 옛사람의 저술에 견주려는 것이 아니라, 단지 일생동안 고심한 것을 차마 버릴 수 없었기 때문이며, 읽는 사람들이 뜻을 더해 병을 고치고 생명을 살리는 데 보탬이 되기를 바랄 뿐이다.』

그런데 허임은 아버지와 어머니가 모두 천한 신분의 노비였을 뿐만 아니라, 그 자신 또한 당시 사회로부터 냉대를 받던 천민이었다. 따라서 그는 어려서부터 제대로 배울 기회조차 없었고, 자연히 한문으로 글을 쓰는 능력도 부족했다.

조선시대 때에는 한문으로 공부할 수 있는 계층은 주로 양반이었고, 천민들은 대부분 한문으로 된 책을 배우고 공부할 수가 없어 한문을 제대로 쓸 수가 없었던 것이다.

이런 점에서 허임은, 비록 서출이었으나 양반인 아버지 덕분에 공부를 많이 하여 여러 분야에 박식했을 뿐만 아니라, 한문에도 능통하여 한문으로 능숙하게 글을 잘 썼던 허준과는 큰 차이가 있었다.

더욱이 허임은 집안이 가난한데다가 그가 어렸을 때 부모가 모두 큰 병으로 고생하는 바람에 어린 나이에 의원 집에 들어가 잡일을 하며 그 대가로 부모의 약을 얻어와 부모의 병 치료를 하지 않았던가.

다만 허임은 이 의원 밑에서 침구술을 배울 때 한문을 좀 배웠을 가능성은 있다.

이 같은 사실들을 종합하여 고려해 볼 때 그 방대한 분량의 《동의보감》을 한문으로 직접 쓸 수 있었던 허준과는 달리 허임은 《침구경험방》을 집필할 때 이를 직접 쓰기보다는 한문을 알아서 잘 쓰는 누군가의 도움을 받았을 가능성이 커 보인다.

물론 허임은 침구술에 관한 임상경험이 많고 침을 놓는 기술만큼은 당시 최고의 수준이었다. 그러나 그는 자신의 이 같은 뛰어난 침구술과 풍부한 임상경험에도 불구하고 이를 한문으로 표기하며 설명하는 능력은 부족할 수밖에 없었다.

따라서 허임은 《침구경험방》을 집필할 때 자신의 다양한 침구 기법이나 임상경험, 혹은 자신만의 비법 등을 자신이 직접 쓰기보다는 이런 것들에 대해 구술(口述)하면서 자신이 쓰고자 하는 것들을 이야기하면 한문을 잘 쓰는 누군가가 곁에서 그의 말을 듣고 이를 받아쓰면서 《침구경험방》을 집필했을 것으로 추정된다.

필사즉생 필생즉사(必死卽生 必生卽死)

칠천량 해전에서 원균이 이끌던 조선 수군이 일본 수군에 의해 여지없이 격멸되고 난 이후 조선 수군에는 쓸 만한 전선

(戰船)이 거의 없었다. 게다가 군사들의 사기도 크게 떨어졌으며 군사의 수도 크게 부족했다.

각종 포와 탄약, 화살, 창, 방패, 갑옷 같은 무기들과 전쟁 수행 및 군대 유지에 필요한 여러 가지 물자와 식량 등도 얼마 없었다.

그러나 그 해 1597년(선조 30년) 7월 22일, 병조판서 이항복과 도체찰사(都體察使) 유성룡(柳成龍) 등이 선조에게 간곡히 건의한 끝에 다시 삼도수군통제사로 임명된 이순신은 이에 실망하거나 좌절하지 않고 남은 전선들과 흩어진 수군들을 다시 모아 와해된 수군 재건에 나섰다.

마침 칠천량 해전 때 전선 12척과 함께 도망쳤던 배설(裵楔)이 이 전선들을 이끌고 이순신 앞에 나타나 이를 기반으로 수군 재건작업에 박차를 가할 수 있었다.

이 무렵, 이순신은 굳센 전의(戰意)를 불태우며 수군 재건작업에 박차를 가하는 한편, 선조에게 이런 비장한 내용의 글을 올린다.

『신(臣)에게는 아직도 열두 척의 배가 남아 있으며, 죽을 힘을 다하여 싸운다면 마땅히 막아낼 수 있습니다(今臣戰船尙有十二 出死力拒戰則猶可爲也 금신전선상유십이 출사력거전칙유가위야).』

그 후 이순신은 멀리 해남에 있던 우수영(右水營)으로 들어가 배 한 척을 더해 전선을 13척으로 늘린다. 이로써 얼마 후에 있을 명량해전(鳴梁海戰)을 앞두고 전선 한 척이 추가되었으며, 명량해전 당일에는 모두 13척의 전선으로 일본 수군의 전선들과 맞서 싸우게 된다.

한편 칠천량 해전에서 조선 수군을 수장시키며 대승을 거둔 일본 수군은 이 절호의 기회를 놓치지 않고 조선의 남해와 서해를 완전 장악하기 위해 남해안을 따라 서진(西進)하고 있었다.

칠천량 해전에서의 승리를 계기로 일본 수군은 우선 남해의 제해권을 완전 장악하고, 이어서 서해를 다시 장악함으로써 조선의 해상로를 완전히 봉쇄하면서 호남과 충청을 비롯한 조선의 내륙을 점령하겠다는 계획 하에 이를 실행으로 옮기고 있었던 것이다.

이러한 계획에 따라 일본 수군은 해로를 따라 서해안으로 북상하기 위해 경상도 하동 부근에 전선 330여 척을 집결시킨 후 다시 해남반도 남단에 있는 어란포(於蘭浦)를 거쳐 남해와 서해의 분기점이 되는 명량해협(鳴梁海峽)의 수로를 통과하여 서해안으로 진출하려고 했다.

그러나 이를 간파한 이순신은 일본 수군의 서해안 진출을 막기 위해서는 무엇보다도 먼저 이들이 통과할 것으로 예상

되는 명량해협을 철저히 차단할 필요가 있다는 판단을 내렸다.

명량해협이란 전남 해남군 화원반도(花源半島)와 진도(珍島) 사이에 있는 해협을 말하며, 울돌목이라고도 한다.

그런데 이 명량해협의 수로는 그 폭이 아주 좁고 조수 간만시에 유속이 무척 빨랐다. 조수간만이 바뀔 때면 이 수로의 조수가 역류하는 특징도 지니고 있었다. 게다가 이 일대의 물밑에는 거친 암초들도 많았다.

따라서 이곳은 이 같은 물길 및 지형적 특성을 잘 알면서 이쪽을 다녀 본 경험이 풍부한 사공이나 배가 아니면 통과하기 어려운 곳이었다. 명량이라는 지명도 이곳의 물살이 빠르고 물소리가 아주 요란하여 바닷목이 우는 것 같다고 하여 「울돌목」이라고 한 데에서 비롯되었다.

당시 명량해협의 이 같은 여러 특성들을 꿰뚫고 있던 이순신은 이런 점들을 충분히 고려하여 역이용하면 이곳에서 능히 일본 수군을 물리칠 수 있다고 판단했다.

이순신은 이곳의 조수간만이 바뀔 때면 명량해협 수로의 조수가 역류하므로 남해에서 서쪽으로 진출하려는 일본 수군의 이동 속도가 저하될 것이며, 바로 이때 이들의 진로를 가로막고 공격하면 일본 수군을 충분히 격파할 수 있으리라고 본 것이다.

서진하던 일본 수군은 첩보를 통해 이순신이 다시 삼도수군통제사가 되어 해남에 머물고 있다는 것을 알고 있었다. 하지만 이들은 이전과는 달리 이순신과 조선 수군을 그다지 두려워하지 않았다.

지난번 칠천량 해전에서 조선 수군을 궤멸시키며 조선 수군의 모든 전선들을 불태워버리거나 수장시켜 버려 아무것도 남아 있지 않은 터에 이순신인들 어쩔 도리가 없다고 여겼기 때문이다.

더욱이 일본 수군들은 칠천량 해전에서 대승하자 사기가 올라 기고만장(氣高萬丈)해져 있었다.

1597년(선조 30년) 8월 28일 새벽 6시 경, 일본 수군의 전선 8척이 마침내 어란포(於蘭浦) 앞바다에 나타났다. 그러자 이순신은 이를 단숨에 격퇴시키고는 함대를 장도(獐島)로 이동시킨 다음 이곳에서 밤을 보냈다.

이어 8월 29일에는 진도의 벽파진(碧波津)으로 옮겨 여기서 머물렀다.

9월 7일, 서쪽으로 이동하던 일본 수군의 전선 55척 중 호위선 13척이 어란포에 다시 나타났다. 이에 이순신은 한밤중에 선두에서 함대를 지휘하여 이들을 격퇴시켰다.

9월 14일, 일본 수군의 전선 200여 척 가운데 55척이 또다시 어란포에 이르렀다. 일본 수군의 함대가 다시 어란포에 들어온다는 보고를 받은 이순신은 9월 15일, 벽파진에서 우수영으로 진을 옮겨 명량해협을 지키면서 군사들을 향해 이렇게 외친다.

"살고자 하면 죽을 것이요, 죽고자 하면 살 것이다(必死卽生 必生卽死)!"

필승의 신념, 즉 죽을 각오로 전투에 임해야 반드시 승리할 것이라는 뜻이었다. 이처럼 이순신은 「필사즉생(必死卽生), 필생즉사(必生卽死)」를 외치며 배수진을 치는데, 일찍이 중국 초(楚)나라의 항우(項羽) 또한 이런 「필사즉생, 필생즉사」를 외치며 배수진을 치고 싸운 적이 있었다.

당시 거록(鉅鹿)의 싸움에서 진(秦)나라 군사들에게 연패하며 위기에 빠진 부하들을 구하기 위해 항우는 마지막 남은 병력을 모두 이끌고 달려간다.

이때 그는 부하들과 함께 장강(漳江)을 건너자마자 타고 왔던 배들을 모두 물속에 가라앉혀 버린다. 이와 함께 그는 부하들에게 가지고 있던 양식을 모두 없애버리고, 밥 짓는 솥까지 모조리 부수어 버리도록 명령한다.

그런 다음 그는 부하들을 향해 이렇게 외쳤다.

"이제 우리에게 남은 것이라곤 아무것도 없다. 싸워서 이기지 못하면 칼에 맞아 죽거나 굶어 죽는다."

이 말을 하고 난 항우는 곧 3만 명의 부하들을 이끌고 진나라의 명장 장한(章邯)이 이끄는 20만 명이 넘는 군사들을 향해 쳐들어간다. 최후의 결전을 벌인 것이었다.

이 최후의 결전에서 항우가 이끄는 군대는 마침내 대승을 거둔다. 자신들이 타고 온 배는 모조리 물에 빠뜨려 하나도 없고, 밥을 해 먹을 솥은 다 부수어지고 없는 것을 본 병사들은 그야말로 죽기 살기로 싸워 마침내 큰 승리를 거두었던 것이다.

여기서 「파부침주(破釜沈舟)」 즉 『솥을 깨뜨리고 배를 빠뜨린다』는 말이 나왔는데, 지금도 극한적인 상황 속에서 마지막으로 비장한 결단을 내릴 때 흔히 쓰는 고사성어(故事成語)다.

이런 극한의 각오로 싸워 대승을 거둔 항우와 그의 군사들은 기세를 몰아 진나라 군사들을 더욱 몰아붙여 마침내 진나라를 완전히 멸망시켜버린다.

명량대첩(鳴梁大捷)

적에 비해 모든 면에서 열세인 위기 속에서도 굴하지 않고 「필사즉생 필생즉사」의 정신으로 일본 수군과 맞서 싸우자고 외치며 부하들을 독려한 이순신은 이어 전라우수사 김억추(金億秋)에게 명량해협의 바다 속에 수중 철색을 설치하라는 명령을 내린다. 그러면서 군사들과 함께 적과 싸울 만반의 준비도 갖춘다.

마침내 9월 16일 아침, 일본 수군의 전선 133척이 어란포를 떠나 명량으로 이동했다. 이때 일본 수군 함대는 아무것도 모른 채 밀물을 타고 명량해협의 수로에 진입했다.

그러나 곧 이곳의 수로가 좁아 함대를 충분히 전개하지 못한 채 종대 대형으로 통과할 수밖에 없다는 것을 알게 되었다.

이에 일본 수군의 전선들은 명량해협의 좁은 수로를 따라 앞뒤로 길게 늘어서서 이동할 수밖에 없었다. 그런데 일본 수군의 선도 함대가 명량해협의 수로를 거의 지나 서쪽 출구에 막 도착했을 무렵, 갑자기 밀물이 썰물로 바뀌면서 조수가 역류하기 시작했다.

이순신이 노린 것도 바로 이 해협의 조류였다. 이순신은 이미 이곳이 원래 폭이 좁아 물살이 빠르고 거셀 뿐만 아니라, 순식간에 조류의 흐름이 반대로 바뀐다는 특이한 해협이라는 것을 잘 알고 있었으므로 이처럼 특이한 지형적 특성을 이용해 적을 격파하고자 했던 것이다.

그러나 이곳의 이 같은 지형적 특성을 모른 채 수로에 진입했던 일본 수군은 갑자기 조류의 흐름이 바뀌고, 물길이 거세게 역류하면서 배가 요동치자 놀라지 않을 수 없었다. 이와 함께 거센 역류에 밀린 일본 수군의 배들이 뒤로 밀리면서 진격하던 속도 또한 저절로 늦추어질 수밖에 없었다.

그러더니 선단의 대열이 흐트러지기 시작했는데, 바로 이때 갑자기 나타난 조선 수군의 판옥선들이 산개하여 일본 수군의 함대를 향해 무섭게 돌격해갔다. 그러면서 조선 수군은 포와 화살을 마구 쏘아댔다.

그러나 거센 역류에 밀리며 대열이 흐트러지고 있던 일본 수군의 전선들은 이에 맞서기 위한 전투 대형조차 갖추기 힘들었다. 오히려 거센 물살에 휘말린 일본 수군의 전선들은 서로 충돌하며 우왕좌왕하는 등 큰 혼란에 빠지고 말았다. 이와 함께 이순신이 미리 설치해 둔 수중 철색에 일본 수군의 전선들이 걸려 부딪치고 깨지기 시작했다.

이순신이 치밀하게 계획하고 준비했던 대로 선두에 있던 일본 수군의 전선들은 갑자기 바뀐 조류와 거세게 밀어닥치는 역류에 휘말리고, 조선 수군이 몰래 설치한 수중 철색에 배가 걸리면서 자기 배들끼리 서로 부딪치고 깨지는 가운데 이 배에 탔던 일본 수군은 당황하여 어찌할 바를 모르고 있었던 것이다.

이 좋은 기회를 놓치지 않고 조선 수군의 전선들은 일본 수군의 전선들을 향해 무섭게 돌진했다. 칠천량에서의 한 맺힌 패배와 그 치욕을 되갚아 주겠다는 각오와 함께 복수심에 불탄 조선 수군은 일본 수군의 전선으로 몸을 날리며 뛰어들어 치열한 백병전도 벌였다.

이제까지 이순신은 일본 수군과 해전을 벌일 때면 적의 전선들과 일정한 거리를 두고 우세한 화포를 이용하여 공격하는 이른바 「화포전 전략」을 주로 구사해 왔다. 한산도대첩(閑山島大捷) 등에서 학익진(鶴翼陣) 진법으로 일본 수군의 함대를 포위하여 공격할 때도 이순신은 적과 떨어져 우세한 화력을 바탕으로 공격하여 이들을 대파했다.

그런데 이번 명량해전에서 이순신은 이제까지와는 달리 백병전에 강한 일본 수군을 먼저 공격하여 치열한 백병전을 벌이는 아주 과감한 전법을 택했다. 적선과 떨어져 화포를 사용하기에는 아군의 전선 수가 터무니없이 모자랐기 때문이었다.

조선 수군의 이 같은 저돌적이고도 과감한 공격에 일본 수군은 놀라며 사기가 크게 떨어져 전의를 상실했다. 자기들의 배로 뛰어들어 마구 공격해 오는 조선 수군들을 피해 도망치다가 바다로 뛰어드는 일본 수군들도 적지 않았다.

결국 일본 수군은 수적인 우세에도 불구하고 조선 수군의 맹렬한 공격을 막아내지 못한 채 선두에 있던 전선 31척은 모두 격침되었다. 또 선두에 있던 이 전선들이 우왕좌왕하다가 불에 타고 격침되는 광경을 멀리서 지켜본 일본 수군의 후속 함대는 두려움에 휩싸여 수로 진입을 포기하고 퇴각하고 말았다.

마침내 치열했던 전투는 끝났고, 이순신을 믿으며 그의 말대로 『죽고자 하면 살고, 살고자 하면 죽는다』는 각오로 사력을 다해 일본 수군과 싸웠던 조선 수군은 승리를 거두었다. 불과 13척의 전선으로 그 열 배가 넘는 133척의 일본 수군과 싸워 적선 31척을 침몰시키는 전과를 올리며 칠천량 해전에서의 패배를 설욕했던 것이다.

그런데 최근, 이 놀라운 승리 뒤에는 당시 왜군을 피해 배를 타고 섬으로 피란을 가려던 사대부들의 적극적인 도움이 있었다는 사실이 밝혀졌다.

당시 이순신의 휘하에서 참모로 있던 사호(沙湖) 오익창(吳益昌)이 쓴 《사호집(沙湖集)》이란 산문집이 그의 후손들에 의해 공개되었는데, 여기에 다음과 같은 당시 상황이 자세히 기록되어 있었던 것이다.

당시 중과부적(衆寡不敵)으로 조선 수군이 왜군에게 패할 것으로 생각한 조선의 사대부들과 그에 딸린 식솔들은 겁에 질려 배를 빌려 타고 멀리 외딴섬으로 피난을 가려고 했다. 그러자 이 같을 사실을 알게 된 오익창은 그들이 타고 있던 배에 다음과 같은 글을 써서 돌린다.

『통제사(이순신)께서 만일 패하게 되면 우리의 울타리가 철거되는 것이니, 비록 외딴섬에서 저마다 보존하고자 한들 어찌 그렇게 할 수 있겠습니까? 그러나 모두 힘을 모아 합세하여 통제사를 위해 성원한다면 온전히 살 길이 있을 것이며, 설령 모두 죽는다 할지라도 나라를 위해 충성을 다했다는 명분은 있을 것입니다.』

오익창의 이 같은 설득에 감화를 받은 사대부들은 피난을 포기하고 이순신 장군이 이끄는 수군이 있는 곳으로 배를 몰고 왔다.

이때 모인 사대부들이 탄 배들은 비록 그 크기는 작았으나, 그 수는 무려 1천여 척에 달했다고 한다. 또한 이들은 이때 양식이 떨어진 조선 수군에게 먹을 것을 제공하는 한편 두터운 솜이불 1백여 개도 거두어 전했던 것으로 기록되어 있다.

그런데 이들이 이때 두터운 솜이불을 모아 조선 수군에게 전한 이유는, 이 솜이불들을 물에 적셔 왜군의 총알을 막는 데 쓰라는 것이었다.

뿐만 아니라 이들은 조선 수군과 일본 수군이 해전을 벌이자 도망치기는커녕 오히려 조선 수군의 전선 13척의 뒤쪽에서 큰 소리를 지르며 조선 수군을 응원했다. 이때 이들이 소리지르며 타고 왔던 수많은 소형 배들이 조선 수군 뒤에 있는 것을 본 일본 수군들은 조선 수군의 배가 멀리에 또 많이 있는 것으로 착각해 몹시 두려워하며 사기가 더욱 크게 떨어졌다고 한다.

뒤늦게 밝혀진 이 같은 사실들을 놓고 볼 때, 당시 조선 수군이 중과부적을 극복하고 대승을 거둔 데에는 이처럼 뒤에서 든든한 배경이 되어 준 수많은 백성들의 힘이 크게 작용했던 것을 알 수 있다.

다시 말해 이순신이 이룩한 「13척의 신화」 뒤에는 백성들의 이러한 보이지 않는 힘이 작용하고 있었던 것이며, 지도자가 훌륭하면 그 밑에 있는 부하들은 물론 백성들까지도 최선을 다해 함께 싸우며 도와준다는 것을 보여준다.

1597년(선조 30년) 9월 16일에 있었던 이 해전이 바로 명량해전(鳴梁海戰)이며, 충무공의 3대 대첩 가운데 하나로 불리는 명량대첩(鳴梁大捷)이다.

기록에 의하면, 이 해전에서 조선 수군은 전선 13척과 초선(哨船, 협선, 정탐선) 32척으로 일본 수군 함대 133척과 싸워 이 가운데 31척의 적선을 격파하고 대승을 거두면서도 조선 수군은 단 1척도 피해를 입지 않았으며, 다만 전사자 2명과 부상자 2명만이 있었다고 한다. 그야말로 이 해전은 세계 해전사(海戰史)에 있어서 그 유례를 찾아볼 수 없을 만큼 완벽한 승리였던 것이다.

1597년(선조 30년) 11월 10일자 《선조실록》을 보면, 이순신이 명량해전에서 승리한 후에 선조에게 올린 다음과 같은 전황 보고가 실려 있다.

『한산도(칠천량 해전)에서 패전한 이후 전선과 무기가 거의 다 흩어져 없어졌습니다.

그래서 신(臣, 이순신)은 전라우도 수군절도사 김억추 등과 함께 전선 13척과 정탐선(哨船) 32척을 모아 가지고 해남현 바닷길의 중요한 길목을 가로막고 있었는데, 적의 전선 130여 척이 이진포(梨津浦) 앞바다에서 이쪽을 향하여 왔습니다.

이에 신은 수사(전라우수사) 김억추(金億秋)와 조방장(助防將) 배흥립(裵興立), 거제 현령 안위(安衛) 등을 지휘하여 각각 전선을 정비하여 진도의 벽파정(碧波亭) 앞바다에서 적들과 죽음을 무릅쓰고 힘껏 싸웠습니다.

그리하여 대포로 적선 20여 척을 쳐부수고 쏘아 죽인 것만도 대단히 많았는데, 바다에 빠져 떠 있는 적 8명의 목을 베었습니다.』

명량해전이 한창 벌어지고 있을 때에도 피난가지 않고 오히려 명량해협의 인근에 있는 육지의 높은 곳이나 섬, 그리고 조선 수군 뒤쪽의 바다에서 피난선들을 타고 이순신과 조선 수군을 끝까지 응원했던 이곳 주민들과 피난민들은 조선 수군이 왜군을 단숨에 물리치며 통쾌하게 승리하는 것을 자신들의 눈으로 직접 보고 몹시 감격하여 눈물을 흘리며 환호성을 올렸다.

또한 이 해전에서 승리함으로써 조선 수군은 일본 수군이 서해안을 통해 북상하는 것을 차단할 수 있었으며, 이와 함께 왜군의 수륙 양면작전 또한 저지시킬 수 있었다. 아울러 칠천량 해전에서 패한 이후 일본 수군에게 빼앗겼던 제해권도 다시 회복하며 전열을 가다듬을 수 있게 되었다.

선조의 담음병(痰飮病)과 가입이진탕(加入二陳湯)

가을이 한창 깊어가고 있던 1598년(선조 31년) 9월 22일, 선조는 어의들을 불러놓고 이런 말을 한다.

"요사이 상심(傷心)이 쌓일 대로 쌓여 밤낮으로 가슴이 아파 밥알이 내려가지 않는가 하면, 안질(眼疾)이 더욱 중하여 지척을 분별하지 못하고, 두 귀가 막혀 남의 말을 분간하지 못한다. 허리 아래가 저리고 축축하여 한 걸음도 스스로 옮기지 못하고, 밤이면 잠을 이루지 못한 채 이리저리 뒤척이면서 벽에 기대어 아침에 이르며, 낮이면 피곤하여 술에 취한 것과 같다."

상심이 너무나 심해 소화가 잘 안 될 뿐만 아니라 눈과 귀, 허리, 다리 등 온몸이 다 아플 뿐만 아니라, 피로 또한 심해 마치 술 취한 사람 같다고 호소한 것이다.

이에 어의들은 서둘러 선조의 옥체 곳곳을 진맥하며 세밀히 진찰한 후 약방(藥房) 도제조 유성룡, 제조(提調) 홍진(洪進), 신식(申湜) 등과 상의한 후 유성룡이 선조에게 아뢴다.

"신들이 의관(醫官)들을 통하여 성상(聖上)의 기후(氣候)에 대하여 듣고 침의(針醫) 등과 함께 상의하였사온데, 일기가 벌써 한랭하여 침구(針灸)할 경혈을 표시하는 점혈(點穴)하는 데 반드시 의대(衣襨)를 벗어야 하므로 풍기(風氣)가 엄습할까 두려워 할 수가 없습니다.

온수(溫水)에 목욕하는 것은 천(賤)한 사람이라도 감히 가볍게 하지 못하는 것입니다. 진액(津液)이 크게 빠져서 원기(元氣)가 손상되어 크게 해롭습니다. 더구나 이처럼 한랭한 계절에는 더욱 합당하지 않으니 결코 하여서는 아니 됩니다.

가슴앓이 흉통(胸痛) 증세는 곧 담(痰)이 위(胃)의 입구에 모여 꽉 막혀서 생긴 통증이라 하오니, 약방에서 지어 올린 가입이진탕(加入二陳湯)을 드시는 것이 합당하신 줄 아옵니다."

이때 내의원에서 선조에게 권한 가입이진탕은 이진탕(二陳湯)을 변형한 처방약이며, 이진탕은 예로부터 담음(痰飮 ; 여러 가지 수음병水飮病을 통틀어 이르는 말로, 몸 안에 진액이 여러 가지 원인으로 제대로 순환하지 못하고 일정한 부위에 몰려서 생긴 증상을 말한다) 치료에 널리 쓰여 온 기본방(基本方)으로서 특히 뭉친 담을 풀어주는 데 좋고, 또한 습담 치료에 효과적인 것으로 알려져 있다.

이진탕은 특히 습사(濕邪)로 인한 담(가래)을 제거하는 데 대표적인 처방약이며, 담음이 경락을 돌아다니며 허리와 등이 아플 때도 쓰면 좋은 처방약이다.

이 처방약은 위(胃)의 담 제거 및 몸 안의 비정상적인 생리물질을 제거하는 데도 사용되며, 여러 가지 담음병(痰飮病)으로 인해 토하거나 메스껍고 머리가 어지러우며 가슴이 두근거리거나 춥다가 열이 나면서 아픈 증세, 또는 심장이 몹시 두근거리고 불안할 때에도 쓰인다.

담 결림으로 인한 경우는 허리에서 등, 어깨, 목 부위까지 아픈 특징이 있는데, 이럴 때에도 이진탕을 사용하면 효과적이다. 이진탕은 특히 담 결림을 풀어주는 약재들로 구성되어 있기 때문이다.

담은 일상적으로 흔한 질환이지만, 한방에서는 그 발생 원인에 따라 다양하게 분류하고 있다.

즉 담은 그 발생 원인에 따라 풍담(風痰) · 한담(寒痰) · 습담(濕痰) · 열담(熱痰) · 울담(鬱痰) · 기담(氣痰) · 식담(食

痰)・주담(酒痰)・경담(驚痰) 등으로 나눌 수가 있는데, 이 중 풍담은 바람에 의해, 한담은 냉기에 의해, 습담은 습기에 의해 생긴다.

특히 습담은 습하고 탁한 기가 체내에 오래 정체되어 있는 담을 말하는데, 습담이 차면 온몸의 근육으로 담이 퍼져서 쌓인다. 또 이로 인해 근육통처럼 통증이 온다. 또한 습담은 몸이 비만한 사람에게 잘 생긴다. 자주 몸이 붓고 물만 먹어도 살이 찌고 쉽게 피곤하며, 몸이 무겁거나 허약한 사람들에게도 습담이 잘 생긴다.

열담은 담과 열이 서로 뒤엉켜 만들어지고, 울담은 여러 감정들이 쌓여서 형성된다. 기담은 기(氣)와 담이 목 안에 몰려서 가래를 뱉어도 나오지 않고 삼켜도 넘어가지 않는 담을 말한다.

식담은 음식이 잘 소화되지 않아서 생기는 담이며, 주담은 술을 지나치게 많이 마셔서 발생하는 담이다. 그리고 경담은 놀란 것이 가슴이나 배에 덩어리가 생긴 담을 의미한다.

이처럼 한방에서는 담이 다양한 원인에 의하여 진액이 탁해지고 뭉쳐서 유발되는 것으로 보고 있다.

진액이란 우리 몸 안에 있는 수분을 통칭하는 것으로서 눈물・콧물・침・땀 등을 말한다. 그런데 이 진액이 일정 부위에 몰려 걸쭉해지고 뭉치게 되면 담이 생겨난다. 즉 수분의 대사가 원활하지 않아 진액이 체내에 쌓여 정체하여 담이 되는 것이다.

이진탕의 기본 약재는 진피(陳皮, 귤껍질)·반하(半夏)·복령(茯笭)·감초(甘草)이다. 이 가운데 진피는 기가 뭉친 것을 풀어주며, 담을 가볍게 흩어주는 역할을 한다. 또 비위가 허약하여 일어나는 복부 창만·트림·구토·메스꺼움·소화불량, 헛배가 부르고 나른한 증상, 대변이 묽은 증상을 치료해 주며, 비장의 기능을 강화시키는 역할도 한다. 이와 함께 해수나 가래를 없애주며 이뇨작용도 한다.

한방에서는 진피를 오수유(吳茱萸), 반하, 지실(枳實 ; 탱자나무의 덜 익은 열매를 말린 것) 등과 함께 오래될수록 약효가 증가하는 약으로 분류한다. 그 맛은 쓰고 매우며, 성질은 따뜻하다.

반하(半夏)는 뜨겁고 매운 성질을 지니고 있으며, 탁하고 습한 담을 말려주는 역할을 하는 약재로서 한방에서는 가슴과 명치 부위에 담열(痰熱)이 뭉쳐져서 그득하고 답답하며 기침을 하고 상기(上氣)되는 증상, 명치 부위가 팽팽하고 결리는 증상, 전염병으로 인하여 구토하는 증상 등을 치료하는 데도 쓴다.

또한 반하는 종기의 부기를 없애고 황달을 치료하며, 안색을 좋게 하는 것으로 보고 있으며, 담을 없애고 폐기(肺氣)를 아래로 내리고 위(胃)가 잘 소통되게 하며, 소화를 도와 구토를 그치게 하는 효능도 있는 것으로 여긴다.

이와 함께 반하는 가슴 부위에 담을 없애고 한담(寒痰)을 물리치며, 추위와 차가운 음식으로 인하여 폐가 손상되어 발생하는 해소를 치료하여 가슴이 답답한 것과 횡격막 윗부분의 담을 제거해 주는 역할도 하는 것으로 본다.

뿐만 아니라 위기(胃氣)를 조절하여 비(脾)가 습(濕)한 것을 치료하며, 음식을 토하고 넘기지 못하는 증상, 심한 구토와 설사를 동반한 근육경련, 배가 찬 증상, 담으로 인하여 발생한 두통 등을 치료하고 부기를 빼고 기가 뭉쳐진 것을 해소시키는 효능도 있다고 여겨 왔다.

복령은 옛 문헌에 복령(伏靈) 또는 복신(伏神)이라고도 표기되어 있는데, 소나무의 신령스러운 기운이 땅 속에 스며들어 뭉쳐졌기 때문에 이 같은 말들이 생겨났다고 하며, 주먹 크기의 복령을 차고 다니면 모든 귀신과 재앙을 물리친다는 속설도 전해온다.

복령은 소나무의 정기가 왕성하여 바깥으로 빠져나가 뭉쳐져서 만들어진 것이라고 하는데, 그 껍질은 복령피라 하고, 균체가 소나무 뿌리를 내부에서 감싸고 자란 것은 복신(茯神)이라 하며, 내부의 색이 흰 것은 백복령, 붉은 것은 적복령이라고 하며 모두 약으로 쓴다. 약성은 평범하며 맛이 달고 덤

덤하다.

복령은 특히 담의 습을 내려주는 역할을 하면서 비를 튼튼하게 해주는 약재로 많이 쓰이며, 거담작용이 있어서 가래가 많이 분비되고 호흡이 곤란한 증상인 만성기관지염과 기관지 확장증 등에 다른 약재들과 적절히 배합하여 쓴다.

또한 복령은 완만한 이뇨작용이 있어 소화기가 약하면서 전신에 부종이 있을 때에도 그 효과가 뛰어나며, 심장염 · 방광염 · 요도염 등에도 효과가 있다.

건위작용도 있어서 위장 내에 수분이 과다하게 정체되어 복부가 팽만하고 구토를 일으키는 만성위장염에도 쓰이며, 진정효과가 뛰어나서 신경의 흥분으로 인한 초조와 불안, 자주 놀라고 입이 마르며 식은땀을 흘리는 증상에 안정제로 쓰인다.

감초는 모든 약의 약효를 조화시켜 주는 약재로 유명하며, 나라의 원로, 혹은 임금의 스승이라는 뜻으로 국로(國老)라고 부르기도 한다. 또한 감초는 모든 약재들의 독성을 중화시키면서 그 약효가 잘 나타나도록 이끌며, 장부의 한열과 사기를 다스리고 모든 혈맥의 소통을 잘 시키며 근육과 뼈를 튼튼하게 해주는 역할도 한다.

감초는 뛰어난 해독작용도 하며, 간염 · 두드러기 · 피부염 · 습진 등에도 효과가 있다. 또 진해, 거담, 근육 이완, 이뇨작용, 항염작용도 있으며 소화성궤양을 억제하는 역할도 한다. 감초는 특이한 냄새가 나며 맛은 달다.

이처럼 담을 없애는 데 좋은 약재들로 구성된 이진탕은 각각의 재료가 맡은 역할을 다하여 뭉친 담을 풀어준다. 더욱이 반하와 진피는 모두 맵고 따뜻한 약재로서 습을 말리고 담을 삭이며 기를 소통시켜 속을 시원하게 해주는 효과도 있다.

다만 이들 두 약재는 말리고 흐트러뜨리는 성질이 지나치게 강하다. 그래서 이 같은 강력한 성질을 순화시키기 위해 오래 묵혔다가 약재로 쓴다.

《동의보감》에서는 이진탕에 대해 이렇게 써놓았다.

『반하(半夏, 법제한 것) 8g, 진피(陳皮) · 적복령(赤茯苓) 각 4g, 자감초(炙甘草) 2g을 썰어서 1첩으로 하여 생강 3쪽과 함께 물에 달여서 먹는다.

이 약은 담음(痰飮)으로 가슴과 명치 밑이 그득하고 불러오르며, 기침을 하고 가래가 많으며 메스껍고 때로 토하며 어지럽고 가슴이 두근거리는 데 쓴다. 급만성 위염, 위하수, 급만성 기관지염, 자율신경 실조증, 임신오조(姙娠惡阻) 등에도 쓸 수 있다.』

담을 예방하기 위해서는 평소 운동을 자주 하는 것이 좋은데, 운동을 자주하게 되면 순환하지 않는 묵은 기운이 땀으로 배출되거나 밑으로 내려가게 된다.

그런데 예로부터 궁중에서 특히 많이 쓰여 왔던 이 이중탕(理中湯)은 훗날 조선조 제21대 임금이며 83세까지 삶을 영위하여 조선 왕조를 통틀어서 가장 장수한 임금으로 알려진 영조(英祖, 1694~1776)의 명에 의하여 그 이름이 건공탕(建功湯)으로 바뀌어 불리게 된다.

우선 1758년(영조 34년) 12월 21일자의 《영조실록》을 보면, 다음과 같은 기록이 나온다.

『상(上, 영조)께서 환후(患候)에서 조금 나았다.

그러자 상께서 말씀하기를,

"이것은 이중탕(理中湯)의 공(功)이다.

그러므로 이중탕의 이름을 이제부터는 이중건공탕(理中建功湯)이라고 하겠다." 고 하시었다.』

다시 말해 이중탕을 복용하고 건강이 좋아진 영조가 이중탕의 효능을 극찬하며 그 처방약 이름마저 바꾸어 부르도록 한 것이다.

이후 《영조실록》에서는「이중탕」이란 말이 사라지고 대신「이중건공탕」이란 말이 등장한다. 그러더니 얼마 후에는 이「이중건공탕」에서「이중」이란 글자마저 사라지고「건공탕」으로만 불리게 되는데, 그 예로 영조 38년(1762년)에 쓰인

《영조실록》에는 이런 글이 보인다.

『상께서 복부(腹部)에 산기(疝氣)가 왕래하는 증세가 있어 하루에 건공탕을 네 차례 복용했다.』

이처럼 영조는 건공탕(이중탕)의 효능을 극찬하여 이를 자주 복용했는데, 영조 49년(1773년) 12월 3일자 기록에서 영조는 또 건공탕을 이렇게 극찬한다.

『상께서 말씀하시기를,
"팔순인 내가 지탱해 나가는 것은 건공탕이 있기 때문이다. 비록 하루라도 건공탕이 없을 수 없다." 고 했다.』

영조 50년(1774년) 8월 15일 기록에는 이런 내용도 있다.

『상께서 갑자기 곽란(癨亂)기가 있어서 가래침을 토하는지라, 건공탕을 올리니 곧 멈췄다.』

심지어 영조는 1775년(영조 51년) 12월 7일, 이런 말까지 한다.
"내가 이렇게 장수할 수 있었던 비결은 건공탕을 자주 복용했기 때문이다."

제3장 허망한 종전(終戰)

노량해전(露梁海戰)

1598년(선조 31년), 봄부터 병에 걸려 앓기 시작했던 도요토미 히데요시(豊臣秀吉, 1536~1598)는 날이 갈수록 병세가 악화되더니 그 해 8월 17일, 신하들에게 이런 말을 한다.

"조선에서 군사들을 불러들여라!"

이 말을 끝으로 그는 이튿날인 8월 18일, 세상을 떴다.

이때 그의 나이 63세였다. 일본의 전국시대를 통일하고 대륙 침공을 위해 임진왜란을 일으킴으로써 조선에 엄청난 피해를 안겨주었던 도요토미 히데요시가 자신의 욕망을 끝내 실현하지 못한 채 최후를 맞은 것이었다.

그런데 그가 죽은 이유에 대해서 여러 가지 설이 전해온다.

우선 위암으로 인한 것이라는 설이 있고, 뇌매독으로 인해 사망했다는 설이 있다. 또 독살되었다는 설도 있다.

어쨌든 도요토미 히데요시가 조선에서 일본군을 모두 철수시키라는 유언을 남기고 죽자, 조선에 와 있던 왜군은 즉각 철군을 시작하게 되었는데, 당시 울산에 주둔하고 있던 가토 기요마사(加藤淸正)와 양산에 주둔하고 있던 구로다 나가마사(黑田長政) 등이 먼저 자신의 휘하에 있던 군사들을 거두어 부산포를 통해 일본으로 돌아갔다.

그러나 남해안을 따라 멀리 진군하여 전라도 순천에 왜교성(倭橋城)을 쌓고 이곳에 주둔하고 있던 고니시 유키나가(小西行長)는 도요토미 히데요시의 철군 명령이 떨어졌음에도 불구하고 일본으로 돌아갈 수가 없었다.

해로(海路)는 조선의 명장 이순신이, 육로(陸路)는 명나라 장수 유정(劉綎)이 순천 왜교성의 뒤를 막고 있지 않은가.

이때 이순신은 명나라의 수사제독(水師提督) 진린(陳璘)과 함께 왜군이 해로를 통해 퇴각하지 못하도록 단단히 막고 있었다. 그러면서 이순신은 순천 왜교성의 뒤를 막고 있던 유정에게 수륙(水陸)이 호응하여 왜교성 안에 있던 고니시 유키나가와 왜군들을 협공하여 섬멸하자고 요청했다.

이에 유정 또한 이를 약속했다.

그런데 첩보를 통해 이 같은 사실을 알게 된 고니시 유키나가는 겁을 먹고 진린과 유정에게 몰래 값진 선물을 보내 이들을 회유했다. 철군하는 왜군에게 퇴로를 열어 달라는 것이었다.

왜장 고니시 유키나가로부터 값진 선물을 받은 진린과 유정은 마음이 흔들렸고, 이를 알아챈 이순신은 강경한 어조로 진린을 설득했다.

그러자 진린은 다시 마음을 돌려 이순신과 함께 왜군을 치기로 한다. 그러나 유정은 끝내 마음이 돌아서지 않았다. 때문에 그는 군사들을 움직여 왜교성에 있는 왜군들을 공격하지 않았다.

고니시 유키나가는 퇴로가 막힌 왜교성에서 빠져나가기 위해 경남 사천에 주둔하고 있던 시마즈 요시히로(島津義弘)와 남해에 주둔하고 있던 소시라노부(宗調信)에게 구원을 청했다.

이에 시마즈 요시히로는 전선 500여 척을 이끌고 노량 앞바다로 몰려왔다. 위기에 처한 고니시 유키나가와 그의 휘하에 있는 왜군을 구하기 위해 1598년(선조 31년) 11월 18일 밤, 야조(夜潮)를 타고 노량으로 온 것이었다.

이에 맞서 1598년 11월 19일 새벽, 조선 수군의 전선 70여 척과 명나라 수군의 전선 400척도 노량으로 진군했다. 군사는 모두 1만 5,000여 명에 달했다.

이어 조·명 연합함대와 일본 수군 전선들 간의 치열한 전투가 벌어졌다. 춥고 달 밝은 밤의 전투였다.

조선 수군은 각종 화포들을 쉴 새 없이 발사하고, 화살을 무수히 날렸다. 일본 수군도 조총과 화포로 응전했다.

치열한 야간전투가 계속되는 동안 밤은 서서히 트이기 시작했다. 이 하룻밤 사이에 이순신과 진린이 이끄는 조명 연합함대는 일본 수군의 전선 500여 척과 싸워 그 절반가량을 격파하는 전과를 올렸다. 일본 수군의 전선 500여 척 가운데 200여 척 이상이 전파(全破)되거나 격침되고 150여 척은 크게 파손되었던 것이다.

패색이 짙어진 일본 수군은 남은 전선 150여 척을 이끌고 퇴각하기 시작했다. 이를 본 조명 연합함대는 이들을 뒤쫓아가며 공격하여 정오까지 잔적을 소탕하며 계속 추격했다.

이때 진린은 일본 수군을 추격하다가 오히려 적에게 포위되었으나, 이순신이 적선의 퇴로를 막고 공격하여 이들을 격파하는 동시에 적에게 포위된 명나라 장수 진린도 구했다.

다급해진 일본 수군의 전선들은 남해 관음포(觀音浦) 쪽으로 도망쳤다.

그런데 관음포는 어구에서 보면 저쪽 바다로 통한 듯했지만, 사실은 뒤가 막혀 있었다. 이때 이순신은 적선을 한 척이라도 그냥 놓아 보내지 않겠다고 다짐하고는 적을 노량에서 추격하다가 일부러 뒤를 열어 주어 일본 수군으로 하여금 스스로 이 병 속 같은 관음포 안쪽으로 들어가도록 만들었던 것이다.

관음포 안쪽으로 도망치던 일본 수군은 그곳이 더 이상 갈 수 없는 막힌 곳이라는 것을 알자 당황하며 급히 배를 돌렸다. 이때를 놓칠 리 없는 이순신이 퇴로가 막혀 다시 나오는 일본 수군의 전선들을 향해 맹렬히 공격했다. 그 자신이 직접 적진 깊숙이 뛰어들어 독전했다.

그러던 11월 19일 새벽, 이순신은 아주 가까운 거리에서 왜군이 발사한 적탄에 왼쪽 가슴을 맞고 쓰러졌다. 곁에 있던 부장들이 급히 그를 방패로 가렸으나 이미 치명상을 입은 뒤였다.

가쁜 숨을 몰아쉬던 이순신은 꺼져가는 힘을 모아 부장들에게 이런 말을 남긴다.

"싸움이 급하니 나의 죽음을 알리지 말라(戰方急愼 勿言我死전방급신 물언아사)."

이순신은 곧 숨을 거둔다. 그의 나이 53세 때였다.

마침 이곳에 있던 이순신의 조카 이완(李莞)은 이 같은 이순신의 명을 받들어 그의 전사를 알리지 않고 앞장서서 독전하여 조선 수군은 마침내 대승을 거둔다.

그러나 이 해전에서 낙안군수 방덕룡(方德龍), 가리포첨사(加里浦僉使) 이영남(李英男), 흥양현감(興陽縣監) 고득장(高得將), 그리고 명나라 수군의 70세 노장 등자룡(鄧子龍) 등도 이순신과 함께 전사했다. 또한 임진년에 귀선(龜船, 거북선) 돌격장으로 활약했던 이언량(李彦良)도 이 싸움에서 최후를 맞았다.

이때 전사한 명나라 수군의 노장 등자룡은 평소 이순신을 흠모해 왔는데, 그는 이 전투에 앞서 진린에게 이런 말을 했다고 한다.

"내 나이는 이미 70여 세인 터라 난 죽더라도 아깝지 아니하오. 다만 이순신 같은 영걸(英傑)을 구원하여 천하의 으뜸가는 장수로 만드는 게 나의 바람일 뿐이오."

그러자 이 말을 들은 진린도 용기를 얻어 등자룡의 뒤를 따라 싸우러 나갔다.

그런데 이순신이 전사하기 얼마 전, 천문(天文)을 보던 진린은 깜짝 놀랐다.

하늘에서 갑자기 큰 별 하나가 바다로 떨어지는 것 아닌가. 이를 심상치 않게 여긴 진린은 급히 이순신에게 서간을 보냈다. 조짐이 좋지 않으니 조심하라는 내용이었다.

이에 이순신은 호탕하게 웃으며 이런 답서를 써 보냈다고 한다.

『천수(天壽)는 피하기 어려운 법이오. 피하고자 하면 오히려 의외의 재앙이 닥치는 법입니다.』

왜장 시마즈 요시히로는 남은 전선 50여 척을 이끌고 급히 도주했다.

왜장 고니시 유키나가는 격전을 틈타 묘도(猫島)로 몰래 숨어 들어갔다가 여기서 작은 배를 타고 바다로 빠져나가 망망대해의 파도를 무릅쓰고 가까스로 달아났다. 진린이 그를 슬쩍 놓아준 탓이었다.

명나라 수군도독 진린은 이런 잘못과 함께 거칠고 오만한 인물로도 알려져 있으나, 그는 1598년(선조 31년) 7월 16일, 수군 5천 명을 거느리고 온 이후 이순신의 수군과 합세하여 이순신을 지켜보면서 그의 훌륭한 인품과 뛰어난 전술에 대해서만큼은 크게 감탄하며 칭찬을 아끼지 않았다.

그래서 그는 이런 말도 했다.

"이순신은 천지(天地)를 주무르는 재주가 있으며, 나라를 바로잡은 공이 있다."

일본 최고의 장수로 일컬어지며 임진왜란 때 용인 전투에서 불과 1,500명의 군사로 조선군 5만 명을 격퇴시켰다고 하는 와키자카 야스하루(脇坂安治), 그러나 그는 한산도 해전과 명량 해전 등에서 이순신에게 대패한 패장이기도 했는데, 훗날 그는 자신의 회고록에서 이순신에 대해 이렇게 말한다.

"이순신이란 말만 들어도 두려움에 떨려 음식을 며칠 몇 날을 먹을 수가 없었으며, 앞으로의 전쟁에 임해야 하는 장수로서 직무를 다할 수 있을지 의문이 갔다."

이순신이 이처럼 조국과 백성들을 위해 목숨을 바쳐가며 싸웠던 이 노량해전은 그야말로 전란 이래 최대 규모의 격전이었다.

또한 1598년(선조 31년) 11월 19일, 노량 앞바다에서 이순신이 이끄는 조선 수군과 진린이 이끄는 명나라 수군이 일본 수군과 벌인 이 노량해전을 마지막으로 7년간 계속되었던 임진왜란도 끝이 났다.

하지만 이 전투에서 이순신을 잃은 슬픔은 컸다.

전쟁 직후 이순신은 정1품 우의정으로 봉해졌고, 권율・원균 등과 함께 1등공신이 되었다.

1643년(인조 21년), 인조는 이순신에게 「충무(忠武)」 시호를 내렸다.

전쟁이 남긴 깊은 상흔(傷痕)과 비탄의 노래

조선과 명나라, 일본이 참전하여 싸운 임진왜란은 실상 국제전의 양상을 띤 전쟁이었다.

따라서 이 전쟁으로 인한 상흔과 그 여파는 참전한 이들 세 나라 모두의 내정과 사회에 큰 영향을 끼쳤을 뿐만 아니라, 나아가서는 동아시아 전체의 국제질서에도 상당한 영향을 미쳤다.

우선 명나라는 당시 국력이 약해져 가며 재정마저 어려운 상황 속에서 남의 나라 전쟁에 끼어들어 조선에 원군을 파병함으로써 국력은 더욱 약화되었다. 또 이러한 가운데 만주에서는 여진족이 급속히 성장하더니, 1616년(광해군 8년)에는 누르하치(努爾哈赤)가 여진족을 통합하여 후금(後金) 국을 세웠다.

그 후 후금은 1636년(인조 14년)에는 국호를 대청(大淸)이라 개칭하였으며, 1644년(인조 22년)에는 마침내 명나라를 멸망시킨다.

또한 임진왜란을 일으켰던 일본은 도요토미 히데요시가 죽고 나자 다시 내전에 휩싸였다.

이때 도요토미 히데요시가 죽은 후 권력을 장악하고 천하를 손에 넣겠다는 야심을 품은 도쿠가와 이에야스(德川家康, 1543~1616)의 동군(東軍) 10만 4천 명과 이를 저지하려는 도요토미 히데요시의 심복 이시다 미쓰나리(石田三成)의 서군(西軍) 8만 5천 명이 1600년 9월 15일, 세키가하라(関ヶ原)에서 대전투를 벌인다.

이 전투가 바로 「세키가하라 전투」인데, 이 전투에서 동군이 승리하고 서군은 대패함으로써 도쿠가와 이에야스는 일본 전국 지배권을 완전히 장악하게 된다.

문화 면에 있어서 일본은 조선에서 약탈해간 수많은 서책들과 문화재들, 그리고 강제로 붙잡아 온 도공(陶工) 등의 기술자들을 통해 문화·예술의 진보와 상업의 발달을 이룬다. 특히 조선인 포로들 가운데는 뛰어난 도공들이 많았는데, 이들은 그 후 일본에서 살면서 도자기 제조기술을 일본에 전파하고 발전시키는 데 큰 역할을 한다.

조선의 활자와 활자 기술을 가져가서 일본의 활자 기술의 비약적인 발전도 이룩했다. 뿐만 아니라 《퇴계집(退溪集)》 같은 뛰어난 전적(典籍)들을 가져가서 일본문화 발전에 큰 도움도 얻었으며, 포로로 잡아간 조선의 훌륭한 학자들로부터 성리학을 배워 새로운 지도 이념을 수립하는 데도 도움을 받았다.

반면 조선은 임진왜란과 정유재란으로 인해 가장 큰 피해를 입었다. 특히 이 전쟁으로 인해 수많을 조선인들이 왜군에 의해 죽거나 다쳤으며, 또 많은 조선인들이 포로로 붙잡혀 일본으로 끌려갔다.

뿐만 아니라 경복궁과 창덕궁, 창경궁을 비롯하여 궁궐의 많은 건축물들이 불에 타고 파괴되었으며, 귀중한 서적과 문화재들이 소실되고 약탈되었다. 역대 실록들을 포함하여 귀중한 사서(史書)를 보관한 사고(史庫)들마저도 전주 사고만 남고 모두 소실되는 비운을 겪었다.

여기에다 전염병을 비롯한 각종 질병과 농경지의 황폐화 및 이로 인한 식량 부족과 굶주림 등으로 인해 백성들의 삶은 극도로 피폐해졌다. 심지어 전쟁 중에는 물론 전쟁이 끝난 후에도 몹시 굶주린 백설들이 마치 식인종처럼 인상살식(人相殺食 ; 사람이 사람을 잡아먹는 것)을 하는 끔찍한 일도 벌어졌다.

특히 임진왜란과 정유재란 양란(兩亂)을 거치면서 농촌사회는 심각하게 파괴되었다. 임진왜란 직전 전국의 토지 결수는 150만 결(結 ; 논밭의 면적 단위. 모든 토지는 비옥도에 따라 6등급으로 나누었는데, 이 때 토지 측량의 기준이 되는 전척田尺의 길이도 토지 등급에 따라 달랐다)이었는데, 종전 직후에는 30여만 결로 크게 줄어들었다. 농사지을 인구도 크게 감소했다.

따라서 조선에서는 그 무엇보다도 7년간의 전쟁이 가져온 이 같은 극심한 피해들을 하루속히 복구하는 것이 당면한 과제였다.

이에 선조는 조정의 대신들에게 전쟁으로 인해 무너지고 파괴된 성과 성벽들을 다시 쌓고 파괴된 무기를 수리하고 보충하며, 부족해진 군사들을 속히 보강하라는 엄명을 내렸다. 국방력의 정비와 강화에 온 힘을 기울이도록 한 것이었다.

아울러 선조는 왜군들에 의해 폐허가 되어버린 도성 한양을 복원하는 일에도 힘쓰라는 어명도 내렸다. 그러면서 선조는 기나긴 전쟁과 그로 인한 후유증으로 각종 질병에 걸려 고생하거나 죽는 백성들이 많은 것을 안타까워하면서 허준에게 정유재란으로 인해 중단되었던 《동의보감》 편찬사업을 속히 재개하도록 명한다.

임진왜란과 정유재란 이후 조선에서는 신분질서에도 적지 않은 변화가 생겼다. 이 전쟁에서 군사적 공로를 세운 사람들이 그 공로로 인해 신분 상승을 하는 경우도 있었고, 재정적으로 큰 어려움을 겪게 된 조정에서는 이를 타개하기 위해 돈이나 곡식 등을 받고 서얼이나 상민들의 신분을 상승시켜 주는 일도 많게 된 것이다.

특히 중간 계층과 상민들이 갑자기 양반으로 신분이 상승하고 노비가 상민이 되는 경우가 많아졌는데, 그 결과 양반의 수는 갈수록 늘어나고, 상민과 노비의 수는 갈수록 줄어드는 현상도 나타났다.

이런 가운데서 조정의 신료들을 비롯한 지배층은 백성들, 특히 농민들이 겪고 있는 여러 가지 현실적인 어려운 문제들을 제대로 해결하지 못하면서 오히려 농민들을 더 힘들게 하는 일들을 시행하는 잘못도 저질렀다. 또 이로 인해 농민들의 불만은 날로 커져 갔고, 일부 농민들은 도적이 되어 사회를 불안하게 만들기도 했다.

그러나 이 같은 갖가지 부작용과 문제점들에도 불구하고 임진왜란과 정유재란을 통해 조정의 신료들은 물론 많은 백성들이 조국의 소중함과 국방의 중요성을 깨닫게 되었으며, 애국심 또한 고취되었다.

이와 함께 자신들을 괴롭히며 불행을 안겨준 일본과 왜군에 대한 재인식과 적개심이 더욱 높아졌고, 스스로 나라를 지키지 못한 데 대한 자책감과 더불어 반성의 계기도 되었다.

반면 명나라가 원군을 파병하여 도와줌으로써 명나라에 대한 사대주의가 더욱 심화되었으며, 명나라가 청나라에 의해 멸망한 이후에도 은혜를 입었다는 이유로 명을 숭상하는 경향도 지속되었다.

또한 전란 중에 명군에 의하여 관우(關羽) 숭배 사상이 전래된 이후 한양을 비롯한 전국 각지에 관우묘(關羽廟 ; 송대宋代 이후 중국에서는 군신軍神, 복록장수신福祿長壽神으로서 신앙되는 관우묘가 각처에 많이 건립되었다)가 세워지고 관우를 숭배하는 등 민간신앙에도 큰 변화가 있었다.

매독(梅毒) 창궐하다

임진왜란과 정유재란 양란이 남긴 많은 불행과 비극들 가운데 또 하나는 이 양란이 끝난 이후, 혹은 그 이전 전쟁 기간

동안에도 조선 각지에 무서운 성병(性病)인 매독(梅毒)이 급속도로 널리 퍼지며 많은 사람들을 고통 속에 빠뜨렸다는 것이다.

매독이 언제부터 우리 인류를 괴롭혔는지는 정확히 알 수 없으나, 서양에서는 1492년에 콜럼버스 일행이 아메리카 대륙, 정확히 말하면 오늘날의 서인도 제도의 산살바도르 섬을 발견한 이후 이 항해에 참여했던 선원들이 서인도 제도의 여인들과 무분별한 성교를 했는데, 이때 이곳의 토착질환이었던 매독이 이들 선원들을 통해 스페인으로 들어왔고, 이것이 다시 유럽 각지에 퍼져 나갔다는 설이 있다.

특히 1494년 프랑스가 나폴리 왕국을 공격할 때 외인부대를 고용하여 썼는데, 이때 외인부대로 참전했던 스페인의 매독 환자들이 나폴리에 매독을 널리 퍼뜨리는 바람에 이 병을 가리켜 「나폴리 병」이라고 불렀다고 한다.

그리고 이때 나폴리의 여인들과 성관계를 가졌던 많은 프랑스인 병사들도 매독에 걸렸고, 이들이 귀국하면서 프랑스에서 이 병이 널리 확산되면서 매독을 「프랑스 병」이라고 불렀다는 기록도 있다.

매독은 그 후 15세기 말부터 유럽의 여러 나라들과 동방의 여러 나라들의 교역이 활발해지면서 중동을 거쳐 중국과 일본 등 아시아 전역으로 확산되었다.

특히 16세기와 17세기에 이르러서는 매독이 전 세계에 퍼지면서 많은 사람들을 괴롭혔는데, 이 무렵 유럽에서는 매독으로 인한 용모의 훼손을 최대한으로 감추기 위해 귀족이나 법원의 판사들이 가발을 쓰기 시작했다는 이야기도 전해온다.

매독이 원래 중남미에서 발생한 성병이었다는 견해와는 달리 본래부터 서양에 있던 어떤 성병이 변형되었거나 다른 병과 합쳐지면서 매독이라는 신종 질환이 생겨났다는 견해도 있다.

중국에서는 특히 1505년부터 1521년 사이에 포르투갈과 인도 상인들이 많이 내왕하던 남부 무역항 광동(廣東)에서 시작되어 곧 북으로 올라가며 전 중국에 전파되었다고 한다.

매독이 언제 조선에 처음 들어왔는지는 정확히 알 수 없으나, 예로부터 중국과 교역을 많이 해 온 조선이었던 만큼 중국을 통해서 처음 들어온 것으로 보는 견해가 유력하다. 그러나 이때에는 매독에 걸리는 사람이 극히 적었다.

일본은 예로부터 해상무역을 통해 중국과 서양의 여러 나라들과 교역을 많이 했는데, 이때 일본을 오가던 외국의 무역상들이나 선원들이 일본에 매독을 퍼뜨렸던 것으로 추정된다.

그런데 임진왜란과 정유재란이 발발하면서 조선에 들어온 명군과 왜군들이 조선 백성들을 겁탈하며 문란한 성행위를 많이 하면서 이들에 의해 조선인들도 매독에 많이 걸리게 되었으며, 이것이 다시 전국적으로 확산되었다.

조선에서는 옛날에 매독을 가리켜 천포창(天疱瘡) 혹은 양매창(楊梅瘡)이라고 했으나, 1520년대 이후에는 흔히 양매창이라고 했다.

또한 중국에서는 매독을 천포창 혹은 광동창(廣東瘡)으로 불렀으며, 일본에서는 중국의 당(唐)나라에서 전래된 병이라고 하여 당창(唐瘡) 또는 남쪽에서 들어왔다고 하여 유구창(琉球瘡)이라고 불렀다.

조선 중기의 명신이자 임진왜란 때 함경도 지방에서 큰 공을 세웠으며, 우리나라 최초로 서학(西學 ; 조선 중기 이후에 조선에 전래된 서양의 사상과 문물. 혹은 천주학)을 도입했던 이수광(李睟光, 1563~1628)이 1614년(광해군 6년)에 쓴 《지봉유설(芝峰類說)》은 조선시대 최초의 문화백과사전으로 평가를 받을 만큼 풍부한 내용을 담고 있는 책인데, 여기에는 당시의 우리나라 정치와 경제, 문화, 사회 풍속과 사회상 등이 잘 나타나 있다.

이 《지봉유설》을 보면, 우리나라에 매독이 언제 처음 들어왔는지를 짐작하게 해주는 다음과 같은 내용의 글이 나온다.

『이제까지 나온 우리나라 의서(醫書)들을 훑어보건대, 천포창은 중종 원년으로부터 16년(1506~1521)까지에 이르는 이후 중국으로부터 들어온 병이다. 중국 또한 과거에는 이 병이 없었으나 서역으로부터 전해져 왔으며, 그 뒤 이 병에 걸리는 사람들이 매우 많아졌다.』

즉 매독이 조선에 처음 들어온 것은 「중종반정」에 의해 연산군이 쫓겨나고 중종(中宗, 1488~1544)이 새로 즉위한 1506년(연산군 12년, 중종 원년)이었으며, 그 이전에는 조선에 매독 환자가 없었다는 것이다.

그러다가 임진왜란과 정유재란을 겪으면서 조선에도 매독에 걸린 환자들이 많이 생겼다는 뜻이다.

그러나 이수광의 《지봉유설》 보다 앞서 명종(明宗, 1534~1567) 때 간행된 것으로 추정되는 편저자 미상의 의서인 《치포이험(治疱易驗)》 등에도 포창(疱瘡 ; 매독을 가리키는 천포창에 해당)이란 병이 언급되고 있는 것을 보면, 1506년 이전에도 비록 드물기는 했지만, 조선에 매독에 걸린 병자들이 있었던 것으로 보인다.

허준이 광해군 때에 완성한 《동의보감》의 잡병편(雜病篇)에도 옹창(癰瘡)의 일종으로서 대풍창(大風瘡) · 백라창(白癩瘡) 등과 함께 천포창, 즉 매독이 언급되어 있다.

《동의보감》에서는 천포창의 원인에 대해 중국 명나라 때의 의학자인 이천(李梴)이 1575년에 지은 《의학입문(醫學入門)》을 인용하여 이렇게 써놓았다.

『천포창은 양매창이라고도 하여 나병(癩病)과 비슷하고, 흔히 간(肝)과 비신(脾腎)의 풍습(風濕)과 열독(熱毒)에 연유하며 남녀방실(男女房室)의 교접(交接)에 의하여 전염된다.』

매독이란 남녀 간의 성교에 의해 전염되는 일종의 악창(惡瘡) 내지 악병(惡病)이라는 것이었다. 이천의 《의학입문》에 기록되어 있는 매독에 관한 증상을 살펴보면 다음과 같다.

『그 형상이 마치 양매(楊梅)와 같고 흔홍(焮紅)하고 습란(濕爛)하며, 양통(痒痛)한 증세는 심(心)에 속하니 유(乳)·협(脇)에 많이 나고, 형상이 고정(鼓釘)이나 황두(黃豆) 같은 증은 비(脾)에 속하니 만면(滿面)에 많이 난다. 형상이 면화 같은 것은 폐(肺)에 속하는데, 모발에 많이 나고, 형상이 보랏빛 포도와 같으면서 누르며, 긴통(緊痛)한 증은 간(肝)·신(腎)에 속하는데, 고둔(尻臀)과 양음(兩陰)의 근골(筋骨) 사이에 많이 총생(叢生)하며, 형상이 어포(魚疱)와 같고 안에 백수(白水)가 많으며 눌러도 긴(緊)하지 않은 증만 포창(疱瘡)이라고 하는데, 이러한 것은 다 경(輕)한 데 속한 증이다.』

그러나 조선시대 때는 매독을 치료할 수 있는 특효약이 없었다.

때문에 민간에서는 이 병을 치료하기 위해 어린이들의 간담(肝膽)을 약용으로 쓰는 끔찍하고도 해괴한 풍습마저 나돌았다.

민간에서는 각종 종기나 매독, 임질, 치질 등이 있을 때 인동초(忍冬草)를 달여서 먹기도 했는데, 인동초는 몸 안의 열을 내리고 습(濕)을 없애며 혈분(血分)의 열을 없애는 한편 새살을 돋게 하고, 해독작용이 강하며, 살균과 소염, 소종, 거농, 청혈, 이뇨, 산열 해독, 지혈(止血) 등의 효능이 있고 미용에도 좋은 약재로 알려져 왔다. 뿐만 아니라 예로부터 불로장수의 약으로도 여겼다.

겨울을 잘 이겨내는 식물이라 하여 인동(忍冬)이란 이름이 붙여졌다고 하며 인동덩굴, 혹은 인동초, 연동줄, 겨우살이덩굴, 금은등(金銀藤)이라고도 한다. 한방에서는 보통 금은화(金銀花)로 부른다.

녹차를 우릴 때 인동초를 함께 넣으면 향이 좋아진다. 그러나 이 인동초는 약간의 독성이 있어 오래 먹는 것은 피하는 것이 좋다.

《동의보감》의 잡병편에서는 천포창 치료에 도움이 될 수 있는 처방약으로 육육환(六六丸)을 언급하고 있는데, 육육환이란 경분(輕粉)과 사향(麝香)·웅황(雄黃)·유향(乳香)·주사(朱砂)·황단(黃丹) 등이 들어가는 처방약을 말한다.

이러한 약재들을 가루를 내어 이를 다시 찹쌀 풀에 반죽하여 환약으로 만든 후 매일 한 알씩 찻물로 복용하면 된다는 것이다.

기녀(妓女) 노릇도 한 의녀(醫女)

7년간에 걸친 임진왜란과 정유재란이 끝났을 때 좌의정 이덕형(李德馨, 1561~1613)과 대신 황신(黃愼, 1560~1617) 등은 선조에게 명군과 함께 대마도(對馬島)를 칠 것을 청하는 상소를 올렸다. 그러나 선조는 이를 받아들이지 않았다.

그러던 1600년(선조 33년) 봄, 오래 전부터 중병에 걸려 고생해 온 선조의 정비(正妃) 의인왕후(懿仁王后, 1555~1600) 박씨가 회복될 기미를 보이지 않고 오히려 병세가 악화되자, 약방제조 김명원이 선조에게 의인왕후를 돌볼 의녀(醫女)를 천거한다.

"전하, 의녀 애종(愛鍾)은 문자도 좀 알고 의술도 다른 의녀들보다 한층 빼어납니다. 그러니 애종으로 하여금 중전마마를 돌보게 하심이 좋을 듯하옵니다."

이에 선조는 몹시 못마땅한 표정을 지으며 말한다.

"애종은 창녀(娼女)다. 아무리 의술이 뛰어나도 궁궐에 들일 수 없다."

의녀 애종에 대해 어떻게 알고 있었는지, 선조는 애종이 끼가 있는 창녀로 생각하고 있었다. 때문에 선조는 애종의 의술이 아무리 뛰어나다고 하더라도 궁궐에 들여 의인왕후를 돌보게 할 수는 없는 일이라며 일언지하(一言之下)에 거절했던 것이다.

조선시대 때의 의녀들은 단지 의술만 행하는 것이 아니라 이것저것 해야 할 일들이 너무 많았다. 의술을 익혀 병자들을 돌보고 치료해 주는 것은 물론이고, 왕실과 사대부의 술판에 나가 기생 노릇도 해야 했고, 왕명을 받아 수사관 노릇이나 법의학자 노릇도 해야 했으며, 때로는 관리들의 부정부패를 감시하는 감사관 노릇까지도 했다.

그야말로 조선시대의 의녀들은 이것저것 다 잘하는 팔방미인(八方美人)이 되어야 했던 것이다. 그러면서도 당시의 의녀들은 하찮은 천민 신분이었기 때문에 대접도 못 받았고, 여러 가지 고초도 많이 겪었다.

조선조 후기의 풍속화가로서 단원(檀園) 김홍도(金弘道, 1745~1806?), 긍재(兢齋) 김득신(金得臣, 1754~1822)과 더불어 조선시대 3대 풍속화가로 일컬어지며 양반층의 풍류와 남녀 간의 연애, 기녀(妓女)와 기방(妓房)의 세계를 해학적으로 잘 묘사했던 혜원(蕙園) 신윤복(申潤福, 1758~?) 이 그린 풍속화 「청금상련(聽琴賞蓮)」을 보면, 지체 높은 양반들이 연꽃이 활짝 핀 연못가에서 기생의 몸을 함부로 탐하고, 기생의 거문고 소리를 들으며 여유롭게 담배를 즐기는 모습이 그려져 있다.

그런데 여기에 등장하는 세 명의 젊은 여인들 가운데 두 명은 전형적인 기생의 모습을 하고 있으나, 한 여인만은 의녀 복장을 한 채 장죽(長竹)을 들고 있다. 그리고 이것은 당시 지체 높은 양반들의 놀이에 기생들뿐만이 아니라 의녀들도 동원되었음을 보여주는 것이다.

의녀제도가 처음으로 시작된 것은 1406년(태종 6년)이었는데, 이때 조선조 초기인 1397년(태조 6년) 설립된 의료기관으로 국립병원이자 의학교의 역할을 했으며, 주로 서민들의 질병 치료를 관장하였던 제생원(濟生院)에서 관비(官婢)들 중에서 재주가 있는 어린 소녀들을 뽑아서 의술을 가르친 후 이들을 의녀라고 하여 주로 부녀자들을 진찰하고 이들의 병을 고치는 일을 하도록 했다.

당시의 여성들, 특히 양반층이나 사대부 집안의 여성들과 아직 시집을 가지 않은 처녀들은 몸이 아프거나 병이 나도 남자 의원들에게 자신의 몸을 보이며 진찰받는 것을 몹시 부끄러워하며 이를 꺼렸다.

또 이로 인해 여성들은 몸이 아프거나 병이 생겨도 의원의 진찰을 받지 않거나, 이를 숨기고 있다가 병세가 악화되는 수가 많았으며, 치료 시기를 놓쳐 목숨까지 잃는 수도 적지 않았다.

때문에 이들 여성들이 거부감 없이 의녀의 진찰을 받고 병을 조기에 발견하여 치료할 수 있도록 같은 여성인 여자 관비들 중에서 뽑은 소녀들에게 진맥과 침구, 약재들의 효능과 부작용, 약 처방법과 약을 보다 잘 달이는 법, 병자 간호법, 응급시의 대처법, 특히 각종 부인병과 관계된 기본적인 의학지식과 의술 등을 가르쳐 주로 양반층 부녀자들의 건강을 살피고 병을 치료하는 일을 하도록 했던 것이다.

조선조 초기에 쓰인 《태종실록》 11권(1406년, 태종 6년) 3월 16일자를 보면 다음과 같은 글이 나온다.

『제생원(濟生院)에 명하여 어린 여자아이에게 의약을 가르치게 하다.

제생원에 명하여 동녀(童女)에게 의약(醫藥)을 가르치게 하였다. 검교한성윤(檢校漢城尹) 지제생원사(知濟生院事) 허도(許衜)가 상언(上言)하였다.

"그윽이 생각건대, 부인이 병이 있는데 남자 의원으로 하여금 진맥하여 치료하게 하면, 혹 부끄러움을 머금고 나와서 그 병을 보이기를 즐겨하지 아니하여 사망에 이르게 됩니다. 원하건대, 창고(倉庫)나 궁사(宮司)의 동녀(童女) 수십 명을 골라 맥경(脈經)과 침구의 법을 가르친 후 이들로 하여금 치료하게 하면 거의 전하의 살리기를 좋아하는 덕에 보탬이 될 것이옵니다."

임금이 그대로 따라 제생원으로 하여금 그 일을 맡아보게 하였다.』

이 같은 건의에 따라 시작된 의녀제도가 시행되면서 제생원에서는 동녀들을 교육시켜 의녀로 배출해 냈다.

그러자 남자 의원에게 진찰받는 것을 부끄러워하며 꺼리던 많은 부녀자들이 크게 환영했다. 뿐만 아니라 자신의 부인이나 딸 등의 부녀자들을 남자의원에게 몸을 보이며 치료받는 것을 못마땅하게 여기던 양반층 남자들도 역시 크게 환영했다.

이렇게 시작된 의녀제도는 그 후 좀 더 발전하고 세분화되어 1478년(성종 9년) 2월에는 의녀를 내의(內醫)와 간병의(看病醫), 초학의(初學醫) 등 세 부류로 나누어 교육시켰다. 여기서 내의란 의원으로 활동하는 의녀이고, 간병의는 오늘날의 간호사를 겸한 치료사이며, 초학의는 교육을 받은 지 얼마 되지 않은 신참 의녀를 말한다.

또 이렇게 교육받은 의녀들은 각자의 전공에 따라 맥의녀(脈醫女)와 침의녀(針醫女), 그리고 약의녀(藥醫女)로 다시 구분하기도 했다. 하지만 이들 의녀들의 역할은 어디까지나 남성 의원을 보조하는 것이었다.

이를테면, 침의녀는 남자 의원이 정해주는 곳에 침을 놓았고, 약의녀는 남자 의원이 처방해 주는 대로 약을 조제했을 뿐이었다.

그런데 연산군(燕山君, 1476~1506) 때에 이르러 의녀들로 하여금 공식적으로 연회에 참가하도록 제도화하였다. 따라서 의녀들은 그들의 본연의 업무인 의료행위 외에도 각종 연회에 나가 가무(歌舞)를 병행하기 시작했다.

그러나 중종반정으로 연산군을 몰아낸 이후인 1510년(중종 5년) 2월에는 대소 연회에서 의녀들을 부르는 것을 법으로 금지시켰다. 그리고 그 후에도 수차례에 걸쳐 의녀들이 연회에 참석하는 것을 금지하는 한편, 의녀들에게 본업에만 충실하라는 어명도 내렸다.

그런데도 연산군 때에 깊이 뿌리를 내리며 만연된 의녀들의 연회 참석 풍토는 바로잡히지 않았고, 의녀들은 부녀자들의 의료와 간호에 종사하면서 한편으로는 여전히 각종 연회와 양반집 사랑놀이 등에 나가 술을 따르고 춤을 추며 양반들의 비위를 맞추는 기생 노릇도 해야만 했다.

그래서 이들 의녀들을 가리켜 의기(醫妓)라고도 불렀으며, 신분이 본래 노비계급이었던 이들은 양반들로부터 무시당하며 인간 이하의 대접을 받았다. 뿐만 아니라 이들 의녀들은 나이가 40이 되어서도 자신의 역할을 제대로 하지 못하면 원래의 신분대로 다시 노비로 돌아갔다.

의녀들은 때로 각종 사건을 수사하는 역할도 수행했다. 특히 양반이나 사대부 집안의 규방(閨房)에서 어떤 문제나 사건이 발생하여 조사가 필요할 경우, 남성들을 대신하여 의녀들이 규방으로 들어가 현장의 상황과 사건 발생의 원인 등을 살피며 사건 해결을 위한 조사도 했던 것이다.

남성들이 할 수 없는 여성의 신체를 검사하는 일도 의녀들이 했으며, 호화혼수 적발에 의녀가 동원되는 일도 적지 않았다.

1502년(연산군 8년)에 당시 고위층 사이에서 만연한 호화혼수 문제로 인해 사회 기강이 흐트러지자 사헌부(司憲府)에서는 이를 개탄하여 연산군에게 이 문제를 보고하며 시정을 건의한 적이 있는데, 이때 연산군은 이런 어명을 내린다.

"혼례식장에 관원들과 의녀들을 보내 호화혼수를 낱낱이 살피며 조사하도록 하라."

이에 의녀들은 혼례식장과 혼례 하는 집안 등에 파견되어 혼수품이 무엇인지, 혼례 비용이 얼마나 드는지, 혼례식 날

음식 접대는 어떻게 하는지 등을 일일이 살피며 기록하여 상부에 보고했는데, 만일 호화혼수를 하거나 호화로운 혼례식을 올렸는데도 이를 제대로 보고하지 않거나, 축소 또는 은폐했을 경우에는 파견 나갔던 관원과 의녀들은 곤장 1백 대를 맞는 엄한 벌을 받았다.

그야말로 조선시대 의녀들의 삶은 참으로 파란만장했던 것이다. 그러면서도 이들 의녀들은 어쩔 수 없는 천민신분이었고, 아무리 발버둥을 쳐도 이 신분의 굴레에서 벗어나기 어려웠다.

더욱이 의녀들은 남성 의원들보다도 훨씬 더 푸대접을 받았다. 특히 내의원에 있던 남성 의관들은 실력이 뛰어나면 어의가 되어 정3품에 오르거나, 허준처럼 당상관에 오르기도 했으나, 의녀들에게는 실력이 있어도 기녀와 마찬가지로 아무런 품계도 주어지지 않았다.

다만 그 능력과 지위에 따라 급료로서 약간의 곡물을 지급받았을 뿐이며, 의녀 집안은 양인이나 천민에게 부과하는 조세나 요역의 부담을 감면받거나 면제받는 혜택이 있을 따름이었다.

더러 의술이 뛰어나 사대부 집안의 부녀자들이 오랫동안 앓고 있던 큰 병을 치료했거나, 사건 수사와 같은 어떤 일에 있어서 공이 컸을 경우, 노비의 신분에서 벗어나 양민이 되는 면천(免賤)의 특권을 얻는 경우도 있었다.

중종 때의 어의녀(御醫女)로 임금의 주치의 역할을 했다고 하는 장금(長今)은 「큰」 또는 「위대한」 을 뜻하는 「대(大)」 자를 앞에 붙여 일명 대장금(大長今)이라고도 하는데, 그녀 역시 천인 신분의 의녀였다. 그런데도 그녀는 수많은 남성 의관들을 제치고 임금의 주치의에까지 오르며 중종의 총애를 받았는데, 이것만 보더라도 그녀의 의술이 얼마나 뛰어났는지를 짐작할 수 있다.

그러나 장금의 출생 연도, 성씨와 본관, 출생 배경 등에 대해서 남아 있는 기록은 거의 없다. 다만 《중종실록》 을 보면 장금 혹은 대장금이란 이름으로 임금이 그녀에게 쌀과 콩 등을 수시로 하사하며 그 공을 치하했다는 기록이 10여 차례나 나오는데, 이는 그녀가 남성 위주의 엄격한 신분사회 속에서도 남성 못지않은 뛰어난 의술을 보여줌으로써 임금으로부터 인정받았다는 것을 의미한다.

《조선왕조실록》 에는 장금처럼 뛰어난 의술을 펼친 의녀들의 이름이 이따금씩 등장하는데, 제주 출신의 의녀 장덕(張德)과 그의 제자 귀금(貴今)도 손꼽히는 의녀들이었다.

특히 장덕은 조선조 성종 때의 의녀로서 치(齒) · 구(口) · 비(鼻) 등에 통증이 있는 병자들을 잘 치료하여 조정에 불려가 내의원 의녀가 되었을 정도였다.

장덕이 죽은 이후에는 그 해의 사노비로서 장덕에게 의술을 전수받은 귀금이 조정에 불려가 활동했다.

조정에서는 귀금의 신분을 면천시켜 주고, 여자 의관으로 삼았다. 그런데 문제가 생겼다. 귀금이 조정에서 붙여준 수제자 2명에게 자신의 의술을 전수해 주지 않는다는 보고가 성종의 귀에 들어간 것이다. 이를 괘씸하게 여긴 성종은 귀금을 급히 불러 말한다.

"고문이라도 해서 네 죄를 묻겠다."

그러자 귀금은 자신은 억울하다며 이렇게 아뢴다.

"소인은 일곱 살 때부터 의술을 배워 열여섯 살이 되어서야 완전히 의술을 습득했사옵니다. 소인은 성심성의껏 가르쳤는데, 제자들이 제대로 익히지 못했을 뿐이옵니다."

자신은 최선을 다해 가르쳤지만 제자들이 배우고자 하는 열의가 없고 능력이 부족해 제대로 익히지 못한 것을 자신이 어찌하겠느냐는 하소연이었다.

결국 장덕에 이어 귀금마저 죽은 이후에는 그 비법이 끊겨 더 이상 전해지지 않았다고 한다.

의인왕후(懿仁王后)의 죽음과 우울증에 빠진 선조

애종 또한 선조 때의 뛰어난 의녀로 평가받았지만, 어쩐 일인지 그녀는 선조의 눈 밖에 나 있었다. 그래서 선조는 애종을 거부하며 받아들이려 하지 않았던 것이다.

그러나 의인왕후의 병세가 날로 악화되자, 선조는 여전히 마음이 썩 내키지 않아 하면서도 애종을 의인왕후를 돌보는 의녀로 삼도록 허락한다. 하지만 애종의 극진한 돌봄과 치료에도 불구하고 의인왕후는 결국 1600년(선조 33년) 6월 27일 46세의 나이로 세상을 떠나고 만다.

그런데 선조의 즉위 2년째이던 1569년(선조 2년)에 열다섯 살의 나이로 왕비에 책봉되었던 의인왕후는 원래 아이를 낳지 못하는 불임이었던 데다가 선조가 후궁인 공빈(恭嬪) 김씨를 총애하였기 때문에 의인왕후는 왕비임에도 불구하고 왕실에서 상대적으로 소외될 수밖에 없었다.

때문에 그녀는 오래 전부터 자식의 생산을 기원하기 위해 전국 각지에 원찰(願刹)을 설치하였고, 건봉사(乾鳳寺)와 법주사(法住寺) 등을 비롯한 여러 사찰에 자주 재물을 베풀었다. 그럼에도 불구하고 그녀는 끝내 소생 없이 쓸쓸한 죽음을 맞았던 것이다.

뒤늦게 의인왕후를 돌보기 시작했던 애종은 어이없게도 의인왕후의 죽음을 막지 못했다는 이유로 대신들로부터 질타를 당한다.

"애종은 맥박의 도수와 증후의 경중을 살피지 않고 약을 잘못 썼습니다. 또 이로 인해 중전마마께서 이렇게 되셨으니, 그 죄를 용서받기 어렵사옵니다. 그러니 마땅히 그 벌을 받아야 하옵니다."

그러자 선조도 이에 맞장구를 치며 자책한다.

"내 이미 그럴 줄 알았노라. 전에 내가 뭐라고 했더냐? 음탕한 의녀를 내전에 가까이 둔 것이 잘못이었어."

그리고 선조는 다시 이렇게 말한다.

"사람은 밉지만 약을 잘못 쓴 죄는 없다. 애종을 입진(入診)시킨 것은 대안이 없었기 때문이다. 다른 합당한 의녀가 없었다. 그러니 사람은 밉더라도 벌을 줄 수는 없다. 내의녀의 적(籍)에서만 삭제하라."

이처럼 애종을 창녀라며 궁궐에 들이는 것을 반대했던 선조가 결국에는 어쩔 수 없이 그녀를 받아들였던 것을 보면, 그녀는 허물에도 불구하고 대단한 의술을 지닌 내의녀였던 것만은 분명해 보인다.

이 점은 훗날 선조의 뒤를 이어 광해군이 즉위했을 때 이항복이 내의녀의 적에서 삭제되고 쫓겨났던 애종을 다시 불러올리자고 간언한 것을 보더라도 잘 알 수 있는 일이다.

이때 이항복은 광해군에게 이렇게 아뢴다.

"의녀들 중에서는 애종이 가장 의술이 좋았지만, 선대에서 끼가 있다 해서 쫓아낸 바람에 지금껏 쓰지 않고 있습니다. 때문에 이때부터 내의녀의 씨가 말랐사옵니다. 그러니 쫓겨난 애종을 다시 불러올리소서. 그녀의 의술은 뛰어나옵니다."

그러나 애종이 어떤 끼를 부렸는지, 무슨 음탕한 짓을 했는지는 구체적으로 알려져 있지 않다.

의인왕후가 세상을 떠난 후 선조는 그녀의 죽음을 슬퍼하여 신하들에게 이런 말을 하기도 했다.

"중전은 투기하는 마음, 의도적인 행동, 수식하는 말 같은 것은 마음에 두지도 않았을 뿐 아니라, 남에게 권하지 않았으니, 대개 그 천성이 이와 같았다. 인자하고 관후하며 유순하고 성실한 것이 모두 사실로 저 푸른 하늘에 맹세코 감히 한 글자도 과찬하지 않는다."

선조는 의인왕후 박씨를 잃고 난 지 2년 후인 1602년(선조 35년), 방년 19세인 연흥부원군(延興府院君) 김제남(金悌男)의 딸을 계비로 맞이하는데, 이 계비가 바로 선조의 유일한 적통(嫡統)인 영창대군(永昌大君)의 생모인 인목왕후(仁穆王后, 1584~1632)이다.

선조는 그 후(1606년) 인목왕후가 영창대군을 낳자 몹시 기뻐하며 늦둥이인 이 아들을 총애했다. 그러자 이를 본 일부 신료들은 영창대군을 세자로 다시 책봉하자는 주장을 펼쳤다. 그러나 이때는 이미 선조의 후궁이었던 공빈 김씨의 소생인 광해군이 세자로 책봉된 상태였다.

때문에 인목왕후는 선조가 승하하고 광해군이 왕위에 오른 후인 1613년(광해군 5년)에는 아들인 영창대군과 함께 아버지 김제남 또한 피살되는 극심한 아픔을 겪는다. 뿐만 아니라 그녀 자신은 광해군에 의해 서궁(西宮)에 유폐되는 비운도 당한다.

그러나 그 후 인조반정으로 인해 광해군이 쫓겨나고 인조가 왕위에 오르자 인목왕후는 다시 명예를 회복한다. 대왕대비(大王大妃)가 되어 인경궁(仁慶宮)에 있는 흠명전(欽明殿)에서 기거하다가 세상을 떠난다.

그런데 선조는 19세의 꽃다운 여인 인목왕후를 새 중전으로 맞이했던 그 해(1600년, 선조 33년) 가을, 떨어지는 낙엽을 말없이 바라보다가 갑자기 곁에 있던 허준에게 불쑥 이런 말을 던진다.

"올 가을은 먼저 간 중전이 그립고, 그 빈자리도 너무나 커 보이네. 기분도 가라앉고 우울해지고 때로는 갑갑해서 이 궁궐을 벗어나 어디론가 다녀오고픈 생각이 드는데, 이것은 대체 어떠한 연유인가?"

얼마 전에 세상을 떠난 의인왕후가 불현듯 그리워진 것일까.

선조가 이처럼 자신의 착잡한 심경을 털어놓자, 허준은 선조의 표정을 조심스럽게 살피며 입을 연다.

"자연의 이치로 볼 때, 봄에 새싹이 솟아나는 것은 겨우내 땅속에 들어가 움츠리고 있던 기운이 솟아 하늘로 올라가는 시기이기 때문이옵니다. 또한 가을은 여름 내내 한껏 올랐던 기운이 다시 하늘에서 땅으로 돌아가는 시기이옵니다. 인체의 변화도 이러한 자연의 이치에 순응하기 마련이어서, 봄은 기운의 흐름이 음(陰)인 여자에게서 양(陽)인 남자에게로 변하여 흐르는 시기이옵니다. 반면 가을은 양인 남자에게서 음인 여자에게로 기운이 흐르는 시기입니다. 때문에 봄은 여자의 계절이라 하옵고, 가을은 남자의 계절이라 하는 것이옵니다."

한의학에서는 흔히 봄과 여름에 발휘되는 따뜻한 양기(陽氣)는 지난해 가을과 겨울에 저장되었던 음기(陰氣)를 밑거름으로 하여 올라온 기운으로 여긴다.

반면 가을철의 서늘한 기운은 봄과 여름에 솟은 양기를 수렴 저장해두는 현상으로 본다.

또 그렇기 때문에 가을이 되면 많은 사람들, 특히 남자들이 정신적으로 우울한 기운에 사로잡히기 쉬우며, 이는 천지(天地)의 기운이 하강하는 계절적 요인이 작용했기 때문으로 생각한다.

의인왕후 박씨를 잃고 이처럼 우울함에 빠져 있는 선조를 위해 허준은 즉시 내의원에 일러 산양산삼(山養山蔘)을 주재료로 하여 자신이 처방한 보약을 조제하도록 한다. 그런 다음 조제된 탕약을 선조에게 올린다.

이때 허준이 주재료로 택한 산양산삼이란 장뇌삼(長腦蔘)이라고도 하며, 천연 산삼의 씨앗을 받아 산에서 6~10년 동안 자연 재배한 것을 말한다.

그런데 이 산양산삼은 원래 고려 말기에 산삼(山蔘)을 캐던 심마니들이 자신들의 후손이 나중에 캘 수 있도록 산삼의 씨를 채취하여 깊은 산속에 뿌려 놓은 것에서 시작되었다고 전해온다.

자연에서 사람의 손을 거치지 않고 자란 자연산 산삼과는 달리 산양산삼은 사람이 씨를 채취하여 산에 뿌린 뒤 야생 상태에서 방치해 둔 채 오랜 시간이 흐른 다음 채집한 것이지만, 약효 면에 있어서는 산삼과 거의 동일하면서도 그 가격은 훨씬 저렴하다.

한방에서는 산양산삼이 특히 기운이 가라앉아 공허하고 우울한 마음이 생겼을 때 이를 낫게 해주며 기력을 북돋아 주는 약재로 보고 있다.

허준이 왕비를 잃고 우울해 하며 기운이 가라앉고 기력마저 떨어져 있는 선조에게 산양산삼을 주재료로 한 처방약을 지어 올린 것도 바로 이러한 이유에서였다.

내의원 수의(首醫)에 오른 허준

차가운 겨울바람이 벌거벗은 나무들을 사납게 흔들어대며 몹시 추웠던 1600년(선조 33년) 12월 1일, 정2품 중추부지사를 겸직하며 내의원의 수의로서 오랫동안 선조 곁을 지키며 내의원을 무난히 이끌어 왔던 양예수가 마침내 병으로 세상을 떠났다.

일찍부터 의술에 능하고 박학하여 1563년(명종 18년) 내의원 내의(內醫)로 순회세자(順懷世子)의 병을 치료했으나, 세자가 죽는 바람에 투옥되었다가 곧 석방되어 이듬해인 1564년(명종 19년)에는 예빈시판관(禮賓寺判官)이 되었으며, 1565년(명종 20년)에는 어의가 되었던 퇴사옹(退思翁) 양예수.

그 후 명종(明宗, 1534~1567)의 신임을 받아 통정대부(通政大夫)에 오르고, 명종이 임종할 때까지 그를 지키며 돌보았던 양예수는 선조 때에 이르러서도 역시 신임을 받으며 어의로서 활동했으며, 1586년(선조 19년)에는 가의대부(嘉義大夫), 1595년(선조 28년)에는 중추부동지사(中樞府同知事)가 되었으며, 이듬해인 1596년(선조 29년)에는 내의원의 수의로서 《동의보감》의 편집에도 참여했고, 일찍이 선조 초에는 박세거(朴世擧), 손사명(孫士銘) 등과 함께 《의림촬요(醫林撮

要)》를 저술하기도 했던 당대의 명의였다.

또한 허준에게는 그의 풍부한 의술 경험을 전수해 주며 많은 가르침도 해주었던 스승과도 같은 내의원의 직속상관이었다.

이런 분이 세상을 떠났으니, 허준을 비롯한 내의원의 모든 어의들과 의관들이 어찌 슬프지 않았겠는가.

허준을 비롯한 내의원의 어의와 의관들은 연일 양예수의 빈소(殯所)를 지키며 그의 죽음을 애도했다. 선조 또한 자신의 건강을 지켜주던 그의 죽음을 슬퍼했다.

양예수의 장례가 끝나고 난 지 얼마 후, 선조는 내의원의 도제조와 제조 및 부제조, 그리고 모든 어의들과 의관들을 한자리에 불러 모은 다음 엄숙한 어조로 말한다.

"이제부터 약방 수의는 허준이 맡도록 하라."

허준을 내의원의 수의로 임명한다는 어명이었는데, 이때 허준의 나이 62세였다. 이로써 어의의 최고 반열인 수의에 오른 허준은 내의원을 실제적으로 이끌며 명실 공히 조선 최고의 의원으로 대접을 받게 되었다.

오랜 전쟁으로 인해 황폐해졌던 내의원이 어느 정도 다시 정비되었을 무렵인 1601년(선조 34년) 봄, 선조는 허준을 가까이 불러 말한다.

"그동안 중단되었던 새로운 의서 편찬을 다시 시작하도록 하라."

정유재란으로 인해 중단되었던 《동의보감》 편찬사업을 다시금 계속하라는 엄명이었다. 그러면서 선조는 전과는 달리 이 사업을 허준이 단독으로 맡아서 하라는 주문도 덧붙였다.

선조의 이 같은 명에 따라 허준은 이때부터 단독으로 이 사업을 떠맡아 수행하게 되었는데, 그는 선조가 전에 내준 500여 권의 의서들을 수시로 읽고 참조하면서 밤낮을 가리지 않고 연구에 연구를 거듭해 나갔다.

그러나 허준은 외롭고 어려운 의서 편찬사업을 수행하면서도 현업을 완전히 떠나지는 않았다. 아니, 떠날 수가 없었다. 1601년(선조 34년)부터 전국에 또다시 천연두(호환마마 ; 두창 혹은 두진이라고도 불리는 전염병)가 창궐했기 때문이었다.

천연두의 무서움과 그 빠른 전염성을 너무도 잘 아는 허준은 연구 작업을 잠시 접어두고 병들어 죽어가는 백성들을 치료하기 위해 구호 일선에 분연히 나섰다.

의원으로서 어찌 죽어가는 백성들을 외면할 수 있단 말인가. 지금 새로운 의서를 편찬하고 있는 것도 결국에는 백성들을 살리기 위해서가 아닌가.

다행히 허준은 일찍이 천연두에 걸려 사경을 헤매던 광해군을 살려냈을 만큼 천연두 치료에 관한 임상경험도 많았고, 그 치료법 또한 누구보다도 잘 알고 있었다.

비단 허준뿐만이 아니라, 내의원에 소속되어 있던 어의나 의관들도 역시 천연두라는 무서운 전염병에 걸려 신음하는 많은 백성들을 보면서 가만히 있을 수는 없는 일이었다. 때문에 이들도 역시 내의원의 수의 허준의 명에 따라 백성들의 진료에 적극 나섰다.

이와 함께 허준은 이제까지 전해져 오는 많은 의서들을 증보, 개편하거나 알기 쉽게 한글로써 해석하여 출판하는 일도 병행해서 했다.

임진왜란과 정유재란을 거치면서 이제까지 전해오던 많은 의서들이 소실되는 바람에 백성들과 의원들이 의서를 구하기가 힘들었을 뿐만 아니라, 무지렁이 백성들이 한문으로 쓰인 의서들을 읽지 못해 의서가 있어도 읽지 못하는 안타까운 현실을 타개하기 위한 조치였다.

이러한 방침에 따라 허준은 우선 급한 대로 자신의 풍부한 임상경험들을 토대로 일반 백성들이 다급한 상황에서 비록 의원의 도움을 받지 못하더라도 빠르게 응급처치를 할 수 있도록 하기 위해 이미 세조 때 만들어져 전해 내려오다가 임진왜란 중에 소실된 《구급방(救急方)》을 다시 짓고 언해(諺

解)를 붙여 2권 2책의 《언해구급방(諺解救急方)》을 편찬하여 내놓았다.

이어 허준은 세조 때의 의학자 임원준(任元濬)이 저술한 천연두 치료에 관한 책인《창진집(瘡疹集)》을 개편하고 역시 우리말로 번역하여《언해두창집요(諺解痘瘡集要)》를 편찬해 냈다.

이때 허준은 임원준의 《창진집》의 내용을 그대로 인용하면서 백성들이 누구나 알기 쉽게 고쳐 쓰기도 했지만, 여기에다가 자신이 전에 천연두에 걸렸던 광해군을 치료할 때 썼던 비방과 경험, 천연두에 전염되지 않는 방법과 천연두의 치료법, 임상에서 직접 천연두를 치료하면서 효과가 좋았던 처방법 등을 추가하여 기술함으로써 천연두 퇴치에 커다란 기여를 했다.

1601년(선조 34년) 3월 24일과 25일 양일에 걸쳐 평소 침 맞기를 좋아하던 선조가 또 어의들로부터 침을 맞았는데, 《선조실록》에는 이때의 상황이 다음과 같이 묘사되어 있다.

『선조 34년(1601년) 3월 24일.

상(上, 상감)이 편전에 어(御)하여 수침하다. 왕세자가 입시하고 약방제조 등과 의관 허준 등이 입시하다.』

『선조 34년(1601년) 3월 25일.

진시(辰時 ; 십이시十二時의 다섯째 시時로 오전 7시에서 9시 사이)에 상(上)이 편전으로 나아가 침을 맞았다.

왕세자가 입시하고, 약방제조 김명원, 유근, 윤돈, 의관 허준, 이공기, 김영국, 허임이 입시했는데, 허임과 김영국이 상에게 침을 놓았다.

사시(巳時 ; 오전 9시에서 오전 11시 사이)에 끝내고 나갔다.』

수의 허준과 침술의 대가인 어의 이공기가 입시한 가운데 허임과 김영국이 선조에게 침을 놓았다는 기록이다.

그러나 얼마 후인 《선조실록》(1601년, 선조 34년) 4월 10일자의 기록을 보면, 선조가 이처럼 침을 자주 맞는 것을 걱정한 내의원의 어의들이 선조에게 다음과 같이 아뢰는 내용이 나온다.

"성상께서 맞으신 침이 이미 일곱 차례나 되어 혈의 수효가 매우 많은데다가 성후(聖候)에 본래 허열(虛熱)이 있으셨기 때문에 이로 인하여 허열이 더할까 염려되옵니다."

선조는 그동안 자신의 여러 가지 지병들을 치료하기 위해 침을 자주 맞았는데, 이것이 선조의 허약한 기력과 허열 증세에 오히려 무리가 되어 악영향을 끼칠 수 있음을 걱정해서 나온 말로 보인다.

1601년(선조 34년) 이 해에 허준은 내의원의 수의로서 정헌대부(正憲大夫) 지중추부사(知中樞府事)에 오른다.

허준, 허임의 침술을 높이 평가하다

1602년(선조 35년) 이른 새벽, 선조는 갑자기 곽란증(霍亂症)으로 토사와 설사가 심하여 급히 어의들을 불러들인다. 이에 당직 어의들은 다급하게 들어와 선조를 진찰하고 난 후 위령탕(胃苓湯)을 지어 바친다.

위령탕은 창출(蒼朮) · 후박(厚朴) · 진피(陳皮) · 저령(豬苓) · 택사(澤瀉) · 백출(白朮) · 적복령(赤茯苓) · 백작약(白芍藥) 각 4g, 육계(肉桂) · 감초 각 2g, 생강(3쪽, 대조(大棗) 2개를 한 첩으로 하여 물에 달여서 먹는 처방약으로서 평령탕(平苓湯)이라고도 한다.

《동의보감》에서는 비위(脾胃)에 습사(濕邪)가 성하여 소변 량이 줄며 배가 끓고 설사가 나면서 아프고 식욕이 부진하고 음식이 소화되지 않는 데 쓰며, 급 · 만성 대장염일 때에도 쓸 수 있다고 했다.

1604년(선조 37년) 6월 25일, 선조는 공신들을 대대적으로 봉하였다. 즉 임진왜란 때 한양에서 의주까지 선조의 어가(御駕)를 따르며 위기상황 속에서도 끝까지 선조를 모신 신하들을 호성공신(扈聖功臣)으로 삼고, 왜적을 물리치는 데 큰 공을 세운 제장(諸將)들과 군사 및 양곡을 주청한 사신들은 선무공신(宣武功臣)으로 삼았으며, 이몽학(李夢鶴)의 난을 평정한 신하들은 청난공신(淸難功臣)으로 삼았다.

또한 이들 공신들은 각각 3등급으로 구분되었는데, 호성공신으로 이항복 등 86명, 선무공신으로 이순신 · 권율 · 원균 등 18명, 그리고 청난공신으로는 홍가신(洪可臣) 등 5명이 책봉되었다.

임진왜란이 일어났을 때, 한양에서 의주까지 줄곧 선조를 모시고 따르며 그의 건강을 돌보고 병 치료도 했던 허준도 호성공신 3등으로 책봉되는 한편 허준의 본관인 양천(陽川)의 읍호(邑號)를 받아 양평군(陽平君)이 되었다. 이와 함께 허준의 품계도 승진하여 종1품 숭록대부(崇祿大夫)에 올랐으며, 숙마(熟馬) 한 필도 하사받았다.

1604년(선조 37년) 9월 23일 밤, 선조에게 갑작스런 편두통이 발작했다. 그러자 선조는 입시한 내의원의 수의 허준에게 묻는다.

"침을 맞는 것이 어떻겠는가?"

이에 허준이 아뢴다.

"여러 차례 침을 맞는 것이 송구스럽기는 하지만, 증세가 긴급하니 상례에 구애받을 필요는 없습니다.

침의들은 흔히 침으로 열기(熱氣)를 해소시켜야만 통증이 감소된다고 말합니다. 그러나 소신은 침놓는 법을 잘 알지 못합니다. 허임은 평소에 경맥(經脈)을 이끌어낸 뒤에 아시혈에 침을 놓을 수 있다고 하는데, 소신이 보기에도 이 말은 일리가 있는 것 같습니다."

아시혈(阿是穴)이란, 통증이 느껴지는 부위 내에서 눌렀을 때 더욱 민감하게 느껴지는 지점을 말하며, 한방에서는 손으로 눌러보아 아픈 곳을 혈 자리로 삼기도 하는데, 여기서 「아(阿)」란 의성어로서 압통점을 눌렀을 때 "아야!" 또는 "아!" 하고 내뱉는 소리를 표현한 것이다. 즉 아시혈이라는 용어의 의미는 눌렀을 때 아픈 부위가 곧 혈(穴)자리가 된다는 것을 뜻한다.

그러나 아시혈은 한의학에서 말하는 인체의 경락(經絡)과 그 경락의 순행 경로 상에 있는 부위로 한방에서 침을 놓거나 뜸을 뜨는 자리인 경혈(經穴)과는 일치하지 않고 무관할 수도 있다.

아시혈은 천응혈(天應穴)·응통혈(應痛穴)·부정혈(不定穴)이라고도 하며, 내장 장기의 병적 상태가 체표에 반영되거나 타박, 염좌(捻挫), 각종 신경통이 있을 때 나타나는 압통점을 말하기도 한다.

그런데 여기서 허준이 선조에게 말하는 것을 보면, 허준은 자신보다도 나이와 경력 면에서 한참 아래이면서도 뛰어난 침구술을 지닌 허임을 질투하거나 그를 낮게 평가하지 않고 오히려 그의 침구술을 칭찬하여 존중해 주며 따르는 모습을 보인다.

그만큼 당시 젊은 어의였던 허임의 침구술이 뛰어났다는 뜻도 되겠지만, 나이와 경력 면에서 자신보다도 한참 아래인 허임의 뛰어난 침술을 인정해 주는 허준의 이 같은 모습은 아무나 할 수 없는, 도량(度量)이 넓고 성숙된 인간의 모습이라고 하지 않을 수 없다.

당시 선조로부터 크게 인정을 받고 명의로서의 명성도 얻은 허준이 자신보다도 무려 20여 년이나 연하이며 내의원에 들어온 지 얼마 되지도 않은 풋내기 침의를 이처럼 높이 평가하여 말한다는 것이 어디 쉬운 일이겠는가.

수의인 허준이 침을 맞아도 좋을 것 같다고 아뢰자, 선조는 고개를 끄덕이며 말한다.

"속히 병풍을 쳐라."

이 말은 곧 침을 맞겠다는 뜻이었다.

곧이어 선조에게 침을 놓기 위해 병풍이 쳐졌다. 왕세자와 어의들은 모두 방안에 입시하고 제조 이하는 모두 방 밖에 대기하고 있었다. 잠시 후 선조가 병풍 안으로 들어가자, 어의 남영(南嶸)은 선조의 옥체를 조심스럽게 살피며 침을 놓을 혈 자리를 정했다. 그런 다음 허임이 들어와 남영이 정한 혈 자리에 정확하게 침을 놓았다.

이때 남영이 정한 혈 자리란 침을 놓는 자리를 말하는데, 일반적으로 경혈(經穴)이라고 부른다.

그런데 이곳(혈 자리, 경혈)은 우리 인체 내의 장부(臟腑 ; 오장육부. 내장장기를 통틀어서 일컫는 말)와 경락(經絡)의 기혈이 모여 있는 곳이므로 각 장부의 변화를 알아낼 수 있고, 또 이곳에 침을 놓거나 뜸을 뜨는 등의 자극을 주면 질병을 치료할 수 있다.

그러나 이 혈 자리를 대충 찾아서 잘못 시술해서는 안 된다. 만일 혈 자리를 잘못 알거나, 다른 혈 자리와 착각하여 잘못 침구 시술을 했을 경우, 치료가 안 되는 것은 물론 자칫 부작용이 생기거나 목숨까지 잃는 수도 있기 때문이다.

혈 자리를 잡을 때에 있어서 가장 중요한 것은 의원의 자세인데, 특히 혈 자리를 잡을 때에는 절대 팔다리를 구부려서는 안 된다. 따라서 앉아서 혈 자리를 잡을 때에는 팔다리를 구부리거나 머리를 숙이는 것도 하지 말아야 하며, 서서 혈 자리를 잡을 때에는 몸이 한쪽으로 기울어지지 않도록 조심해야 한다.

또한 혈 자리를 앉아서 잡았으면 침구를 시술할 때에도 반드시 앉아서 시술해야 하고, 서서 혈 자리를 잡았으면 침구 시술도 서서 해야 하며, 만일 누워서 혈 자리를 잡았다면 침구 시술 또한 누워서 해야 한다. 아울러 혈 자리를 잡은 뒤에 조금이라도 움직이면 혈 자리의 위치가 달라질 수 있기 때문에 이 또한 조심해야 한다.

더욱이 환자들은 사람마다 그 체격이 서로 다를 뿐만 아니라 몸이 뚱뚱한 사람도 있고, 몸이 여윈 사람도 있으며, 키가 큰 사람이 있는가 하면 키가 작은 사람도 있다. 또 남자와 여자, 늙은이, 젊은이, 어린이 등에 따라 그 체격이나 몸매가 다르기 마련이다.

때문에 혈 자리를 정할 때 절대적인 길이 단위로는 혈 자리의 위치를 정확하게 측정하기 어려운 경우가 많다. 그래서 환자의 몸에서 일정한 부위의 길이를 기준치로 하여 혈 자리의 위치를 잡기도 하는데, 이를 동신촌법(同身寸法)이라고 하며, 동신촌법은 그 측정 방법에 따라 다시 중지동신촌법(中指同身寸法)·무지동신촌법(拇指同身寸法)·일부법(一夫法)·골도분촌법(骨度分寸法) 등으로 나눈다.

이를테면, 남자는 왼손, 여자는 오른손 가운뎃손가락 두 번째 마디의 두 가로금 사이를 1촌(寸)으로 하여 기준을 삼는 방법이 동신촌법의 한 예이며, 인체의 특정 부위를 미리 몇 촌으로 정해놓고 이를 기준으로 해서 혈 자리를 잡는 방법도 있다.

이처럼 혈 자리를 정확히 잡는 것은 아주 중요한 일이기 때문에 예로부터 의원이라면 반드시 제대로 된 취혈법(取穴法; 혈 자리를 잡는 법)을 알고 있어야만 했다. 그러나 이것이 말처럼 그리 쉬운 일은 아니어서 오랫동안 의원생활을 하고서도 혈 자리를 제대로 잡지 못하거나 잘못 잡는 경우가 적지 않았다.

보다 정확한 혈 자리를 잡기 위하여 예로부터 혈 자리를 잡을 때 보조기구를 사용하기도 했는데, 《동의보감》을 보면, 이에 관한 다음과 같은 글이 실려 있다.

『혈 자리를 정할 때 옛날에는 노끈으로 치수를 썼으나, 노끈은 늘었다 줄었다 하여 정확하지 못하므로 지금은 얇은 대나무 조각이나 밀 먹인 종잇조각으로 재기도 한다. 그러나 그 무엇보다도 볏짚으로 하는 것이 가장 좋다.』

그런데 남영은 당시의 어의들 중에서도 특히 취혈법이 뛰어났다. 때문에 그는 각종 질병이나 증상에 따라 어떤 혈 자리를 잡아야 하는지에 관해서만큼은 어느 누구보다도 가장 잘 알고 있었고, 혈 자리를 정확하고도 신속하게 잡는 일에 아주 능숙했다.

또한 허임은 침술의 명인(名人)답게 누구보다도 남영이 정한 혈 자리에 따라 가장 정확하고도 신속하게 침을 잘 놓을 수 있었다. 이런 점에서 볼 때 당시 남영과 허임은 침을 놓는 데에 있어서 아주 절묘한 조화를 이루는 짝인 셈이었다.

또한 이들은 같은 침의이면서도 그 역할을 보다 세분화하여 각기 자신이 가장 잘하는 분야를 나누어 맡아 선조에게 침을 놓았다고 할 수 있다.

더욱이 이 무렵 왕실에서는 여러 어의들이 각자 자신이 가장 잘하는 분야를 맡아 공동으로 진료하고 치료하는 것이 상례였다.

이때 쓰인 《선조실록》의 다음과 같은 글을 보더라도 당시 여러 어의들이 공동으로 선조의 편두통 치료에 참여했음을 알 수 있다.

『(임금이) 편두통을 앓았을 때 허준은 병을 진단하고, 남영은 혈 자리를 잡고, 허임은 침을 놓았다.』

내의원의 수의 허준의 정확한 진단을 거쳐 남영이 혈 자리를 정확히 정해주고, 이 혈 자리에 따라 침놓는 데 아주 노련한 허임이 정확하고도 신속하게 침을 놓았다는 뜻이었다.

이들의 이 같은 공동 진료(협진)와 공동 치료 덕분이었던지 선조는 이 날 침을 맞고 난 후 병세가 빠르게 호전되었다. 그러더니 그를 끈질기게 괴롭혀 오던 편두통이 씻은 듯이 사라졌다.

그러자 선조는 몹시 좋아했다. 편두통으로 인해 일그러졌던 선조의 용안이 이내 밝아졌고, 그의 기분은 맑게 갠 하늘을 훨훨 날기라도 하는 것처럼 무척 좋았다.

이로부터 한 달 후인 10월 23일, 선조는 자신을 괴롭히던 편두통을 낫게 해준 어의들에게 보답이라도 해주고 싶었던지 편두통으로 인해 침 맞던 날에 입시했던 어의들을 모두 불러 놓고 그 공을 치하했다.

그런 다음 선조는 이들 어의들은 물론 당시 좌의정으로서 내의원의 도제조를 겸임하고 있던 유영경(柳永慶)을 비롯하여 내의원의 관원들 모두에게 후한 상을 내렸다.

특히 내의원의 수의 허준에게는 또다시 숙마 한 필을 하사했고, 허임과 남영은 6, 7품의 관원에서 당상관으로 파격 승진을 시켰다.

제4장 반목과 질시의 덫

이덕형과 제호탕(醍醐湯)

임진왜란 때 다른 궁들과 함께 창덕궁(昌德宮) 역시 잿더미로 변해 버렸다. 그러나 임진왜란 이후 10년이 지나도록 궁궐의 재건은 엄두도 내지 못하다가 1605년(선조 38년)에 이르러서야 비로소 재건 준비를 시작한다.

이때 영의정으로 있던 이덕형은 전소된 창덕궁 중수(重修)의 도제조(都提調)를 겸하게 되었는데, 이로 인해 이덕형은 날마다 주야(晝夜)로 분주하게 보냈다. 바쁘고 해야 할 일들이 너무나 많아서 본가에는 거의 들어갈 수가 없었다.

그래서 이덕형은 궁리 끝에 대궐과 가까운 곳에 작은 집 하나를 마련하고는 소실(小室)을 두었다. 일하다가 잠깐씩 들러 쉬기도 하고, 때를 놓쳤을 때 식사도 하기 위해서였다.

이와 함께 또 다른 이유도 있어 보인다. 그것은 이덕형의 부인이었던 한산(閑山) 이씨(李氏)가 임진왜란 때 왜적을 피해 달아나다가 절벽에서 뛰어내려 자결했는데, 이덕형은 어쩌면 사랑하던 부인이 없는 쓸쓸한 본가에 들어가는 게 싫어서 이처럼 소실을 두었던 것인지도 모른다.

임진왜란 때 왜적을 피해 달아나다가 자결한 이덕형의 부인 한산 이씨는 선조 때 영의정을 지냈으며 북인의 영수였던 이산해(李山海, 1539~1609)의 딸이었다.

그런데 이덕형이 이산해의 딸인 한산 이씨와 혼인을 하게 된 것은, 일찍이 1년 열두 달의 신수를 판단하는 술서(術書)인 《토정비결(土亭秘訣)》을 지었으며, 이산해의 작은아버지이기도 했던 이지함(李之菡, 1517~1578)이 이덕형의 인물됨을 알아보고 사윗감으로 추천했기 때문이다.

창덕궁 중수 일로 몹시 바쁘던 어느 무더운 여름날, 이덕형은 더위에 지쳐 잠시 쉬기 위해 이 작은 집에 들렀다. 그러자 소실은 그를 반갑게 맞으며 미리 준비해 두었던 아주 시원한 제호탕(醍醐湯)을 내왔다.

제호탕이란, 오매육(烏梅肉)과 사인(砂仁), 백단향(白檀香), 초과(草果) 등을 곱게 가루 내어 꿀에 재워 끓였다가 냉수에 타서 마시는 옛날의 청량음료를 말하는데, 예로부터 궁중에서는 갈증이 많이 나는 무더운 여름철이면 갈증해소 음료로 제호탕을 으뜸으로 꼽았다.

그런데 이덕형은 소실이 가져온 제호탕과 소실의 고운 얼굴을 번갈아 쳐다보더니, 제호탕은 마시지도 않고 그대로 둔 채 돌연 밖으로 나가버리는 것이 아닌가.

뿐만 아니라 그 이후로는 이 소실의 집을 다시는 찾지 않았다. 이런 이야기를 전해들은, 이덕형과 어려서부터 막역한 친구이자 당시 뛰어난 명신(名臣)으로서 서로 라이벌 관계이기도 했던 백사(白沙) 이항복(李恒福, 1556~1618)이 이덕형을 찾아가 왜 소실을 찾지 않느냐고 따지듯이 물었다.

그러자 이덕형은 잠시 머뭇거리더니 이런 말을 꺼낸다.

"날씨가 너무 덥고 갈증이 심해 시원한 제호탕이 생각나던 차에 그곳을 찾았는데, 그런 내 마음을 어찌 알았던지 말도 꺼내기 전에 이미 준비해 두었던 제호탕을 내오는 게 아닌가. 어찌나 영리하고 예쁜지……. 하지만 지금 이 바쁜 시국에 해야 할 일이 많은 내가 그런 여인에게 현혹되면 나라 일은 어찌 되겠나?"

결국 이덕형은 소실의 총영함과 미모에 현혹되어 나라 일을 그르치지 않겠다는 마음에서 눈물을 머금고 그녀를 멀리했던 것이다.

대신 이덕형은 이 소실이 평생 먹고 살 수 있도록 논밭 몇 마지기를 마련해 주고는 다시 찾지 않았다고 한다.

보류된 정1품 보국숭록대부(輔國崇祿大夫)

그 해 초가을, 허준이 선조에게 조심스럽게 아뢴다.

"전하, 전하께서 지난해에 미천한 소인을 어여삐 여기시어 호성공신으로 봉해주시고, 또한 품계도 올려 주셨사옵니다. 하오나 소인은 전하와 조상들께 큰 은혜를 입어 이 같은 광영(光榮)을 누리고 있음에도 불구하고 아직까지도 조상님들을 찾아뵙고 소분(掃墳 ; 집안에 경사로운 일이 있을 때 조상의 산소에 가서 제사 지내는 것)을 올리지 못하고 있사옵니다.

항상 전하 곁을 떠나지 않고 전하를 보필해야 하는 것이 소인이 해야 할 마땅한 일인 줄은 잘 알고 있사오나, 조상님들께 더 이상 죄를 짓지 않고 소분을 올릴 수 있도록 며칠간만 말미를 허락해 주시길 청하옵니다."

지난해인 1604년(선조 37년) 6월 25일, 선조는 임진왜란 때 그를 호종하여 공을 세운 신하들을 비롯하여 임진왜란을 통해 공을 세운 신하들 및 이몽학(李夢鶴)의 난을 평정한 신하들을 대대적으로 공신으로 삼은 적이 있었는데, 이때 허준도 호성공신 3등으로 책봉된 바 있었다.

더욱이 허준은 이때 그의 본관인 양천의 읍호를 받아 양평군이 되었으며, 품계도 승진하여 종1품 숭록대부에 올랐다. 품계로만 따지면 좌찬성(左贊成 ; 조선시대 의정부의 종1품 관직)이나 우찬성(右贊成 ; 조선시대 의정부의 종1품 관직)과 같은 지위에 오른 것이다.

그러나 허준은 그로부터 1년이 넘은 이때까지도 조상들의 묘소를 찾아가 이 같은 경사를 고하지 못하고 있었다. 그래서 허준은 오랫동안 선조의 눈치를 보다가 비로소 조상들에게 소분을 올릴 수 있도록 선조에게 이 같은 간청을 했던 것이다. 허준의 간청에 선조는 한 치의 망설임도 없이 흔쾌히 승낙한다.

"그런 일이라면 왜 진작 말하지 않았는가?

조상님들께 소분을 올리는 것은 후손으로서 마땅히 해야 할 일이거늘, 내 어찌 이를 막는단 말인가?"

이렇게 해서 허준이 소분을 위해 내의원을 떠나고 난 직후인 1605년(선조 38년) 9월 17일, 사간원(司諫院)에서 선조에게 이렇게 아뢴다.

"성상(聖上)께서 바야흐로 침을 맞으면서 조섭하는 중에 계시는 이때 어의는 일각이라도 성상 곁을 멀리 떠날 수 없는 것입니다. 그런데도 양평군 허준은 품계가 높은 의관으로서 군부(君父, 임금)의 병은 생각지 아니하고 감히 사사로운 일로 태연히 말미를 청하였으며, 정원(政院, 승정원)이 추고를 청한 뒤에도 기탄하는 바가 없이 자신의 뜻대로 행하고야 말았습니다. 이에 사람들이 모두 분개하고 있사오니, 먼저 허준을 파직시키고서 추고하소서."

사간원의 이러한 요청에 선조는 이렇게 답한다.

"허준은 공신에 봉해진 후여서 소분하고자 하는 것은 정리(正理)에 당연하니, 이를 허락하지 않을 수 없었다. 이미 말미를 받아 내려갔으니 또한 불가하지는 않겠지만, 이와 같이 아뢰니 추고하도록 하라"

허준이 조상들에게 소분을 할 수 있도록 허락한 것은 아니지만, 사간원과 승정원(承政院) 등에서 요청하니 허준에게 속히 돌아오도록 연락하라는 것이었다.

허준에 대한 사간원과 승정원 및 대간들의 이 같은 질시와 배척은 그 후로도 계속되었다.

1606년(선조 39년) 정월 초, 선조는 오랫동안 차도가 없던 병세가 호전되자, 이를 다스린 공로로 허준에게 조선 최고의 품계인 정1품 보국숭록대부(輔國崇祿大夫)를 주려고 했다.

그러자 사간원과 사헌부가 크게 반발하더니, 1606년(선조 39년) 1월 3일, 사간원이 선조에게 다음과 같이 아뢴다.

"상(上)께서 해를 넘기며 조섭한 결과 이처럼 병이 낫게 된 것은 온 나라 신민(臣民)들이 다 같이 경축할 일이옵니다. 제신(諸臣) 가운데 성궁을 조호한 자는 시약한 공이 있기는 하나, 양평군 허준은 위인이 어리석고 미련하였는데 은총을 믿고 교만해졌습니다. 허준은 이미 1품에 올랐으니 이것도 벌써 분수에 넘친 것입니다. 그런데 이번에 또 보국(輔國)의 자급으로 올려 대신과 같은 반열에 서게 하신다니, 이를 듣고 본 모든 사람들은 놀라지 않는 이가 없사옵니다. 상전이 어찌 그에 알맞게 베풀 만한 것이 없겠습니까? 그러니 허준의 가자를 속히 개정하소서."

허준은 불과 얼마 전에 이미 품계가 승진하여 종1품 숭록대부에 올랐는데, 또다시 그에게 조선 최고의 품계인 정1품 보국숭록대부에 가자하는 것은 엄격한 신분사회에서 신분질서를 그르치는, 도저히 있을 수 없는 일이라며 사간원이 이처럼 맹렬히 반대했던 것이다.

이에 선조가 말한다.

"허준이 비록 높은 품계에 올랐다고 하나, 크게 방해가 되는 것은 없다."

그러자 이번에는 사헌부에서 나선다.

"지난해 옥후가 미령하시어 오랫동안 교섭 중에 계시다가 해를 넘긴 뒤에 비로소 회복되었으니, 위에서 시약한 노고를 생각하여 특별히 은전을 베푸는 것은 마지못할 일이긴 하옵니다. 하오나 어떻게 서둘러 정1품의 높은 자급으로 올려주어 명기를 욕되게 할 수가 있겠사옵니까? 의관이 숭록(崇祿)이 된 것만 해도 전고에 없는 것으로 이것만도 이미 그지없이 외람한데, 더구나 이 보국은 대신과 같은 반열인데 말해 무엇하겠습니까? 이것이 어찌 허준이 부당하게 차지할 자리이겠습니까? 물정이 모두들 놀라워하고 있으니 속히 개정하게 하옵소서."

그러나 선조도 물러서지 않고 말한다.

"개정할 필요 없다."

이에 사간원에서는 허준에 대한 탄핵마저 하는데, 1606년(선조 39년) 1월 4일자 《선조실록》에는 이때의 상황이 이렇게 기록되어 있다.

『사간원에서 양평군 허준과 거산(居山) 찰방 홍사즙(洪思楫)을 탄핵하다.

사간원이 전계한 양평군 허준에게 내린 가자를 개정할 것을 아뢰니, 상(임금)이 답하였다.

"허준은 공신이니 보국으로 올려주더라도 안될 것이 없다. 개정할 것 없다."

사간원이 또 아뢰기를,

"거산 역(驛)은 남도와 북도의 교차지점에 위치해 있으므로 다른 역에 비해 매우 긴요합니다. 이곳에 새로 부임한 찰방 홍사즙은 인물이 오활(迂闊)하여 결코 그 임무를 감당하기 어려우니, 체차시키고 그 대임은 근실하고 명망 있는 사람으로 잘 가려서 보내소서." 하니,

상이 답하기를,

"윤허한다. 허준은 공신이니 정1품으로 올려주어도 크게

방해될 것이 없다. 개정할 것 없다." 하였다.』

거산 찰방 홍사즙을 탄핵하는 것은 허락하지만, 허준에 대한 탄핵만은 안 된다는 것이었다.

이로부터 이틀 후인 1606년(선조 39년) 1월 6일, 사헌부에서 허준을 또다시 탄핵한다. 그러나 선조도 역시 이를 단호히 거부한다.

"허준의 일은 이조(吏曹)의 하비(下批)대로 가자만 하고 부원군에는 봉하지 않는 것이 마땅하다. 그러니 개정할 필요 없다."

그러자 다음날, 전날의 사헌부의 뒤를 이어 사간원이 또 나섰으나 선조의 고집을 꺾지는 못했다.

"보국으로 올려주어도 방해될 것이 없다. 가자가 보국이더라도 부원군에는 봉하지 않았으니 사체(史體 ; 역사를 서술하는 체계. 편년체와 기전체가 있다)에 맞는 일인 듯하다. 개정할 필요 없다."

그 다음날인 1606년(선조 39년) 1월 8일에도 사간원은 허준을 탄핵했으나, 선조의 대답은 이전과 똑같았다.

"여느 공신과는 다르니 방해될 것이 없다. 번거롭게 본집할 필요 없다."

이렇듯 사간원과 사헌부에서는 쉬지 않고 계속해서 허준을 탄핵하며 허준이 정1품 보국숭록대부에 오르는 걸 끈질기게 막았다.

중인 신분에 지나지 않는 의관 허준에게 이처럼 높은 직책을 내리는 것은 이제까지 실로 유래가 없었던 일일 뿐만 아니라, 미천한 그에게 너무나 과도한 벼슬을 내리는 것이라며 잔인할 정도로 반대를 멈추지 않았던 것이다.

그만큼 당시 사간원이나 사헌부 등의 높은 관원들이나 대신들의 입장에서 보면, 허준과 같은 의원이 동반(東班)의 부군(府君)과 보국(輔國)의 지위를 가지게 되는 것이 아주 불쾌하고도 못마땅한 일이었다.

이에 맞서 선조도 그럴 필요가 없다며 자신의 뜻을 굽히려 하지 않았으나, 사간원과 사헌부, 그리고 일부 대신들이 집요하게 반대를 계속하자, 선조도 더 이상 어쩔 수 없었던지 결국 허준에게 가자되었던 정1품 보국숭록대부를 보류하고 만다.

그러나 이때 보류되었던 정1품 보국숭록대부는 훗날 허준의 사후(死後)에 비로소 추증된다.

선조의 이명을 치료한 허임의 보사침법(補瀉鍼法)

1606년(선조 39년) 4월 25일, 지난밤부터 내리기 시작한 봄비가 쉬지도 않고 추적추적 계속 내렸다.

꽃잎과 나뭇잎들 위로 뚝뚝 떨어지는 빗방울들이 맑고 청초하다. 꽃잎들이 슬픔에 젖어 눈물방울을 머금은 것 같다.

비를 맞은 연둣빛 나뭇잎들은 더욱 생기가 넘치고, 어디선가 살며시 불어오는 바람은 상쾌하고도 감미롭다.

이런 좋은 날, 오래 전부터 선조를 괴롭히던 이명(耳鳴)이 또다시 재발했다.

"귓속이 다시 크게 울리니, 침을 맞을 때 한꺼번에 맞고 싶다. 혈(穴)을 의논하는 일은 의논이 많다. 만약 침의가 간섭을 받아 그 기술을 모두 발휘하지 못하면 효과를 보기가 쉽지 않을 테니 약방은 알아서 하라."

선조는 재발한 이명을 속히 치료하기 위해 침을 한꺼번에 많이 맞고 싶었다. 그렇게 하는 것이 보다 효과적이라고 생각했기 때문이다.

그런데 선조는 자신의 이 같은 생각을 말하면, 보나마나 어의들이 한꺼번에 침을 많이 맞는 것은 좋지 않다며 반대할 것이라는 생각이 들었다. 그래서 선조는 어의들에게 자신의 이 같은 생각을 방해하지 말라며 일종의 엄포를 미리 놓았던 것이다.

이때 재발한 선조의 이명 치료는 허임이 맡았다. 선조가 내의원의 침의들 중에서 그 누구보다도 허임으로부터 침을 맞고 싶어 한다는 것을 잘 알고 있던 허준이 허임에게 선조의 이명 치료를 하도록 지시했던 것이다.

허준의 지시가 떨어지자 허임은 곧바로 선조를 진찰했다. 그런 다음 허임은 침을 놓을 혈 자리를 잠시 생각하는 듯하더니, 선조의 이명 치료 혈을 심수(心兪)로 잡았다.

심수란 배수(背兪)·심지수(心之兪)·오초지간(伍焦之間)이라고도 하는 족태양방광경(足太陽膀胱經)의 혈 자리를 말하며, 심(心)의 배수혈(背兪穴)이다. 옛 의서들 가운데 일부는 심수를 금구혈(禁灸穴)이라고도 했다.

그 위치는 제5, 제6 흉추 극상돌기(棘狀突起) 사이에서 양옆으로 각각 두 치 되는 곳에 있으며, 정신병이나 전간(癲癎)·히스테리·신경쇠약·소아 경풍(驚風)·가슴 두근거림·가슴이 답답한 느낌이 드는 증상·불면증·몽유(夢遺)·코피·토혈·객혈·동맥경화증 등 심(心)의 장애 증상과 구토, 연하곤란, 늑간 신경통, 기침 등과 같은 가슴속과 관련된 병을 치료하기 위해 침이나 뜸을 놓을 때 자주 쓰이는 혈 자리이다.

후궁 출신의 서자로 왕위에 오른 선조는 오래 전부터 후궁 태생이라는 콤플렉스와 신료들과의 갈등과 대립, 당쟁과 정치적 혼란, 그리고 임진왜란과 정유재란 등으로 인해 극도의 스트레스에 시달려 오다가 결국 이명이 발병한 것으로 보이는데, 허임 또한 이러한 것들이 바로 선조에게 이명을 초래한 원인으로 판단했다.

따라서 허임은 그 원인이 된 마음을 다스리는 혈 자리인 심수(心兪)에 침을 놓음으로써 선조의 이명을 치료하고자 했던 것이다.

선조 자신도 그 동안 여러 차례에 걸쳐서, "왼쪽 귀가 심하게 울리고 들리지도 않는다. 내 병은 심중에서 얻은 것이다." 라며 자신의 이명이 다름 아닌 마음에서 비롯되었다고 말한 바 있었다.

허임은 선조의 이명을 치료하기 위해 심수를 중심으로 하여 곳곳에 침을 놓았다. 이때 허임은 과도한 스트레스와 심리적 압박감 등으로 인해 귀까지 치밀어 오른 선조의 기(氣)를 손발 끝으로 분산시키기 위해 선조의 손발에도 침을 놓았는데, 이는 기를 조화롭게 균형 잡아 이명을 해소시키기 위한 방법이었다.

또한 이때 허임이 선조에게 쓴 침법은 흔히 조선 최고 침법으로 알려진 보사침법(補瀉鍼法)이었으며, 보사침법은 다른 말로 천지인(天地人) 침법이라고도 부른다.

그런데 보사침법은 침으로써 인체의 정기(正氣)를 보충하고, 사기(邪氣)를 제거하여 질병을 치료하며 건강을 지키는 방법인 여러 침구보사법(鍼灸補瀉法)들 가운데 하나로서, 보사침법에는 이런 특징이 있다.

즉 일반 침법이 득기(得氣)를 위주로 하여 침을 보통 한 번만 찌르는 데 비해 허임의 보사침법은 침을 세 번에 걸쳐 나누어 찌르거나 빼면서 기의 방향에 따라 득기를 함으로써 침의 효과를 극대화시키는 것이다.

아울러 보사침법의 이면에는 「천지인」이라는 철학적 원리가 내포되어 있으며, 허임의 보사침법은 조선 고유의 심오한 침법으로 평가받고 있다.

허임의 보사침법, 즉 천지인 침법에서는 침을 같은 자리에 깊이에 따라 상중하(上中下)로 찌르고 뺀다. 즉 상중하를 하늘과 땅, 사람으로 설정해 순차적으로 기를 더하고 빼는 방식으로 기를 조절하여 인체의 면역력과 자연치유력을 높이고자 하는 것이다. 허임의 보사침법을 좀 더 구체적으로 설명하면 다음과 같다.

『만약 침을 5푼 깊이로 찌른다면 먼저 침을 2푼 찌르고 멈춘다. 그리고 잠시 후에 다시 2푼 찌르고, 또 잠시 쉬었다가 다시 1푼을 찌른다. 그런 다음 환자에게 숨을 들이쉬게 한 뒤 침을 빼고 손가락으로 침구멍을 막는다. 이렇게 하면 마치 풍선 속으로 바람이 들어가듯이 몸 안에 기가 들어가 가득 차게 된다.

이러한 보법(補法)과는 반대인 사법(瀉法)에서는 먼저 5푼 깊이로 침을 찌른 다음 2푼을 빼고 다시 2푼을 뺀 다음 나머지를 들어 올리며 침구멍을 연다. 그리고는 환자에게 숨을 내쉬도록 한다. 이렇게 하면 마치 풍선 속에 있던 바람이 빠져 나가듯이 나쁜 기운이 빠져나가게 되는 것이다.』

다시 말해 허임의 보사침법에 있어서 보법은 3단계에 걸쳐서 침을 밀어 넣고, 사법은 3단계에 걸쳐서 침을 빼주는 것이 특징이며, 각각 진기(眞氣)는 보존하거나 더해 주고, 사기(邪氣)는 몸 밖으로 끌어내는 방법을 기본으로 하고 있는 것이다.

그런데 여기서 세 번을 나누어서 2푼, 2푼, 1푼으로 찌르는 것은 상중하의 뜻으로 천지인을 의미한다.

허임의 보사침법에서는 또한 침을 뺄 때 환자의 호흡을 보하고자 할 때에는 숨을 들이쉬게(吸) 하고, 사할 때는 숨을 내쉬도록(呼) 하는 호흡 보사법도 같이 쓴다. 뿐만 아니라 보법에서는 침을 뺄 때 침구멍을 눌러주는 개합보사법(開闔補瀉法)도 함께 쓴다.

허임의 보사침법을 풍선에 비유하면, 마치 풍선에 바람을 불어넣는 것처럼 몸에 기를 팽팽하게 채워 넣는 것이 보법이며, 이와는 반대로 풍선에서 바람을 빼내는 것처럼 침을 놓는 것이 사법인 셈이다.

허임의 이 같은 보사침법에 의해 침을 맞고 난 선조의 이명은 놀랍게도 크게 좋아졌으며, 그만큼 허임의 침술에 대한 선조의 신뢰 또한 커졌다.

선조의 기절(氣絶)

이듬해인 1607년(선조 40년) 10월 9일, 아침 해가 막 돋을 무렵, 잠자리에서 일어나 침방(寢房)을 나오던 선조가 갑자기 호흡이 가빠지며 쓰러졌다. 기절한 것이다.

사람이 순간적으로 의식을 잃고 쓰러지는 현상을 가리켜 흔히「기절(氣絶)」이라고 하는데, 한방에서는 이를 말 그대로「기가 끊긴 현상」으로 여긴다.

선조가 이처럼 기절하며 쓰러졌을 때, 마침 아침 문안을 드리려고 왔던 왕세자 광해군이 이를 보고는 놀라서 소리쳤다.

"속히 어의들을 불러라!"

이에 약방 도제조 유영경을 비롯하여 제조 최천건(崔天健), 부제조 권희(權僖), 기사관(記事官) 목취선(睦取善)·이선행(李善行)·박해(朴海), 그리고 수의 허준과 어의 조흥남(趙興男)·이명원(李命源)이 급히 입시했다. 연흥부원군(延興府院君) 김제남(金悌男)도 뒤따라 들어왔다. 그러나 이때까지도 선조는 의식을 회복하지 못한 채 그대로 쓰러져 있었다.

선조의 병세를 살피며 진맥하고 난 허준은 약방 도제조 유영경과 제조 최천건, 부제조 권희 등 세 명의 제조들 및 어의들과 함께 기절하여 쓰러진 선조에게 어떤 처방약을 써야 할

지를 논의했다.

당시 내의원에는 도제조와 제조, 부제조 등 세 명의 제조가 있었는데, 이들은 원래 조정 최고의 문신들이었으며, 약방제조란 직책은 겸직으로 맡고 있었다.

그런데 당시 임금의 건강관리와 치료에 관한 의학적 · 기술적인 부문은 내의원의 어의와 의관들이 맡고 있었으나, 임금의 건강 전반을 총괄하는 일은 사실상 약방제조들의 소관이었다.

다시 말해 내의원의 어의와 의관들이 의술을 통한 치료를 주로 맡고 있었던 것에 비해 약방제조들은 비록 의술을 갖춘 의관들은 아니었지만, 임금의 건강 상태에 따른 상황 판단을 하는 역할을 했던 것이다.

따라서 평소 임금이 아프거나 몸 상태가 좋지 않을 때에는 보통 어의를 불렀지만, 그것이 심각한 병이거나 이번처럼 임금이 갑작스럽게 쓰러졌을 경우 등에는 항상 어의들이 약방제조들과 함께 의논하며 그 대책을 마련하는 것이 상례였다.

또 이런 이유로 약방제조들은 본래 본직이 따로 있었지만, 의학에 관한 상식이 풍부해야 했으며, 이를 위해 많은 의서들을 읽으며 공부하지 않으면 안 되었다.

뿐만 아니라 약방제조들은 여러 약재들의 효능과 부작용, 사용법 등도 어느 정도 알고 있어야만 했으며, 임금이 미령

(癃寧 ; 어른의 몸이 병으로 편치 못한 것)하거나 병이 위급하면 숙직도 해야 했다. 게다가 임금이나 왕비, 후궁, 세자, 공주 등에게 병으로 인한 어떤 일이 생기면 어의 못지않은 책임도 따랐다.

허준을 비롯한 어의들과 약방제조들은 논의 끝에 청심원(淸心元)과 소합원(蘇合元), 강즙(薑汁), 죽력(竹瀝), 계자황(鷄子黃), 구미청심원(九味淸心元), 조협말(皂莢末), 진미음(陳米飮) 등의 약을 번갈아 가며 선조에게 올렸다. 이러한 처방약들은 모두 응급 상황에서 쓰이는 구급약들이었다.

이러한 구급약들의 효험이 있었던지 얼마 후 선조는 깨어났다. 그런데 선조는 깨어나자마자 자신이 왜 갑자기 쓰러졌는지를 의아해 하며 몹시 불안해하는 모습으로 자신을 둘러싸고 있는 어의들을 향해 묻는다.

"이 어찌된 일인가? 어찌된 일인가?"

마음이 무척 불안했던지 선조가 이처럼 같은 말을 반복하며 묻자, 허준이 얼른 대답한다.

"오늘은 날씨가 몹시 춥습니다. 하온데 전하께서 아침 일찍 기동하시어 한기(寒氣)가 밖에서 엄습한 탓으로 그리 된 것이옵니다. 그러나 이런 증세는 그리 대단한 것은 아니옵니다. 약방에서 인삼순기산(人蔘順氣散) 1복(服)을 속히 지어 올릴 것이오니, 진어(進御 ; 임금이 입고 먹는 일 등을 높여 이르는 말)하시고, 한기가 없는 곳에서 따뜻하게 몸을 조섭하시는 것이 좋겠사옵니다."

인삼순기산이란 마황·진피(陳皮)·천궁(川芎)·백지(白芷)·백출·후박(厚朴)·길경(桔梗)·감초 각 4g, 갈근 3g, 인삼·건강(乾薑) 각 2g, 생강 3쪽, 대조(大棗) 2개, 박하 7잎이 들어가는 처방약인데, 기가 정체되어 허리가 저리고 아프거나 풍한에 상하여 머리가 아프고 코가 막히며, 어지럽고 입이 비뚤어지는 것을 치료하는 데 쓰이는 처방약이다.

《동의보감》에서는 인삼순기산에 대해 이렇게 적고 있다.

『인삼순기산은 중풍 때 기가 허하여 입과 눈이 틀어지고 팔다리를 잘 쓰지 못하며, 언어 장애가 있고 온 몸이 아픈 데 쓴다.』

그런데 선조는 이때 내의원에서 급히 지어온 인삼순기산은 복용했으나, 한기가 없는 곳에서 옥체를 따뜻하게 하라는 허준의 말은 듣지 않았다. 그 이유는 번열(煩熱 ; 몸에 열이 몹시 나고 가슴이 답답하며 괴로운 증세)이 심해 따뜻한 방 안에 가만히 앉아 있을 수 없다는 것이었다.

그런데 그 날 신시(申時 ; 12시 중의 아홉 번째로서 오후 3시부터 5시까지) 무렵, 선조는 호흡이 가빠지면서 또다시 기절을 했다. 그리고는 오랫동안 깨어나지 못했다.

이에 약방 도제조 유영경을 비롯하여 제조 최천건, 부제조 권희, 기사관 목취선, 이선행, 박해, 수의 허준과 어의 조흥남, 이명원이 다시 입시했고, 곧이어 청심원과 소합원, 강즙, 죽력, 계자황 등과 같은 약들을 번갈아 선조에게 올렸다.

그러자 선조는 다시 깨어났다. 호흡도 조금 안정되었다. 그러나 그 날 술시(戌時 ; 오후 7시부터 9시까지)에 이르러 선조에게 같은 증상이 또 나타났다. 선조가 하루에 세 번씩이나 기절하며 쓰러진 것이다.

이번에도 어의들은 청심원과 소합원, 강즙, 죽력, 계자황 등을 번갈아 가며 선조에게 올렸다. 그래서 깨어나긴 했으나 이번에는 선조에게 가래 증상이 나타났다.

이에 어의와 제조들은 다시 의논하여 담(痰)을 치료하는 데 효과적인 이진탕(二陳湯)을 가미하여 1복을 달여 선조에게 복용토록 했다.

이진탕은 반하(半夏, 법제한 것) 8g, 진피(陳皮) · 적복령(赤茯苓) 각 4g, 자감초(炙甘草) 2g, 생강 3쪽을 1첩으로 하여 물에 달여서 먹는 처방약으로서 《동의보감》에서는 다음과 같은 증세가 있을 때 이진탕을 쓴다고 했다.

『담음(痰飮)으로 가슴과 명치 밑이 그득하게 불러 오르며, 기침을 하고 가래가 많으며 메스껍고 때로 토하며 어지럽고 가슴이 두근거리는 데 쓴다. 또한 급·만성 위염, 위하수, 급·만성 기관지염, 자율신경 실조증, 임신오조(妊娠惡阻) 등에도 쓸 수 있다.』

다행히 이진탕을 복용하고 나자 선조의 가래 증세는 호전되었다. 그리고 이튿날인 10월 10일에는 그 증세가 매우 호전되었다.

그러자 선조는 전날에 처음 쓰러졌다가 깨어난 후, "이 어찌된 일인가? 어찌된 일인가?" 하며 몹시 불안해하는 모습을 보였던 것이 좀 창피했던지 이런 말을 한다.

"어제는 좀 당황해서 그런 말을 했지만, 이는 약방의 의관들이 함부로 차가운 약을 투약해서 그런 것이니, 앞으로 조심하라."

이때 선조에게 나타났던 증상은 중풍이 아니라 중기증(中氣症)인 것으로 보이는데, 한방에서는 중기증을 일종의 정신질환으로 보며 히스테리성 발작이나 정신적인 흥분, 정신적인 충격 또는 쇼크 등으로 졸도하여 기절하는 증세를 말한다.

또 현기증이 발병하면 기가 갑자기 치밀어 올라서 전신의 경련과 함께 손발이 갑자기 싸늘해지고 정신을 잃고 넘어지며 이를 악물기도 하고, 의식이 흐려지거나 희미한 기억이 남는 수도 많다.

보통은 잠시 후 깨어나는데 별다른 후유증은 없다. 치료법은 침이나 지압 또는 소합향원(蘇合香元) 등을 구급방(救急方)으로 쓴다.

중기증은 중풍과 유사해 보이지만, 중기증은 그 증세가 비교적 가볍고 예후가 좋다. 일반적으로 기혈이 허약한 노인들이 분노가 심했을 때 잘 나타난다. 그러나 중기증이 반복되어 자주 나타난다면, 병세가 악화되어 위중한 병으로 바뀔 수도 있다.

10월 9일 아침에 처음으로 기절하며 쓰러졌던 선조가 깨어났다가 다시 쓰러지기를 반복하던 1607년(선조 40년) 11월 1일, 조정의 신료들 사이에서는 이런 말들이 오갔다.

"전하께서 이토록 오랫동안 병이 낫지 않는 것은 허준이 어의로서 약을 제대로 쓰지 못했기 때문이오."

"그러게 말입니다. 약방의 수의란 자가 대체 무슨 약을 썼기에 전하께서 아직도 쾌차하지 못한단 말입니까? 허준에게 그 책임을 물어야 하오."

그러면서 시끄럽기 그지없었다. 그러더니 사간 송석경(宋錫慶)과 장령 유경종(柳慶宗)이 허준의 죄를 논하려고 했다. 그러나 선조는 이에 동조하지 않았다. 오히려 허준을 두둔하고 나섰다.

"대간들이 허준을 논죄하고자 하는 진의를 모르겠다. 이는 그에게 약을 쓰지 못하게 하려는 것이고, 나로 하여금 정양(靜養)하지 못하게 하려는 것이다. 허준은 죄가 없다."

그런데도 일부 신료들은 허준에게 벌을 내려야 한다며 연일 들고 일어났다. 하지만 이들의 이러한 비난과 연이은 공격에는 평소 허준에 대한 못마땅함과 질시, 배척 같은 것들과 함께 허준을 두둔하는 반대파를 치기 위한 구실도 포함되어 있었다.

그러던 1607년(선조 40년) 11월 13일, 사간 송석경은 선조의 병이 오래도록 낫지 않는 것은 내의원의 수의 허준이 약을 잘못 썼기 때문이라며 허준을 탄핵했다.

그러나 선조는 허준을 탄핵하라는 사간 송석경을 비롯한 일부 신료들의 끈질긴 상소에도 "일고의 가치도 없다." 고 단호히 뿌리쳤다.

이런 가운데 허준에 대한 탄핵문제로 인해 대사간 유간(柳澗)을 비롯하여 정언 구혜(具惠), 헌납 송보, 대사헌 홍식(洪湜), 장령 이구징(李久澄), 지평 남복규(南復圭)와 성시헌(成時憲) 등이 인혐(引嫌 ; 책임을 지고 스스로 사퇴함)하고, 약방 도제조 유영경, 제조 최천건, 부제조 권희 등이 대죄하는 일이 벌어졌다.

더욱이 허준은 이때부터 양반층과 사대부들의 견제를 더욱 집중적으로 받게 되었다 그러나 이런 견제와 질시, 비난 속에서도 허준은 의학연구를 게을리 하지 않았다.

오히려 그럴수록 허준은 의서 편찬사업에 더욱 몰두하여 1608년(선조 41년) 1월에는 세종 때의 뛰어난 의관이었던 노중례(盧重禮, ?~1452)가 1434년(세종 16년)에 편찬한 태산(胎産)과 영아의 질병치료에 관한 의서인 《태산요록(胎産要錄)》을 우리말로 옮기고 수정하여 《언해태산집요(諺解胎産集要)》라는 이름으로 간행했다.

《언해태산집요》는 부인들을 위한 일종의 산부인과 계통의 의서로서 잉태에서부터 출산과 유아 보호, 아기 양육법 등에 관해서 자세하게 쓰여 있다.

또한 이 《언해태산집요》는 임진왜란 중에 소실된 《태산집(胎産集)》을 다시 지은 의서라고도 할 수 있는데, 특히 한문으로 쓰인 의서가 대부분이던 당시에 한문을 모르는 부녀자들도 읽을 수 있도록 한글로 쉽게 풀어서 쓴 것이 특징이다.

산부인과 계통의 한방 의서로는 원래 세종 때에 발간된 《산서(産書)》와 앞서 언급한 노중례의 《태산요록》, 연산군 때인 1503년(연산군 9년)에 을해자(乙亥字, 세조 1년(1455년) 강희안姜希顔의 글씨를 자본字本으로 하여 만든 동활자)로 간행되었으며 임신했을 때 조심할 음식물이나 섭생에 관하여 쓴 의서인 《임신최요방(妊娠最要方)》등이 있었으나, 이들은 모두 한문으로만 쓰여 있어 부녀자들이 보기에는 너무 어려웠는데, 허준이 이를 언해하여 새롭게 편찬했던 것이다.

1권 1책으로 된 《언해태산집요》는 현재 보물 제1088호로 지정되어 있다.

그 내용을 좀 더 자세히 살펴보면,

1) 구사(求嗣), 2) 잉태(孕胎), 3) 태맥(胎脈), 4) 험태(驗胎), 5) 변남녀법(辨男女法), 6) 전녀위남법(轉女爲男法), 7) 오조(惡阻), 8) 금기(禁忌), 9) 장리(將理), 10) 통치(通治), 11) 안태(安胎), 12) 욕산후(欲産候), 13) 보산(保産), 14) 반산(半産), 15) 찰색험태생사(察色驗胎生死), 16) 하사태(下死胎), 17) 하포의(下胞衣), 18) 산전제증(産前諸證), 19) 산후제증(産後諸證), 20) 임산예비약물(臨産豫備藥物), 21) 첩산도법(貼産圖法), 22) 부초생소아구급(附初生小兒救急) 등 43개 항목으로 세분화되어 있으며, 각각의 증세와 처방이 한문과 언해문으로 나와 있다.

더욱이 이 의서의 여러 처방 등에 나오는 우리말의 어휘와 표기법 및 한자음 표기 등은 17세기의 국어 연구에 많은 자료를 제공하고 있을 뿐만 아니라, 이 책이 나오기 전과 그 이후의 언해 문헌들을 비교 연구할 수 있게 해줌으로써 국어사적 가치도 매우 큰 것으로 평가받고 있다.

또한 이 해(1608년, 선조 41년)에는 지난 1601년(선조 34년)에 허준이 선조의 명에 의해 지은 《언해두창집요(諺解痘瘡

集要)》가 내의원에서 비로소 발간되기도 했는데, 한글 언해본으로 간행된 이 《언해두창집요》는 임진왜란 이후 더욱 창궐한 두창(痘瘡 ; 천연두, 호환마마)을 치료하기 위한 의서로서 두창의 원인과 증상, 치료법 및 예방, 해독법(解毒法), 금기(禁忌), 욕법(浴法) 등이 자세히 실려 있다.

선조의 갑작스런 승하(昇遐)

1608년(선조 41년) 1월에 들어서면서부터 선조의 병세가 다시 악화되었다. 그러던 그 해 2월 1일, 선조는 내의원 당직 어의의 문안을 받자, 이런 말을 한다.

"어젯밤엔 편히 잠을 잤다."

근래에 병세가 악화되면서 밤에 잠을 제대로 이루지 못할 때가 많았는데, 전날 밤에는 편히 잤다는 것이다.

그런데 그날 미시(未時 ; 오후 1시부터 3시까지)부터 선조의 병세가 갑자기 악화되었다. 이에 허준 등의 어의들이 급히 입시하여 선조를 진찰했다. 심상치 않음이 느껴졌다.

허준은 내의원에 일러 강즙(薑汁)과 죽력(竹瀝), 도담탕(導痰湯), 용뇌소합원(龍腦蘇合元), 개관산(開關散) 등을 급히 제조하여 선조에게 올리도록 했다. 그러나 이런 처방약들을 들고도 선조의 병세는 호전되지 않았다. 선조의 기후(氣候)는 이미 어떻게 할 수가 없는 상황이었다.

전갈을 듣고 급히 입시한 세자 광해군이 허준에게 말한다.

"다시 진찰해 보는 게 어떻겠습니까?"

이에 허준이 조심스럽게 아뢴다.

"진찰은 다시 할 수 있사오나, 일이 이미 어쩔 수 없게 되었으니, 어찌할 바를 모르겠사옵니다."

이로부터 얼마 지나지 않아 선조는 승하(昇遐)했다. 보령(寶齡) 57세였다.

곧이어 곡성이 터져 나왔다. 그 곡성이 대내(大內 ; 임금이 거처하는 곳)에서 밖으로 들려왔다. 급히 입시했던 신료들이 울면서 밖으로 나오며 나직이 말한다.

"상(上, 임금)께서 홍(薨)하셨다."

선조 임금이 돌아가셨다는 뜻이었다. 당시의 긴박했던 상황에 대해《광해군일기》에서는 이렇게 전하고 있다.

『미시(未時)에 약밥(약식)을 진어했는데, 상에게 갑자기 기(氣)가 막히는 병이 발생하여 위급한 상태가 되었다.

왕세자가 입시하였다. 대신들이 아뢰기를,

"옛 예법에 의하면 부인의 손에서 운명하지 않는다고 했으니, 내외로 하여금 안정한 자세로 기다리게 하소서." 하였다.』

여기에 나오는 「부인」이란 선조의 곁을 줄곧 지키고 있었던 인목왕후를 말한다. 즉 선조의 마지막 임종을 지킨 부인이 바로 인목왕후였던 것이다.

그러나 이때 인목왕후와 함께 선조의 병상을 지키고 있던 영의정 유영경 등의 신료들은, "고례(古禮)에 부인의 손에서 임종하지 않는다."며 선조가 임종하기 직전 인목왕후에게 대내 밖으로 나가 주도록 권유했던 것으로 보인다.

그런데 선조는 임종하기 전에 인목왕후를 통해 다음과 같은 유서를 세자인 광해군에게 전하도록 했다고 한다.

"형제를 내가 있을 때처럼 사랑하고, 참소하는 자가 있어도 삼가 듣지 말라. 이를 너에게 부탁하노니, 너는 모름지기 내 뜻을 받아라."

그런데 이때 선조가 당부한 이 같은 유언 속에는 자신이 죽고 난 후 누가 뭐라고 하든 뒤늦게 얻은 아들 영창대군(永昌大君, 1606~1614)을 절대 해치지 말라는 뜻이 담겨 있었다.

그렇다면 선조는 왜 이 같은 유언을 남겼던 것일까?

선조에게는 모두 14명의 왕자가 있었는데, 이 가운데 13명의 왕자들은 모두 후궁들의 소생이었으나 마지막으로 얻은 영창대군만이 유일하게 정궁(正宮)인 인목왕후의 소생이었다.

따라서 원칙대로 하자면 유일한 적자(嫡子)인 영창대군이 선조의 뒤를 이을 세자(왕세자)가 되어야 했지만, 영창대군이 태어나기 훨씬 전인 임진왜란 때 이미 광해군이 세자로 책봉된 상태였다. 더욱이 선조가 승하하던 때에 영창대군은 고작 세 살에 불과한 어린아이였다.

그런데 선조는 임진왜란 때 나라가 위급한 상황 속에서 어쩔 수 없이 세자로 책봉했던 광해군이 마음에 들지 않았다. 그래서 영창대군이 태어난 후에는 영창대군을 세자로 다시 책봉하는 문제를 놓고 영의정 유영경을 비롯한 몇몇 신하들과 은밀히 의논하기도 했다.

이때 이를 눈치 챈 이이첨(李爾瞻)과 정인홍(鄭仁弘) 등은 선조에게 이미 세자로 책봉된 광해군이 있는데, 영창대군을 다시 세자로 책봉하는 것은 안 된다며 반대했다.

그러자 선조는 몹시 불쾌해 하며 이런 말을 하는 이들을 모두 귀양 보내기로 작정한다.

또한 이 무렵, 선조는 건강이 크게 나빠지자 세자 광해군에게 전위(傳位) 또는 대리청정(代理聽政)을 시키려다 취소한 적이 있는데, 이것이 광해군 측근들 사이에서 온갖 추측이 난무하도록 만들었다.

즉 영의정 유영경이 선조의 뜻에 따라 세자 광해군을 폐하고 영창대군을 세자로 추대할지도 모른다는 소문과 함께 광해군 측에서는 위기의식이 팽배해졌으며, 이러한 와중에 선조가 갑자기 세상을 떠나게 되었던 것이다.

선조의 독살설

선조가 경운궁(慶運宮)에서 승하하던 날인 1608년(선조 41년) 2월 1일에 쓰인 《선조실록》에도 선조가 점심으로 나온 약식(藥食, 약밥)을 들고 갑자기 기가 막혀 승하한 것으로 적혀 있다.

즉 기력이 약해진 선조의 기력 회복을 위해 약식을 올렸는데, 그동안 곡기(穀氣)를 줄였던 선조가 모처럼 맛있게 생긴 약식을 보자 식욕이 동해 이를 급히 먹다가 밥알이 기도를 막는 바람에 어의들이 미처 손쓸 사이도 없이 절명했다는 것이다.

약식은 옛날에 임금을 비롯하여 왕족과 사대부 등의 상류층 사람들이 즐겨 먹던 고급 음식이었다. 찹쌀과 밤, 대추, 잣 등과 함께 평소 구하기 힘든 참기름·꿀·간장 등을 이용하여 만드는 음식이기 때문에 서민들은 대보름날이나 잔칫날 같을 특별한 날이 아니면 먹기 어려웠다.

그런데 후대의 사람들 중에는 선조가 약식을 들고 갑자기 사망했다는 것에 대해 의문을 품는 사람들이 생겨났다. 소화가 잘되는 음식 가운데 하나로 꼽히는 약식을 먹고 왜 선조가 갑자기 기가 막혀 죽었느냐는 것이었다.

그러면서 이들은 이것이 독살이 아닐까 하는 추측을 했다.

그렇다면 선조가 누군가에 의해, 특히 그 당시 영창대군을 세자로 다시 책봉하고 싶어 하던 선조의 미움을 받아 내심 선조에 대한 반감과 불만을 품고 있던 광해군에 의해 독살되었을 것이라는, 이 같은 추측은 과연 타당성이 있는 것일까?

조선조 후기의 실학자로서 전통적인 소론(少論) 집안 출신이면서도 노론(老論)·소론·남인(南人)·북인(北人) 등 어느 한쪽으로 쏠리지 않고 공정하고도 객관적으로 역사를 바라보며 조선 건국 이후의 정치적 사실들을 주관적인 견해를 배제한 채 출처를 밝히면서 기사본말체(紀事本末體 ; 사건을 유형별로 나누어 서술하는 전통적 역사 서술법으로, 동양의 전통적 역사서술 체재. 사건별로 제목을 앞세우고 관계된 기사를 한데 모아 서술한다)로 서술하였으며, 조선 역사에 대한 합리적인 역사 서술의 한 방법을 보여주고 있는 것으로 평가받는 《연려실기술(燃藜室記述)》을 저술한 이긍익(李肯翊, 1736~1806)은 조선 중기의 문신 박세채(朴世采, 1631~1695)의 문집인 《남계집(南溪集)》을 인용하여 선조의 독살설을 간접적으로 전하고 있는데, 이에 따르면 선조가 승하하던 날에 입시했던 의관인 성협(成浹)이 이런 말을 했던 것으로 기록하고 있다.

"상(上, 임금)의 몸이 이상하게 검푸르니, 바깥소문이 헛말이 아니다."

그러면서 이 말을 들은 조익(趙翼)과 권득기(權得己)가 광해군 때 벼슬을 거부했는데, 그 이유는 이들 두 사람이 선조가 광해군에 의해 독살되었다고 판단하여 아버지를 죽이고 왕위에 오른 광해군을 도저히 따를 수 없어 광해군이 내린 벼슬을 거부했다는 것이다.

그러나 이 같은 기록은 광해군이 폐출된 후에 쓰인 것이어서 그 신빙성이 떨어진다.

뿐만 아니라 인조반정 때 세운 공으로 정사공신(靖社功臣) 2등에 책록되었으며, 훗날 우의정을 거쳐 좌의정에 이르렀던 원두표(元斗杓, 1593~1664)는 정권을 잡은 후에 광해군이 선조를 시역(弑逆)했다고 상소하려다가 그만둔 적이 있었는데, 이때 문신 박세채가 그에게 상소를 그만둔 이유에 대해 묻자 원두표는 이렇게 대답을 했다고 한다.

"처음 장유(張維)가 지은 왕대비(인목왕후)의 교서(敎書) 외에 언문으로 된 교서에는 광해의 작은 죄상들도 다 주워 모았는데, 다만 약밥에 중독되었다는 말은 없었소. 이를 가지고 봐도 경솔히 들추기는 어려워서 그만둔 것이오."

즉 광해군을 몰아내는 데 앞장섰던 서인(西人)들이 모두 나서서 광해군이 선조를 살해했다는 물증을 찾으려고 애썼지만, 끝내 아무런 증거도 찾을 수가 없어 상소하지 못했다는 것이다.

사실 그 당시 서인들은 자신들이 도모한 인조반정(仁祖反正)을 보다 합리화하고 광해군이 저지른 갖가지 패륜행위를 모두 들추어내겠다며, 그가 선조를 살해했다는 증거를 찾기 위해 많은 노력을 기울였다. 그래서 만일 작은 근거라도 발견했다면 틀림없이 이를 근거로 광해군이 선조를 시역했다는 상소를 올렸을 것이다.

그러나 결과적으로 그러지 못했던 것을 보면, 이를 입증할 만한 증거가 없었기 때문이 아니겠는가.

또한 이긍익은 《연려실기술》에서 광해군을 쫓아낸 당사자인 인조가 약식에 대해 말한 것을 다음과 같이 기록하고 있는데, 이는 선조가 독살된 것이 아니라는 내용으로서 위의 내용과는 상반되는 것이다.

"당시 선왕(선조)께서 위독하실 때 내가 처음부터 끝까지 모시고 있었기 때문에 이 일에 대해 상세히 알고 있다. 선왕께서 병후에 맛이 쓴 음식이 생각날 즈음 마침 동궁(東宮)의 약밥이 왔는데, 이를 과하게 드시고 기가 막혀 이내 승하하셨을 뿐 중간에 어떤 농간이 있었다는 말은 실로 이해하기 어렵다."

더욱이 인조반정의 주체가 되었던 세력인 서인들이 인조반정 이후에 편찬한 《광해군일기》 어디에도 선조가 독살되었다는 이야기는 언급되어 있지 않다.

《광해군일기》에는 단지 선조 독살설에 대해 서인 측이 유일한 근거로 삼았던 약식에 관한 기록만 있을 뿐이다. 즉 위에서 언급했던 『미시(未時)에 약밥을 진어했는데, 상에게 갑자기 기(氣)가 막히는 병이 발생하며 위급한 상태가 되었다.』는 내용이 전부인 것이다.

게다가 선조에게 약식을 들인 것이 세자(광해군)라는 것도 당시 서인들의 주장일 뿐이었다.

그런데 공빈 김씨(恭嬪金氏)의 소생인 광해군과 인목왕후의 소생인 영창대군을 둘러싼 당쟁을 중후한 궁중어로 사실적으로 서술한 수필 형식의 기사문(記事文)으로서 당시의 치열한 당쟁의 이면을 이해하는 데 도움이 되는 것으로 평가받고 있으며, 인조반정 후에 인목왕후의 측근 나인이 썼다고도 하고, 문체와 역사적 사실을 들어 인목왕후가 쓴 것이라는 설도 있는 《계축일기(癸丑日記)》에는 선조가 독살되었다는 것을 암시하는 듯한 다음과 같은 내용의 글이 실려 있다.

『선조대왕께서 승하하신 그때 약밥인지 고물인지를 잡수시고 갑자기 구역질을 하시다가 위급해지셨다. 당시 근방의

궁녀들이 모두 광해군의 심복이었던 상황에서 선조대왕께서 독살되었을 것이라는 추정이 하나도 이상하다 할 수 없었다.』

그러나 1613년(광해군 5년)에 쓰인 이 《계축일기》는 광해군과 반목관계에 있던 인목왕후가 자신의 나인에게 지시해서 쓴 것이거나, 인목왕후가 직접 썼을 수도 있다는 점에서 그 신빙성이 떨어질 수밖에 없다. 그리고 이것은 명확한 증거도 없이 말 그대로 의혹만 제기하고 있을 뿐이다.

물론 당시의 여러 가지 정황으로 볼 때 선조가 광해군이나 광해군을 따르던 무리들에 의해 독살되었을 가능성은 배제할 수 없다.

특히 선조가 생전에 마지못해 세자로 책봉했던 광해군을 몹시 싫어하여 공연한 트집을 잡아 자주 나무랐을 뿐만 아니라, 영창대군이 태어난 이후에는 자신의 유일한 적자인 영창대군을 세자로 책봉하고 싶어 했기 때문에 이를 못마땅하게 생각하고 있던 광해군이 위기의식을 느끼고 자신들의 심복을 시켜 선조가 드는 음식에 독을 넣어 살해했을 가능성도 충분히 있어 보인다.

하지만 이것 역시 가능성이 없는 추측에 불과할 뿐 명확한 증거가 있는 것은 아니다.

광해(光海) 임금이 되다

선조가 갑작스럽게 세상을 떠난 다음날인 1608년(선조 41년, 광해군 즉위년) 2월 2일, 광해군은 대북(大北) 파의 지지를 받으며 정릉동 행궁(貞陵洞行宮, 덕수궁, 경운궁)의 즉조당(卽祚堂) 서청(西廳)에서 34세의 나이로 조선의 제15대 임금으로 즉위했다.

왕위에 오르자, 광해군은 우선 선조 말년에 자신의 왕위계승을 반대하며 영창대군을 세자로 옹립하는 데 앞장섰던 영의정이자 소북(小北)의 영수였던 유영경(柳永慶)과 그의 일파들을 제거했다.

이때 광해군을 지지하다가 선조의 노여움을 사서 귀양 갈 뻔했으나 광해군의 즉위와 함께 극적으로 귀양을 면하고 득세한 이이첨과 정인홍 등 대북(大北) 일파는 유영경을 탄핵하여 함경도 북쪽 끝의 오지(奧地) 경흥(慶興)으로 유배시켰다가 사약(死藥)을 내려 죽여 버린다.

광해군은 곧이어 2월 14일, 선조의 맏아들이었지만 성품이 사나워 세자로 책봉되지 못한 채 아우인 자신에게 세자 자리를 빼앗겼으며 임진왜란 때에는 왜군의 포로가 되었다가 석방되기도 했던 임해군(臨海君)을 한반도 남쪽 끝에 있는 섬

진도(珍島)로 유배 보낸다. 그리고 이듬해인 1609년(광해군 원년) 4월 29일에는 임해군을 살해한다.

그런데 선조가 갑자기 세상을 떠나고 광해군이 즉위하자마자 사간원에서는 기다렸다는 듯이 광해군에게 재차 허준의 죄를 묻는 상소를 올린다.

선조의 병은 이미 어찌할 수 없는 것이었음에도 불구하고 지난 해 11월 선조에게 허준을 탄핵했다가 거부당한 사헌부와 사간원이 마치 앙갚음이라도 하듯 광해군에게 허준의 죄를 묻도록 또다시 요구한 것이다.

이때 사간원에서는 선조의 죽음에 대해 허준의 책임이 크다며 광해군에게 이렇게 아뢴다.

"허준은 본디 음흉하고 외람스러운 사람으로 수의가 되었음에도 약을 쓸 때 사람들의 말이 많았사옵니다. 옥체가 미령(靡寧)한 뒤에도 조심하여 삼가지 않고서 망령되이 성질이 매우 차가운 약(峻寒之劑)을 허투루 써서 마침내 천붕(天崩)의 슬픔을 초치시켰으니, 다시 국문하여 법률에 의거하여 정죄하소서."

허준이 선조에게 약을 처방할 때 서늘하고 차가운 기질을 지닌 한성(寒性) 약재들을 많이 썼기 때문에 선조가 갑자기 세상을 떠나게 되었으므로 반드시 그 죄를 물어야 한다는 것이었다.

이에 광해군은 이런 말을 한다.

"허준의 의술이 부족하여 선왕을 살리지 못한 것일 뿐 고의가 아니니 처벌할 수 없다."

일찍이 광해군이 어렸을 때 두창(천연두)에 걸려 죽을 고비에 있었을 때 그를 살려주었을 뿐만 아니라 그 후에도 여러 차례에 걸쳐 그의 병을 치료해 준 사람이 바로 허준이 아니던가.

그런 그를 함부로 내칠 수 없어 광해군은 이처럼 허준을 처벌할 수 없다며 감쌌다. 그러나 신분을 뛰어넘은 허준의 입지에 불만을 품고 질시하던 일부 신료들이 허준을 문책해야 한다며 계속 상소하자, 광해군도 오래 버티기 어려웠다.

특히 사간원과 사헌부에서는 광해군에게, 선왕 선조의 죽음을 막지 못한 허준에게 책임을 물어 그의 관작(官爵)을 삭탈해야 한다며 계속 계청(啓請)하자, 허준을 줄곧 두둔하던 광해군도 더 이상 어쩌지 못하고 결국에는 허준의 관작을 삭탈하고 파직한 후 그를 평안도 의주로 귀양을 보내기에 이른다.

그러나 허준은 이러한 시련과 2년 가까운 유배 시간을 오히려 전화위복(轉禍爲福)의 계기로 삼는다. 어찌 보면 그의 인생 가운데 가장 커다란 시련이었던 이 기간을 허준은 자신의 인생에서 가장 중요한 업적이 되는 《동의보감》 편찬사업에 몰두할 수 있었기 때문이다.

허준이 한양을 떠나 멀리 의주에서 귀양살이를 하고 있던 1609년(광해군 원년) 11월 22일, 광해군은, 『임금이 병이 많은데, 경험 많은 의원이 부족하다』는 구실을 붙여 허준을 귀양살이에서 풀어준다.

이어서 광해군은 사간원의 극심한 반대에도 불구하고 허준을 내의원에 복귀시켜 자신의 건강을 돌보는 어의로 일하도록 하는 한편 지금까지 해 왔던 《동의보감》 편찬사업을 지속하도록 한다.

허준과의 오랜 인연과 함께 자신의 병을 여러 차례 고쳐 준 허준에 대한 보답으로 광해군은 주위의 끈질긴 반대에도 불구하고 이 같은 지시들을 내렸던 것이다.

이에 사간원과 사헌부 등에서도 물러서지 않고 다시 광해군에게 허준을 내치라는 탄원을 계속한다. 그러나 광해군은 이를 단호하게 물리친다.

"그만들 하라. 허준은 백성들을 위해 새로운 의서 저술에 전념하게 해야 한다."

젊은 광해군은 사간원과 사헌부 등의 요구를 끝내 받아들이지 않았던 것이다.

마침내 완성된 《동의보감》

광해군의 이 같은 배려와 지원 속에서 《동의보감》 편찬사업에 적극 매달리던 허준은 이듬해인 1610년(광해군 2년) 8월, 마침내 총 25권 25책으로 구성된 《동의보감》을 완성해 낸다. 그의 나이 72세 때의 일이었다.

허준이 완성한 《동의보감》을 광해군에게 바치자, 광해군은 몹시 기뻐하여 책을 펼쳐보더니, 하교(下敎)를 내린다.

"양평군 허준이 선왕(先王)께서 살아 계실 때 의학서적을 편찬하라는 특별한 분부를 받들어 그 생각을 오래도록 잊지 않았다. 심지어 멀리 귀양 가서 지내고, 또 전쟁 중에 떠돌아다니는 동안에도 그 노력을 그치지 않고 이제 책 한 질을 편찬하여 바쳤다.

그러나 선왕께서 편찬을 명한 책이, 덕이 부족하고 어두우며 아직 상복(喪服)을 입고 있는 과인에게 책이 다 이루어졌다고 고하니, 슬픈 마음을 금할 수 없다."

그러더니 광해군은 신료들을 둘러보며 다시 말한다.

"태복마(太僕馬 ; 사복시에서 관리하던 말) 한 필을 허준에게 하사하여 그 노고에 보답케 하라!"

이어 광해군은 내의원에 명한다.

"속히 간행청(刊行廳)을 만들어 이를 인쇄하여 경향 각지에 널리 배포하도록 하라."

그런 다음 광해군은 내의원의 제조 이정구(李廷龜, 1564~1635)에게 다시 명을 내린다.

"그대는 이 책의 서문(序文)을 지어 책머리에 달도록 하라."

이정구는 당시 내의원의 제조이자 문신으로 있던 한문학의 대가로서 글에 아주 뛰어났고, 「조선 중기의 4대 문장가」로 일컬어질 만큼 문장이 뛰어났는데, 이런 그에게 광해군은 《동의보감》의 서문을 쓰도록 명했던 것이다.

이정구가 광해군의 명을 받고 직접 쓴 《동의보감》의 서문은 지금도 명문장으로 유명한데, 그 전문(全文)의 내용은 다음과 같다.

—··—··—··—··—··—··

『의학을 업(業)으로 삼는 이들은 늘 황제(黃帝)와 기백(岐伯)을 최고로 말한다.

황제와 기백은 위로는 하늘의 법도(天紀)를 다하고(窮究),

아래로는 사람 사는 이치를 다하였으나, 굳이 글을 남기려 하지는 않았다.

그래도 의문점을 말하고 어려운 것을 드러내어 후세를 위해 그 법을 세웠으니, 의학계에 의서가 있은 지가 이미 오래되었다.

위로는 순우의(淳于意)와 편작에서부터 아래로는 유완소(劉完素), 장종정(張從正), 주진형(朱震亨), 이고(李杲)에 이르기까지 수많은 학파가 끊임없이 생겨나 학설이 분분하였고, 부분을 표절하여 다투어 파벌을 만드니, 책이 많을수록 임상은 더욱 어두워져서 《영추(靈樞)》의 근본 취지와 크게 어긋난다.

세속의 용렬한 의원들은 의술의 이치를 깊이 알지도 못하여 혹 의경(醫經)의 가르침을 등지고 자신의 용례(用例)만 고집하기도 하고, 혹 예전의 용법에만 얽매여 변통(變通)할 줄 모르기도 한다.

그래서 어느 약, 어떤 방법을 가려 써야 할 줄 모르고 병세에 맞는 의술의 관건을 알지 못하여, 사람을 살리려 하다가 도리어 사람을 죽이는 경우도 허다했다.

우리 선조대왕께서는 사람의 몸을 다스리는 법이 여러 사람을 구제하는 어진 정치라는 것으로 생각이 옮겨 의학(醫學)에 마음을 두고 백성들이 병으로 앓는 것을 가엾게 여기셨다.

그리하여 일찍이 병신년(丙申年, 1596년, 선조 29년)에 태의 허준을 내전으로 불러 다음과 같이 하교(下教)하셨다.

"근래의 중국과 조선의 처방서(處方書)들을 보면, 모두가 여기저기서 간략하게 뽑아 베낀 것(抄集초집)이라 자질구레하여 볼 만한 것이 없으므로 그대는 여러 방문(方文)을 수집하여 의서를 하나 편찬하도록 하라.

대저 사람의 질병은 다 자기 몸을 천지자연의 섭리와 조화롭게 못하는 데서 생기는 것이므로 심신을 수양(修養)하는 것이 먼저요, 약석(藥石, 약과 침)과 뜸은 그 다음에 쓸 것이며, 그리고 여러 가지 처방이 번잡(煩雜)하므로 되도록 그 요긴한 것만을 추려내는 데 힘써야 할 것이다.

산간벽지와 사람이 드물게 사는 섬에는 의원과 약이 없어서 일찍 죽는 자들이 많다. 우리나라에는 곳곳에 약초가 많이 나기는 하나 사람들이 이를 잘 알지 못하니, 그대 허준은 이를 마땅히 분류하고 항간에서 불리는 약 이름도 같이 적어서 백성들이 쉽게 알 수 있도록 하라."

허준(許浚)이 내전에서 물러나와 유의(儒醫) 정작(鄭碏)과 태의 양예수(楊禮壽), 김응탁(金應鐸), 이명원(李命源), 정예남(鄭禮男) 등과 함께 편집국을 설치하고 자료를 찬집(撰集)하여 중요한 내용은 그럭저럭 갖추어지게 되었다.

이때에 공교롭게도 정유년(丁酉年, 1597년, 선조 30년) 왜란을 만나 의원들이 뿔뿔이 흩어지는 바람에 일이 그만 중단되고 말았다.

그 후 선조대왕께서는 다시 허준에게 혼자서 편찬(編纂)을 완수하라고 하교하면서 궁궐에서 간직하고 있던 의서 500여 권을 내어주면서 근거(根據)를 살피는 뒷받침 자료로 삼도록 하셨다.

그러나 편찬이 반도 채 이루어지기 전에 선왕께서 승하하셨고, 성상(聖上, 광해군)께서 즉위하신 지 3년째인 경술년(庚戌年, 1610년, 광해군 2년)에 허준이 찬집을 완수하여 책을 올리니 제목을 《동의보감(東醫寶鑑)》이라 내렸다.

책은 모두 25권이다.

성상께서 보시고 이를 가상히 여겨 하교하기를,

"양평군(陽平君) 허준은 선왕 대에서 의서(醫書)를 찬집하라는 특명을 받고 여러 해 동안 깊이 연구하였다. 심지어 이리저리 피난 다니는 와중에도 덮어두지 않고 애 쓴 끝에 이제 편찬을 완수하여 책을 바쳤다.

한편으로 생각해 보면, 선왕께서 찬집하라고 명하신 책을 이제 막 선왕을 이은 몽매한 과인 대(代)에 와서 완성하게 됨을 알리니, 나는 비통한 마음을 이길 수 없다.

허준에게 태복마(太僕馬) 한 필을 하사하여 그 공로에 포상하도록 하고, 속히 내의원에 명하여 국청(局廳)을 열고 이 책을 간행하여 조정과 민간에 반포(頒布)하도록 하라.”

하시고, 내의원 제조(提調) 신(臣) 정구(廷龜)에게 명하여 서문을 지어 책머리에 얹도록 하셨다.

신(臣)이 엎드려 생각하건대, 태화(太和)의 기가 한번 흐트러지자 육기(六氣)가 조화를 잃어 온갖 질병들이 백성의 재앙이 되었으니, 의약(醫藥)을 만들어 젊어서 죽는 사람들을 구제하는 것은 실로 제왕의 어진 정치에 우선해야 할 책무이다.

그러나 의술은 글이 아니면 기재할 수 없고, 글은 잘 가리지 못하면 정밀하지 못하며, 채택이 넉넉하지 못하면 이치가 환히 드러나지 못하고, 전(傳, 설명, 전파)이 광범위하지 못하면 혜택이 두루 미치지 못한다.

이 책은 옛날과 오늘의 것을 두루 갖추어 묶고 여러 사람의 말을 절충하여 근원을 탐구하고 원칙과 요점을 잡았으니, 상세하되 산만하지 않고, 간결하되 포괄하지 않음이 없다.

내경(內景)과 외형(外形) 편으로부터 시작하여 잡병(雜病)의 여러 처방까지 분류하였으며, 맥결(脈訣), 증후론(症候論), 약성(藥性), 치료법(治療法), 섭생(攝生)에 대한 요점과 침과 뜸에 대한 모든 규범(規範)에 이르기까지 죄다 구비되지 않음이 없고, 체계가 반듯반듯하여 어지럽지 않다.

때문에 환자의 증상이 설령 천백(千百) 가지라 할지라도 치료에서 보충(補)하고 쏟아낼(瀉) 것과 빨리하고 늦게 하는 것이 두루 응용되고 사정에 따라 마땅하여 굳이 먼 옛날 서적을 상고하거나, 가까이 주변의 여러 학설을 수소문할 필요가 없다.

오직 병증(病症)의 유형에 따라 처방을 찾으면 단계별로 보이고 겹겹이 나와 증상에 따라 약을 지어 쓰면 둘로 나눈 반쪽 증표를 합친 듯 딱 들어맞으니, 참으로 의가(醫家)에게는 보배로운 거울이며 세상 백성들을 구제(救濟)하는 어진 법이로다.

이는 모두 선왕(先王)이 전수해 주신 묘법(妙法)이요, 성상께서 선조(先朝)의 유지(遺旨)를 이어받으신 성의(盛意)로 이루어진 것이니, 그 인민애물(仁民愛物)의 덕과 이용후생(利用厚生)의 도는 전후로 그 법도가 같다 할 것이며, 따라서 중화(中和)와 위육(位育)의 선치(善治)가 진실로 여기에 있다 하겠다.

옛 말에 이르기를,

"어진 이의 마음 씀은 그 이로움이 넓도다." 하였는데, 참으로 그러하다.

만력(萬曆) 신해년(辛亥年, 1611년, 광해군 3년) 음력 4월, 숭록대부, 행이조판서 겸 홍문관 대제학, 예문관 대제학, 지경연, 춘추관, 성균관사 세자의 좌빈객, 신하 이정구가 하교를 받들어 삼가 서를 짓다.

1613년 음력 11월 내외원에서 하교를 받들어 간행하다.
훈련도감 교관, 통훈대부, 내의원 직장, 신하 이희헌
통훈대부, 행내의원, 부봉사, 신하 윤지미.』

醫者雅言軒岐. 軒岐上窮天紀. 下極人理. 宜不屑乎記述. 而猶且說問著難. 垂法後世. 則醫之有書. 厥惟遠哉. 上自倉, 越. 下逮劉, 張, 朱, 李. 百家繼起. 論說紛然. 剽竊緖餘. 爭立門戶. 書益多而術益晦. 其與靈樞本旨. 不相逕庭者鮮矣. 世之庸醫. 不解窮理. 或倍經訓而好自用. 或泥故常而不知變. 眩於裁擇. 失其關鍵. 求以活人而殺人者多矣.

我昭敬大王以理身之法. 推濟衆之仁. 留心醫學. 軫念民瘼. 嘗於丙申年間.

召太醫臣許浚. 敎曰. 近見中朝方書. 皆是抄集. 庸瑣不足觀. 爾宜裒聚諸方. 輯成一書. 且人之疾病. 皆生於不善調攝. 修養爲先. 藥石次之. 諸方浩繁. 務擇其要. 窮村僻巷. 無醫藥而夭折者多. 我國鄕藥多産. 而人不能知. 爾宜分類. 竝書鄕名. 使民易知.

浚退與儒醫鄭碏, 太醫楊禮壽, 金應鐸, 李命源, 鄭禮男等. 設局撰集. 略成肯綮. 値丁酉之亂. 諸醫星散. 事遂寢. 厥後先王又敎許浚獨爲撰成. 仍出內藏方書五百餘卷. 以資考據. 撰未半而龍馭賓天. 至聖上卽爲之三年庚戌. 浚始卒業而投進. 目之曰東醫寶鑑. 書凡二十五卷. 上覽而嘉之. 下敎曰. 陽平君許浚. 曾在先朝. 特承撰集醫方之命. 積年覃思. 至於竄謫流離之中. 不廢其功. 今乃編帙以進. 仍念先王命撰之書. 告成於寡昧嗣服之後. 予不勝悲感. 其賜浚太僕馬一匹. 以酬其勞. 速令內醫院設廳鋟梓. 廣布中外. 且命提調臣廷龜撰序文. 弁之卷首.

臣竊念太和一散. 六氣不調. 癃殘扎瘥. 迭爲民災. 則爲之醫藥. 以諦其夭死. 是實帝王仁政之先務. 然術非書則不載. 書非擇則不精. 採不博則理不明. 傳不廣則惠不布. 是書也該括古今. 析衷群言. 探本窮源. 挈綱提要. 詳而不至於蔓. 約而無所不包. 始自內景外形. 分爲雜病諸方. 以至脈訣症論. 藥性治法. 攝養要義. 鍼石諸規. 靡不畢具. 井井不紊. 卽病者雖千百其候. 而補瀉緩急. 泛應曲當. 蓋不必遠稽古籍. 近搜旁門. 惟當按類尋方. 層見疊出. 對證投劑. 如符左契. 信醫家之寶鑑. 濟世之良法也. 是皆先王指授之妙算. 我聖上繼述之盛意. 則其仁民愛物之德. 利用厚生之道. 可謂前後一揆. 而中和位育之治. 亶在於是. 語曰. 仁人之用心. 其利博哉. 豈不信然矣乎.

萬曆辛亥孟夏. 萬曆三十九年辛亥孟夏, 崇祿大夫行吏曹判書兼弘文館大提學藝文館大提學知經筵春秋館成均館事世子左賓客 臣李廷龜奉教謹序.

萬曆四十一年十一月 日內醫院奉教刊行

監校官通訓大夫內醫院直長臣李希憲

通訓大夫行內醫院副奉事臣尹知微

—··—··—··—··—··—··

그동안의 노고를 치하하며 허준에게 태복마 한 필을 하사한 광해군은 또다시 많은 신료들이 모인 자리에 허준을 불러놓고 특별 교지를 내린다.

"이후 양천(陽川) 허씨(許氏)에 한해서는 영원히 적서(嫡庶)의 차별을 국법으로 금하노라!"

양천 허씨들에 대해서만큼은 앞으로 적자(嫡子)와 서자(庶子)를 가려 차별하지 않고 모두 똑같은 적자로 대우하겠다는 것이었다. 그야말로 실로 파격적인 조치가 아닐 수 없었다.

이 말에 허준의 눈에서는 눈물이 주르르 흘러내렸다.

그동안 단지 서자 출신이라는 것 하나 때문에 얼마나 많은 차별과 멸시를 받아 왔던가.

허준의 가슴속에서는 오랫동안 응어리졌던 한(恨)이 일시에 풀리는 것만 같았다.

이어 광해군은 신료들에게 속히 《동의보감》을 간행하여

만방에 널리 보급하라는 어명도 내린다. 임진왜란과 정유재란으로 인해 다치고 병든 수많은 백성들에게 도움이 될 수 있는 새로운 의서를 널리 보급해 그들의 아픔과 시름을 덜어 주라는 것이었다.

그러나 신료들은 《동의보감》은 그 초안의 양이 워낙 방대해 교정과 필사에만 몇 년이 소요될지 모른다고 아뢴다. 이에 광해군은 모든 노력을 다 기울이고 활자를 이용하여 인쇄하여 속히 이 책을 간행하라는 어명을 내린다.

그리고 마침내 1613년(광해군 5년) 11월, 훈련도감에서 목활자로 인쇄한 《동의보감》이 간행된다.

지난 1596년(선조 29년) 선조의 명에 의하여 처음으로 시작된 이후 14년이 지난 1610년(광해군 2년) 8월에 그 저술이 완성되었으며, 이로부터 또다시 3년여가 지난 이때 비로소 허준의 불멸의 명저 《동의보감》이 25권 25책이라는 방대한 양으로 간행됨으로써 세상에 그 위대한 탄생을 알리게 된 것이다.

허준으로서는 온갖 시련을 견뎌내면서 혼자 힘으로 고군분투하여 마침내 그 뜻 이루어낸 셈이었으며, 무지렁이 백성들에게 도움이 될 새로운 의학서를 편찬하라는 선조의 명에 따라 착수된 지 무려 17년 만에 이룩해낸 우리 민족과 우리 의학사의 길이 남을 엄청난 쾌거이기도 했다.

제5장 불멸의 광영(光榮)

《동의보감》 우리 민족의학의 빛나는 금자탑

이처럼 오랜 세월에 걸쳐 허준이 각고(刻苦)의 노력 끝에 탄생시킨 《동의보감》은 우선 당대의 명의 허준 자신의 해박한 의학지식과 풍부한 임상경험, 뛰어난 의술, 그리고 의학과 의술에 관한 오랜 연구 등을 바탕으로 하여 저술한 실용적인 의서로서 당시까지의 모든 의학과 의술이 총망라된 의학의 백과사전이었다.

특히 허준은 이때까지 중국과 조선 등 동아시아에서 오랜 세월 동안 전승되어 온 다양한 의술과 의학에 관한 방대한 지식들은 물론 이제까지 기록으로 전해 오거나 저술된 수많은 의서들을 거듭해서 읽고, 검토하고, 수정하고, 보완하는 한편 여기에다 그 자신이 오랫동안 쌓아온 의술과 임상경험, 의학지식 들을 모두 더해 《동의보감》으로 완성하였다.

총 25권 25책으로 구성되어 있는 《동의보감》은 당시의 국내 의서인 《의방유취(醫方類聚)》와 《향약집성방(鄕藥集成方)》, 《의림찰요(醫林撮要)》 등을 비롯하여 중국의 의서 86종을 참고하여 편찬한 방대한 내용의 의서로서 여기에는 중국과 조선에서 이제까지 전해오는 수많은 의술과 의학지식, 비방(秘方)들이 아주 상세하고도 정확하게 수록되어 있다. 때문에 고금(古今)을 통해 이런 명저는 얼마 되지 않을 만큼 대단한 가치를 지닌 동양의학의 경전(經典)이라고 할 수 있다.

이런 점에서 과거로부터 전해오던 중국과 조선의 의학과 의술, 숨겨져 있던 비방들이 거의 빠짐없이 이 《동의보감》으로 흘러들어와 여기서 오랜 숙성 및 여과의 과정을 거쳐 보다 원숙한 모습으로 재창조되어 다시 흘러나갔다고 해도 결코 지나친 말이 아닐 것이다.

또 그런 만큼 《동의보감》은 조선과 중국, 일본 등 동아시아에서는 아주 오래 전부터 그 가치를 인정받으며 의학계에서 아주 중요한 비중을 차지해 온 의서로 손꼽힌다. 이와 함께 《동의보감》이야말로 조선 의학의 높은 수준을 동아시아에 널리 떨친 의서라는 평가도 받는다.

사실 《동의보감》은 이때까지의 그 모든 의술과 의학지식들을 체계적이고도 논리적으로 알기 쉽게 집약해 놓으면서도, 여기에 새로운 의술과 의학지식들을 접목시켜 당시로서는 혁신적인 의학서로 세상에 그 장엄한 모습을 드러냄으로써 이후의 우리 한의학과 한방 의술에 새로운 이정표를 제시하였을 뿐만 아니라, 후세의 많은 의학자들과 의원, 의관 등에게도 큰 영향을 끼치며 전통 한방의학의 새로운 기틀을 마련했다.

이를테면 1724년(경종 4년)에 주명신(周命新)이 8권으로 편찬한 의학서로서 조선의 대표적인 의서 가운데 하나로 일컬어지고 있는 《의문보감(醫門寶鑑)》을 비롯하여 1799년(정조 23년) 내의원의 수의였던 강명길(康命吉, 1737~1801)이 편술한 의서인 《제중신편(濟衆新編)》, 그리고 조선 후기의 한의사로서 무교동(武橋洞)에서 개업하여 명의로 이름을 떨쳤던 황도연(黃道淵, 1807~1884)의 《의종손익(醫宗損益)》 등과 같은 의서들은 그 내용의 서술이나 구성이 전반적으로 《동의보감》과 같은 체계로 되어 있을 뿐만 아니라, 《동의보감》의 내용을 참고하여 이를 상당 부분 약술해 놓고 있는 한방 의서들이라 할 수 있다.

더욱이 《동의보감》은 중국과 조선 등 동아시아의 한의학과 한방 의술을 집대성하고, 중국의 의서들을 많은 부분 참고하고 있으면서도 이를 단순히 인용하거나 그대로 받아들이지 않았다.

여기에다 조선의 전통의학과 전통의술, 그리고 허준 자신이 새롭게 터득한 한방의학과 의술은 물론 당시의 조선 명의들이 갖고 있었던 여러 가지 새로운 의술과 의학지식, 비방 등까지도 모두 더해 논리적으로 명쾌하게 서술하고 있는 것이 바로 《동의보감》 인 것이다.

때문에 《동의보감》 은 우리 민족의 오랜 삶과 전통적 생활풍습은 물론 조선인의 신체적 · 체질적 특성에도 잘 맞는 우리 민족 고유의 민족의학으로 정립될 수 있었으며, 중국 한방(漢方) 의학에 대한 맹목적인 추종이나 답습이 아니라, 우리 민족 특유의 한방(韓方) 의학을 만천하에 과시한 한방의학(韓方醫學)의 결정판으로 자리매김할 수도 있었다.

허준이 이 의서의 이름을 《동의보감》 이라 하여 「동의(東醫)」 라는 말을 그 머리에 붙인 것도 「동쪽 지방의 의학 전통을 계승하여 발전시킨 책」 이라는 뜻에서였다.

또한 당시 홍문관 대제학이었던 이정구가 《동의보감》 의 서문에서,

『이 책은 옛 것과 지금의 것을 두루 포괄하고 수많은 주장들을 절충하여 근원을 찾아 깊이 들어갔고, 강령과 요점을 잘 제시하고 있다. 상세하지만 산만하지 않고, 요약이 잘 되어 있으되 포괄하지 않는 것이 없다.』

라며 《동의보감》 이 지닌 장점들과 그 위대성을 지적하고 있는 것만 보더라도 이 책이 지닌 특성을 잘 알 수 있다.

《동의보감》 에서는 병증(病症)을 중심으로 한 병문(病門)으로 나누지 않고, 현대적 분류 방법과 비슷하게 병증과 이에

대한 치료 방법을 중심으로 다루고 있는데, 이 또한 《동의보감》이 지닌 특징 가운데 하나로 일컬어진다.

《동의보감》의 구성을 살펴보면, 우선 「목차 편」 2권은 별도로 하면서 내과인 「내경(內景)편」 4권, 외과인 「외형(外形)편」 4권, 각종 유행병 · 급성병 · 부인과 질환 · 소아과 질환 등을 합친 「잡병(雜病)편」 11권, 각종 약재와 약물에 관해서 쓴 「탕액(湯液)편」 3권, 침과 뜸에 관해서 다루고 있는 「침구(鍼灸)편」 1권 등 크게 5편으로 나누고 있다.

이를 좀 더 자세히 분류하여 보면, 「내경(內景)편」 에서는 우리 인체의 모양을 이루는 기본요소에 대한 설명과 함께 인체 내부의 상황을 반영하는 일종의 생리학개론 및 몸을 구성하는 오장육부에 대해 다루고 있으며, 우리 몸 안에서 생길 수 있는 여러 가지 질병들에 관해서도 언급하고 있다.

즉 신형(身形) · 정(精) · 기(氣) · 신(神) · 혈(血) · 몽(夢) · 성음(聲音) · 언어(言語) · 진액(津液) · 담음(痰飮) · 오장육부(五臟六腑) · 간(肝) · 심(心) · 비(脾) · 폐(肺) · 신장(腎臟) · 담(膽) · 위(胃) · 소장(小腸) · 대장(大腸) · 방광(膀胱) · 삼초부(三焦腑) · 포(胞) · 충(蟲) · 대변(大便) · 소변(小便) · 수양(修養) · 양노(養老) 등에 관해서 자세히 기술하고 있다.

「외형(外形)편」 에서는 우리 몸에서 겉으로 보이는 부분들의 의학적 기능과 여기에 생길 수 있는 여러 가지 질환들에 대해 서술하고 있으며, 머리부터 발끝까지의 각 부분에 대해 순서대로 차분히 설명하고 있다. 즉 지금의 외과와 이비인후과, 피부과, 비뇨기과 및 성병 등을 두루 포함하여 언급하고 있다.

그러면서 이와 관련된 여러 가지 증상들을 두(頭)·면(面) 안(眼)·이(耳)·비(鼻)·인후(咽喉)·두항(頭項)·배(背)·흉(胸)·유(乳)·복(腹)·제(臍)·요(腰)·협(脇)·피(皮)·육(肉)·맥(脈)·근(筋)·골(骨)·수(手)·족(足)·모발(毛髮)·전음(前陰)·후음(後陰) 등과 같은 것들로 세분하여 다루고 있다.

또한「잡병(雜病)편」에서는 천지운기(天地運氣)·심병(審病)·변증(辨證)·진맥(診脈)·용약(用藥)·토(吐)·한(汗)·하(下)·풍(風)·한(寒)·서(暑)·습(濕)·조(燥)·화(火)·내상(內傷)·허로(虛勞)·곽란(癨亂)·구토(嘔吐)·해수(咳嗽)·적취(積聚)·부종(浮腫)·창만(脹滿)·소갈(消渴)·황달(黃疸)·해학(痎瘧)·온역(溫疫)·사숭(邪祟)·옹저(癰疽)·제창(諸瘡)·해독(解毒)·구급(救急)·괴질(怪疾)·잡방(雜方)·부인(婦人)·소아(小兒) 등 병리와 진단 방법에 있어서는 내과와 외과에 속하지 않은 여러 가지 질환들을 다루고 있다.

아울러 이와 관련된 각종 질병의 발생 원인과 증상, 특수한 상황에서 생기는 질병 및 특정 연령층에서 생기는 질병 등에 대해서도 구분하여 서술하고 있다. 또한 곽란, 구토, 땀, 설사, 부종 등의 증세에 따른 진단도 기술하고 있으며, 마지막 부분에서는 부인과와 소아과에 관련된 내용들을 정리하여 싣고 있다.

「탕액(湯液)편」에서는 각종 약재와 약물들에 관한 내용이 언급되어 있는데, 탕액서례(湯液序例)·수부(水部)·토부(土部)·곡부(穀部)·인부(人部)·금부(禽部)·수부(獸部)·어부(魚部)·충부(蟲部)·과부(果部)·채부(菜部)·초부(草部)·목부(木部)·옥부(玉部)·석부(石部)·금부(金部) 등으로 세세하게 분류되어 있다.

그러면서 앞부분에서는 약물의 채취 및 가공, 약 달이는 법, 약리 이론, 오장육부와 경락에 상응하는 약물 등 약재와 약품에 대한 전반적인 내용을 다루고 있으며, 뒷부분은 약물의 기원에 따라 구분하고 있다.

「침구(鍼灸)편」에서는 침과 뜸에 대해서 다루고 있는데, 침을 놓는 데 필요한 경혈(經穴)을 그림으로 그려서 알기 쉽게 설명하는 한편 침구의 실제적 방법과 침구 운용에 관한 가장 필수적인 내용들을 비롯해서 침과 뜸을 놓는 법, 혈 자리를 찾는 법, 12경맥이 흘러가는 길 등 침구학에 관한 대부분의 내용들을 자세히 언급하고 있다.

이처럼 《동의보감》에서는 사람의 모든 병 증상을 5가지로 나누어 항목에 따라 그 치료 방법을 자세히 기록하고 있으며, 이와 함께 치료 근거가 되는 여러 가지 문헌들도 제시하고 있다.

또한 어떤 병을 치료하는 데 있어서도 예로부터 전해오는 의서들에 근거하여 여기에 실린 기록들만 뽑아낸 것이 아니라, 병에 따라서는 민간에서 전해지는 이른바 속방(俗方)에 의한 치료 방법과 허준 자신이 스스로 경험한 비방까지도 덧붙이고 있다.

뿐만 아니라 《동의보감》에는 1,212종의 약재에 대한 자료와 4,497종의 처방도 함께 수록되어 있으며, 우리나라 산천에서 흔히 구할 수 있는 약재들의 이름도 한글로 637개나 수록되어 있다.

옛날부터 전해오는 의서들에는 당시 사람들이 잘 알지 못하는 약재 이름들이 아주 많았다. 그러나 《동의보감》에서는 중국산과 국산을 구분하여 약재 이름을 기록하고 있을 뿐만 아니라, 국산 약재에는 우리 고유의 약물 이름과 산지, 지방별 명칭, 채취 시기, 가공법 및 제약법 등까지도 자세하게 적어 놓아 누구라도 금방 이해하며 손쉽게 사용할 수 있도록 하였다.

약 처방에 있어서도 그 출전을 밝혀 둠으로써 질병에 대한 고금의 치료 방법을 계통적으로 찾아볼 수 있도록 일목요연하게 정리하였으며, 특히 민간에서 널리 해온 속방(俗方)들까지도 자세하게 기록해 놓고 있다.

여기에다 각종 질병에 따른 처방을 상세히 기술한 것은 말할 것도 없고, 단방(單方 ; 한 가지 약재로 약을 조제하는 것) 치료법까지도 곁들여 소개하고 있으며, 약만으로 효과가 없을 경우에 쓸 수 있는 침구법도 덧붙여 소개함으로써 치료에 보다 완벽을 기할 수 있도록 했다.

특히 「잡병편」에서는 증세를 중심으로 각종 질병을 알아낼 수 있도록 배열함으로써 임상경험이 부족한 의원들도 이 책을 기초로 하여 환자를 보면 보다 쉽게 진맥을 할 수 있도록 해놓았다.

처방약의 용량도 허준의 임상경험 등을 바탕으로 표준치를 만들어 놓은 다음 이를 적절히 가감하여 조제하도록 하였으며, 그 복용 방법까지도 명시하였다.

이렇듯 《동의보감》은 누구나 활용하기에 편리하도록 편찬되어 있을 뿐만 아니라, 그 내용이 어떤 의서들보다도 충실하다는 것이 세계적으로 인정됨으로써 권위 있는 동양의학서로서 일찍부터 중국과 일본에 소개되었다.

18세기에는 일본과 청나라에서도 이 《동의보감》이 간행될 만큼 높이 평가되었다. 그만큼 《동의보감》은 중국과 일본을 비롯한 동양에서는 물론 멀리 유럽에까지도 영향을 미친 위대한 의서인 것이다.

우리나라의 의서로서 《동의보감》 만큼 외국에서 거듭 출판된 것도 없는데, 특히 《동의보감》은 발간된 지 115년 후에 일본에서 그 완질이 출판된 것을 비롯하여, 18세기 이후 현재까지 중국에서는 무려 30여 차례나 《동의보감》이 인쇄되었다.

또한 《동의보감》은 1897년 미국의 랜디스 박사(Eli Bar Landis, 1865~1898)에 의해 그 일부가 영어 번역본으로 서양에 소개되었을 정도로 국제적인 명성도 얻었으며, 베트남을 비롯한 세계 여러 나라에서도 《동의보감》이 번역, 출판되고 있다.

특히 중국판《동의보감》의 서문에서는, 『천하의 보(寶)를 천하와 함께한 것』이라 하여 『천하의 보물은 마땅히 전 세계가 함께 공유하여야 한다』며 극찬하였으며, 일본판 《동의보감》 발문(跋文)에서는, 『보민(保民)의 단경(丹經)이요, 의가(醫家)의 비급』이라며 《동의보감》의 가치를 아주 높게 평가하고 있다.

이 얼마나 가슴 뿌듯하고도 자랑스러운 일인가.

더욱이 《동의보감》은 동아시아 지역에서 고래(古來)로 유래한 다양한 의학지식을 집대성해 놓은 책으로서, 17세기에 이르기까지 동아시아인들이 보았던 우주와 세계관, 인간을 보는 관점 등을 살필 수 있는 귀중한 자료로도 평가받고 있으며, 당시 아시아인들의 생활과 문화, 풍습, 가치관이나 사상 등도 엿볼 수 있는 정보들도 많이 들어 있다.

17세기 동아시아 의학을 집대성한 《동의보감》은 지금도 세계 의학발전에 많은 영향을 미치고 있으며, 세계적으로도 그 의학적 · 학술적 · 사료적 가치를 높이 평가받고 있다.

아울러 《동의보감》은, 『정(精) · 기(氣) · 신(神)을 중심으로 하는 도가(道家)의 양생학적 신체관 및 구체적인 질병의 증상과 치료법을 위주로 하여 한방의학의 전통을 높은 수준에서 하나로 통합한 명의 허준의 명저(名著)』라는 평가도 받는다.

그러나 안타깝게도 1613년(광해군 5년) 11월에 훈련도감에서 목활자로 인쇄한 《동의보감》 초판본 완질 25책은 현재 남아 있지 않다. 다만 그 후에 전주와 대구에서 목판본으로 출판된 것이 완전하게 전승되고 있다.

2009년 7월 31일, 유네스코에서는 《동의보감》에 담겨져 있는 인본주의와 시대정신, 독창성, 세계사적 중요성 등의 가치를 인정하여 1613년(광해군 5년)에 허준이 간행에 직접 관여한 초판 완질 2본(오대산사고본과 적성산사고본)을 세계기록유산으로 등재하였다.

이는 당시 한국의 7번째 세계기록유산이었으며, 의학서적으로는 처음으로 등재된 것이었다.

2015년 6월 22일에는 허준이 직접 간행에 관여하여 간행되었던 《동의보감》 초판 완질 어제본(御製本)으로서 국립중앙도서관에 소장되어 있던 《동의보감》(오대산사고본 25권 25책, 36.6×22.0cm)이 보물 제1085-1호에서 국보 제319-1호로 승격 지정되었다.

국립중앙도서관의 소장본 《동의보감》은 완질을 갖추고 있으며, 보존 상태도 매우 양호하다.

이와 함께 한국학중앙연구원에 소장 중이던 《동의보감》(적성산사고본 25권 25책, 36.6×22.0cm) 또한 보물 제1085-2호에서 국보 319-2호로 승격 지정되었으며 서울대학교 규장각 한국학연구원이 소장하고 있던 《동의보감》(태백산사고본 24권 24책과 17권 17책 2종류, 36.6×22.0cm)은 보물 제1085-3호에서 국보 제319-3호로 승격 지정되었다.

그런데 국립중앙도서관과 한국학중앙연구원의 소장본은 완질이지만, 서울대학교 규장각 한국학연구원 소장본 두 종류는 일부가 빠져나간 결락본(缺落本)이다. 즉 해당 소장본 가운데 24권 24책은 잡병편 권6의 1책이 결본이고, 17권 17책은 8책이 결본인 것이다. 그러나 24권 24책에서는 빠져 있는 잡병편이 제17권 17책에는 포함되어 있다.

허준이 편찬한 또 다른 의서들

《동의보감》이 출간되기 약 1년 전인 1612년(광해군 4년) 12월, 그동안 오랜 시일에 걸쳐 많은 백성들을 괴롭혀 왔던 온역(瘟疫)이 함경도와 강원도에서 또다시 유행하기 시작하더니, 점점 전국으로 번져나갔다.

이와 함께 전국 곳곳에서 수많은 사람들이 소중한 목숨을 잃었다. 전국 각지에서 이 병으로 신음하는 백성들도 이루 헤아릴 수 없을 정도로 많았다.

온역이란 급성 열성(熱性) 전염병에 가까운 질환으로 오늘날의 전염성 질환 또는 급성 유행성 전염병을 가리켰던 것으로 보인다.

이에 허준은 광해군의 명에 따라 중종 때부터 전해져 오던 온역에 관한 의서인 《벽온방(辟瘟方)》과 《간이벽온방(簡易辟瘟方)》을 참고하여 1613년(광해군 5년) 《신찬벽온방(新撰辟瘟方)》을 편찬했다.

《동의보감》보다 약 9개월 앞서 발간된 이 《신찬벽온방》은 《벽온방》이나 《간이벽온방》보다 체계적이고도 실용적인 치료법들이 기록되어 있어 당시 전염병 치료의 참고서로 널리 이용되었다.

《신찬벽온방》은 총 22개의 항목으로 되어 있는데, 그 앞부분에서는 온역의 원인을 설명하고 온역의 경과 과정을 3단계로 나누어 기술하고 있다. 뒷부분에서는 온역을 앓을 때의 섭생과 금기 및 온역 예방법에 관해 설명하고 있다.

즉 온역의 원인, 맥리(脈理)·형증(形證)·약명(藥名)·치법(治法)·양법(禳法)·벽법(辟法)·부전염법(不傳染法)·침법(鍼法)·불치증(不治證)·금기(禁忌) 등이 상세히 기술되어 있는 것이다.

그러나 여기에는 당시 과학 발전의 한계를 넘지 못함으로써 이 전염병의 원인과 예방법 등에 있어서 어쩔 수 없는 한계와 제한성이 많았던 것도 사실이다.

《신찬벽온방》은 1613년(광해군 5년) 2월에 내의원에서 훈련도감자(訓鍊都監字)로 닥종이에 찍어서 간행한 후 전국에 반포했는데, 이로부터 오랜 세월이 지난 1991년과 2006년에 이르러 《신찬벽온방》 활자본은 보물 제1087-1호(3종 3책, 활자본)로, 그리고 《신찬벽온방》 필사본은 보물 제1087-2호(1권 1책, 필사본)로 각각 지정되었다.

보물 제1087-1호인 《신찬벽온방》 활자본은 현재 서울대학교 규장각 한국학연구원에, 그리고 보물 제1087-2호인 《신찬벽온방》 필사본은 현재 허준 박물관에 각각 소장되어 있다.

그런데 허준이 《신찬벽온방》을 간행했던 1613년(광해군

5년) 가을부터 또 다른 전염병이 전국에 걸쳐 유행하기 시작했다.

당시에 흔히 당홍역(唐紅疫) 또는 당독역(唐毒疫)으로 불리던 성홍열(猩紅熱)이었는데, 당홍역은 보통의 온역과는 다른 발진성(發疹性)의 열병으로서, 때때로 열이 심하며 두통이 있고, 전신에 붉은 발진이 생기며 정신이 혼미하고, 헛소리를 하며 목에 동통이 있고, 한기가 나는 등의 증세가 나타나는 돌림병이었다.

이 같은 돌림병인 당홍역이 급속도로 퍼져 나가자, 또다시 많은 백성들이 이 병에 걸려 신음하다가 죽었다. 이로 인해 한양의 수구문(水口門) 밖에는 이 병에 걸려 죽은 시신들이 넘쳐나 서로 겹칠 정도였다.

수구문은 한양성에 있던 사소문(四小門) 중의 하나로서 광희문(光熙門)이라고도 하며, 예로부터 서소문(西小門)과 함께 시신(屍身)을 내보내던 문이었기 때문에 시구문(屍口門)이라고도 불렀다.

당홍역으로 인해 많은 사람들이 죽어 나가자 예조(禮曹)에서는 이를 광해군에게 보고했다.

보고를 받은 광해군은 1613년(광해군 5년) 10월 25일, 허준에게 이 병을 예방 및 치료하는 데 도움이 될 수 있는 의서를 속히 편찬하도록 지시한다.

《광해군일기》를 보면 이때 광해군이 예조로부터 이 병의 심각성을 보고받고 난 후 이런 어명을 내린 것으로 기록되어 있다.

『이 무서운 돌림병(당홍역)의 치료법을 몰라 병자들이 죽어가는 것을 그냥 쳐다만 볼 뿐 손을 쓰지 못하고 있음이 실로 안타깝다. 또한 백성들이 이런 병에 걸려 죽는 것이 참으로 측은하다.

그러니 내국(內局, 내의원)의 명의들로 하여금 의방(醫方)에 대한 책을 널리 상고하여 경험해 본 여러 처방들을 한 책으로 만들어서 인쇄 반포케 하라!』

이 같은 어명이 떨어지자, 허준은 급히 내의원의 의관들과 상의하여 이 돌림병의 발병 원인 및 진행 상황 등을 파악한 후 그 진단 및 치료법, 예방법, 약방(藥方) 등을 정리하여 책으로 편찬했는데, 이 책이 바로《벽역신방(辟疫神方)》이란 의서다.

그런데 이 의서의 이름인 《벽역신방》에서「벽(辟)」이란「밝힌다」혹은「다스린다」는 뜻이며,「역(疫)」은「역질」혹은「염병」을 뜻한다. 따라서 이 의서는 「역질을 밝혀 다스리는 책」이라는 뜻으로 지어진 것임을 알 수 있다.

1613년(광해군 5년) 12월에 목활자인 내의원자로 처음 간행된 《벽역신방》은 현재도 한방에서 성홍열의 예방 및 치료에 활용되고 있을 정도이며, 1991년 9월 30일에는 보물 제1086호로 지정되어 서울대학교 규장각 한국학연구원이 소장하고 있다.

이보다 앞선 때인 1612년(광해군 4년)에 허준은 《찬도방론맥결집성(纂圖方論脈訣集成)》이란 의서를 내의원을 통해 간행하기도 했는데, 이 의서 또한 선조의 생전에 허준이 그의 명을 받아 편찬을 시작했던 것이다.

《찬도방론맥결집성》은 원래 중국 육조(六朝)시대 때 고양생(高陽生)의 《찬도맥결(纂圖脈訣)》을 교정하여 편찬한 맥진(脈診)에 관한 의서로서, 진맥입식(診脈入式)을 비롯하여 여러 방식의 진맥법과 오장육부를 비롯하여 임부(妊婦)·소아병에 이르기까지 각종 병세에 대한 진맥법 등이 모두 29개 부분으로 나누어 기술되어 있다.

또한 고양생의 《찬도맥결》은 중국 중세 이전의 유명한 의원으로 알려진 희범(希范)과 결고(潔古), 통진자(通眞子) 등의 맥론(脈論)을 모아 편찬한 책으로 전해진다.

허준이 《찬도방론맥결집성》의 교정을 완료하고 발문(跋文)을 쓴 것은 이미 오래 전인 1581년(선조 14년)이었다. 그러나 그 당시 곧바로 간행되지 못하고 있다가 1612년(광해군 4년)에 와서야 비로소 내의원에서 4권 4책으로 간행된 것이 바로 《찬도방론맥결집성》이었다.

《찬도방론맥결집성》은 그야말로 허준이 선조 때에 쓰기 시작해 오랜 시간을 거쳐 광해군 때에 와서야 마침내 완성된 의서였던 것이다.

아쉽게도 《찬도방론맥결집성》은 처음 간행되었을 때의 4권 4책이 다 전해오지 못하고, 현재는 한독의약박물관에 목판본으로 된 2권 2책(권1, 3)만이 소장되어 있으며, 이들은 1991년 12월 16일 보물 제1111호로 지정되었다.

이 책의 간행 기록은 원래 전해지지 않으나, 한독의약박물관에 있는 완질 목판본에 발문과 간행 기록이 있어 그 연도를 추정할 수 있으며, 한독의약박물관은 충청북도 음성군 대소면 대풍산단로 78(대풍리)에 있다.

《찬도방론맥결집성》은 줄여서 일명 《찬도맥결(纂圖脈訣)》이라고도 한다. 또한 《찬도방론맥결집성》은 조선 중기 이후에 의과시(醫科試)의 강서로 채택되어 활용되었으며, 조선시대의 의학 수준을 가늠할 수 있는 자료로서, 지금도 그 사료적 가치가 높다.

이처럼 허준은 여러 권의 중요한 의서들을 저술하여 보다 많은 사람들을 병고(病苦)에서 구하고자 했으며, 그가 쓴 이같은 의서들은 모두 당시는 물론 지금까지도 그 가치와 효용성을 인정받고 있다.

허준의 저서들 가운데 《신찬벽온방》과 《언해두창집요》, 《언해태산집요》, 《찬도방론맥결집성》 등은 현재 허준박물관에도 소장되어 있으며, 유네스코세계기록유산으로 지정된 《동의보감》은 국립중앙도서관과 한국학중앙연구원에 소장되어 있다.

화증(火症)과 심질(心疾), 안질 등에 시달렸던 광해군

1609년(광해군 원년) 4월 29일에 형인 임해군을 살해한 광해군은 인목왕후를 서궁(西宮, 덕수궁)에 잡아 가두었다. 뿐만 아니라, 인목왕후의 아버지 김제남(金悌男)에게 영창대군을 추대하여 모반하려 한다는 반역죄를 뒤집어씌워 서소문(西小門) 밖에서 사형에 처한다.

영창대군 또한 서인(庶人)으로 강등되어 강화(江華)에 끌려가 투옥되었다가 결국에는 강화부사(江華府使) 정항(鄭沆)의 손에 의해 여덟 살이란 어린 나이에 참혹한 죽음을 당하고 만다.

그런데 광해군이 즉위하던 해인 1608년(선조 41년, 광해군 즉위년)에 인목왕후가 내의원에 내린 교서가 있는데, 이 교서를 보면 이런 내용의 글이 나온다.

『주상(광해군)이 지난번부터 침식(寢食)을 제대로 하지 못한다고 들었지만, 미처 상세히 알아보지 못했는데, 어제 문안할 때 친히 본 즉, 정신이 예전과 달라 혼미한 듯하고, 너무 심하게 야위었다.

수라도 하루 동안에 한 번이나 두 번쯤 드시는데, 겨우 한두 수저만 드신다. 주무시는 것도 2~4시간에 불과하니, 어찌 이처럼 안타깝고 절박한 일이 있겠는가?』

이때까지만 해도 광해군이 그리 멀지 않은 훗날 자신을 서궁에 감금하고, 자신의 부친 김제남과 자신의 친아들 영창대군마저 죽일 줄을 모르고 있었던 인목왕후는 이처럼 광해군의 건강을 걱정하고 있었던 것이다.

더욱이 선조는 임종하기 전에 광해군에게 보내는 유서를 인목왕후에게 전하면서,

『형제를 내가 있을 때처럼 사랑하고 참소하는 자가 있어도 삼가 듣지 말라. 이를 너에게 부탁하노니, 너는 모름지기 내 뜻을 받아라.』

하며 영창대군에게 어떤 위해(危害)도 가하지 말라는 유언을 남겼었는데, 이를 잘 알고 있었던 인목왕후는 이 유언에 따라 광해군이 영창대군을 비롯한 자신의 가까운 가족을 해치지 않을 것으로 믿었기 때문인지도 모른다.

사실 이 무렵, 광해군의 건강은 좋지 못했다. 이미 어려서

부터 여러 가지 크고 작은 질환을 앓아 왔을 뿐만 아니라, 1590년(선조 23년)에는 두창(疫瘡)으로 인해 죽을 고비를 가까스로 넘긴 광해군이었지만, 어떤 이유에서인지 이 무렵에 그의 건강은 갈수록 나빠지고 있었던 것이다.

광해군 자신도 자신의 건강이 그다지 좋지 않다는 것을 느꼈던지 즉위한 지 2년이 되던 1610년(광해군 2년)에는 당시 영의정으로 있던 이덕형에게 이런 말을 하기도 했다.

"과인은 어려서부터 몸에 열이 많았고, 이것이 쌓여 화증(火症)이 나타났으니, 이는 조석 간에 생긴 병이 아니오. 항시 울열증(鬱熱症)을 앓아 자주 경연을 열지 못했소."

사실 화증과 심질(心疾)은 광해군이 가장 자주 토로한 질환이었다. 그런데 광해군이 말한 화증과 심질은 신체 내부에서 열이 올라오며 속이 답답하고 괴로운 증상을 말한다.

더욱이 광해군은 28세 때부터 치통을 호소했으며, 30세 때부터는 해마다 심한 안질(眼疾)도 앓았는데, 그는 자신이 앓고 있던 안질에 대해 이렇게 말한 적이 있다.

"내가 앓고 있는 병이 안질이고 보면, 더더욱 보는 것을 멈추고 조용히 조섭해야 마땅하다. 안질 증세가 아침에는 덜했다가 낮에는 심해지니, 나 역시 안타깝기 그지없다."

이처럼 심한 안질로 인해 고통을 겪어 오던 광해군은 이를 치료하고 통증을 완화시키기 위해 침을 자주 맞았다. 그리고 이때 광해군에게 침을 주로 놓았던 어의는 당시 뛰어난 침술로 유명했을 뿐만 아니라, 이미 오래 전부터 광해군의 곁에서 그를 돌보던 침의 허임이었다.

그런데 광해군은 침을 맞고 난 후에 조섭(調攝)하는 동안이면 신료들에게 이런 어명을 자주 내렸다.

"긴급하지 않은 자질구레한 공사(公事)는 우선 정원(政院, 승정원)에 놔두고 입계(入啓)하지 말도록 하라."

자신이 침을 맞고 난 후 쉬면서 몸조리를 하는 동안에는 삼사(三司 ; 사헌부 · 사간원 · 홍문관)의 계사(啓辭 ; 공사公事나 논죄論罪에 관하여 임금에게 아뢰는 말이나 글)를 일체 들이지 말고 승정원에 그냥 놔두라는 것이었다.

더욱이 광해군은 침의 효력을 제대로 보기 위해서라며, 며칠 동안이나 계속해서 침을 집중하여 맞는 일이 많았는데, 이것이 국사를 제대로 돌볼 수 없게 하였으며, 국정(國政)의 일정에도 적지 않은 영향을 끼쳤다.

침 맞기를 좋아했던 선조는, 그래도 국사의 일정에 맞춰 침 놓는 시기를 조정했으나, 광해군은 침놓는 시기에 맞추어 국사 일정을 조정했을 정도였다.

그런데 허임은 광해군의 총애와 자신의 뛰어난 침술을 믿고 거만한 태도를 자주 취했다.

허임의 그러한 행태에 대한 기록은 《조선왕조실록》에 종종 등장하는데, 1610년(광해군 2년)에 기록된 《광해군일기》에는 이런 허임에 대해 사간원에서 광해군에게 다음과 같이 아뢰는 글도 실려 있다.

『침의 허임이 전라도 나주에 가 있는데, 위에서 전교를 내려 올라오도록 재촉한 것이 한두 번이 아닌데도 불구하고 오만하게 집에 있으면서 명을 따르지 않사옵니다.

군부(君父)를 무시한 허임의 이 같은 죄를 징계하여야 하니 국문하도록 명하소서.』

뿐만 아니라 1614년(광해군 6년)에는 사간원에서 광해군에게 이렇게 아뢰기도 했다.

"어제 상(上, 임금)께서, '내일 침의들은 모두 일찍 들어오라.' 고 하시었는데, 허임은 마땅히 대궐문이 열리기를 기다려 급히 들어와야 함에도 불구하고 약방제조들이 모두 모여 여러 번 재촉한 연후에야 비로소 느릿느릿 걸어 들어왔사옵니다.

이런 그의 행동을 들은 사람들이 모두 경악스러워하니, 이 자가 전하를 무시한 채 태연하게 자기 편리한 대로 한 죄는 엄하게 징계하지 않으면 아니 되옵니다. 속히 그 자를 잡아다가 국문(鞫問)하여 그 완악함을 바로잡을 수 있도록 명하소서."

그러나 광해군은 사간원에서 이 같은 요청을 여러 차례 거듭했음에도 불구하고 이를 받아들이지 않았다. 받아들이기는 커녕 오히려 광해군은 허임에게 치료를 잘했다며 상을 내리기도 했다.

허준도 간혹 광해군에게 침 치료를 한 적이 있는데, 하루는 침 치료를 하고 난 허준이 광해군에게 이렇게 아뢴다.

"전하, 증세가 침 한 번만으로는 효험을 보지 못할 것이오니, 내일 모레 다시 청하겠사옵니다."

연일 계속해서 침을 맞는 것은 좋지 않으므로 내일 하루는 쉬었다가 모레에 다시 침을 놓겠다는 것이었다. 그런데 이때 광해군은 허준의 말을 듣지 않는다.

"내일 다시 침을 맞을 것이오. 내일 다시 침을 놓도록 하시오."

그러자 허준이 약간 놀란 표정으로 다시 아뢴다.

"아니 되옵니다. 연일 침을 맞으시는 것은 좋지 않사옵니다."

이때가 1612년(광해군 4년)이었는데, 허준은 말 한 마디에 생살여탈(生殺與奪)권을 쥐고 있는 지엄한 임금 앞에서 임금의 뜻에 반하는 이 같은 말을 거침없이 했던 것이다.

이에 광해군은 잠시 생각하더니 어쩔 수 없다는 듯 허준의 말을 따른다.

"약방의 수의께서 그렇게 말하니, 어찌하겠는가? 내일은 쉬고 모레 다시 맞을 것이오."

화증과 심기(心氣)

한방에서는 예로부터 간장과 눈은 서로 밀접한 관련이 있는 것으로 보고 있으며, 허준은 당시 광해군이 앓고 있었던 울열증 또한 그의 눈의 이상을 더욱 악화시킬 수 있을 것으로 보았다.

특히 한의학에서는 눈을 인체 내의 오장(五臟 ; 폐장, 심장, 간장, 신장, 비장)의 정기(精氣)가 모이는 곳으로 보고 있다. 그러면서 이 눈에 정기가 넘치고 눈이 건강해야만 몸 또한 건강한 것으로 여긴다. 즉 눈이 맑고, 빛나고, 생기가 넘치며, 눈의 건강 상태가 좋을 때 몸 안의 여러 기관 또한 좋은 것으로 보는 것이다.

이와 함께 한의학에서는 눈은 인체의 오장 가운데서도 특히 간장과 밀접한 관련이 있다고 본다. 따라서 간장에 어떤 이상이 있으면 눈이 맑지 못하고 흐려지거나 누렇게 되고, 눈이 빨리 피로해지거나 안질을 비롯한 각종 눈병도 잘 생기는 것으로 여긴다.

흔히 간염 같은 간장 질환이 심해지면 눈에 황달이 먼저 생기는데, 이것도 역시 간장과 눈의 밀접한 연관성을 보여주는 것이다.

또한 한의학에서 눈은 원래 불(火)이 지나는 통로 역할을 하는 것으로 본다. 어두운 밤에 고양이의 눈이 파랗게 불타오르는 것처럼 보이는 것도 같은 맥락이다.

다시 말해서, 여러 가지 사물을 포착하는 역할을 하는 시력은 모두 불의 작용에 의한 것으로 보는 것이 한의학적인 견해라고 할 수 있다.

그런데 화증(火症 ; 화병, 울화병)은 불의 통로인 눈에 불길, 즉 화기(火氣)를 더함으로써 눈의 신경을 피로하게 만들고 위축시켜 그 기능마저 떨어뜨리기 쉽다. 그래서 허준은 그의 《동의보감》에서도 간장과 눈의 연관성에 대해 이렇게 언급하고 있다.

『간에 화(火)가 있으면 피가 뜨겁고, 기(氣)가 위로 치솟아 오르므로 혈액이 원활하게 통하지 않게 된다. 따라서 간의 열을 내리면 오장이 안정되어 눈의 여러 가지 증상들이 회복된다.』

만일 간장에 화기가 있거나, 울화가 치밀어 간장을 자극하고 간장에 화기가 가득 차게 되면, 이것이 마치 불길처럼 위로 치솟아 올라 불길의 통로인 눈 또한 화기로 가득 차면서 눈 건강을 해칠 수 있다는 것이다.

그러므로 눈을 보다 건강하게 지키고, 눈에 생긴 여러 가지 이상을 회복시키기 위해서는 그 근본 원인이 될 수 있는 간장에 화기가 생기지 않도록 조심하는 한편, 만일 간장에 화기(열)가 차 있다면 이것부터 속히 내리도록 해야 한다는 뜻이다.

옛사람들은 또한 밝고 선하고 아름다운 마음, 그리고 건강한 몸은 「몸과 마음의 창문」이라는 눈을 통해 맑고, 아름답고, 선하고 좋은 모습으로 드러나는 것으로 여겼다.

그래서 『몸이 만 냥이면 눈이 구천 냥』이라며, 옛사람들은 눈을 특히 중히 여겨 왔고, 『눈은 마음의 창』이라는 옛말도 있으며, 『눈은 몸의 등불』이라는 성경말씀도 있다.

그만큼 눈은 우리의 마음과 밀접한 관련이 있으며, 눈이 우리 인체에서 차지하는 비중은 실로 크고 중요하다. 그래서 눈의 기능이 크게 상실되거나 실명하면 더욱 불편하고 갑갑할 뿐만 아니라 낙담도 크기 마련이다.

광해군이 오랫동안 앓고 있던 화증과 심질 또한 서로 밀접한 관련이 있는 질환으로서 마음속에서 어떤 분노나 슬픔, 한

(恨), 근심, 증오심, 두려움이나 공포심, 좌절감이나 절망감 들이 오랫동안 쌓이거나 갑작스러운 심리적 충격 등으로 인해 생기는 수가 많다.

예로부터 『한(恨)이 쌓이면 병이 된다.』고 했는데, 이것도 한을 비롯한 여러 가지 마음의 병이 많이 쌓이게 되면 갖가지 질환을 초래하게 된다는 뜻이다. 특히 체내에 화가 쌓이고 쌓이게 되면 화증이 생기기 쉬운데, 화증이란 간단히 말해서 속에서 끓어오르는 화를 참고 참다가 쌓여서 마침내 병이 된 것을 말한다.

다시 말해 체내에 쌓인 화가 쌓이고 또 쌓여서 생긴 질환이 바로 화증 혹은 화병인 것이다. 물이 흐르지 못하고 계속 고여 있기만 하면 어느새 「썩은 물」이 되어버리는 것과 같은 이치다.

화증이 낫지 않고 장기간 계속되다 보면 고혈압이나 심장질환, 당뇨병, 불면증 등이 생길 수 있으며, 또 신경쇠약이나 우울증, 히스테리 등과 같은 각종 신경질환들을 유발하기도 한다.

또 몸 안에 쌓인 울화나 한이 비위(脾胃)에도 나쁜 영향을 끼쳐 소화불량이나 식욕부진, 속 쓰림, 트림이나 신물 등의 증세를 일으키고, 위염이나 위궤양 같은 각종 위장질환도 초래한다.

뿐만 아니라, 화증이 있으면 피부가 거칠어지고 화장이 잘 받지 않기 때문에 여성에게는 더욱 나쁠 수밖에 없다. 게다가 화증 혹은 화병이 있는 사람치고 얼굴 표정이 밝을 수 없는데, 아무리 얼굴 바탕이 예쁘고 잘생겼다 하더라도 그 표정이 밝지 못하고 늘 찌푸리고 있는 얼굴이라면 결코 미인이라고 할 수 없다.

그래서 『찌푸린 미인보다는 못 생긴 사람의 웃음 띤 얼굴이 훨씬 더 낫다.』는 옛말도 있다.

그런데 광해군은 선조의 적자(嫡子)로 태어나지 못하고 후궁인 공빈 김씨(恭嬪金氏)의 소생이었으며, 이로 인해 세자로 책봉되기까지는 물론 그 이후에 임금이 되기까지 아버지인 선조를 비롯해서 여러 신료들과 갈등과 반목이 심해 늘 마음이 편치 않고 불안했으며, 화가 나서 울분을 토할 때도 많았다.

게다가 자신의 자리를 언제 빼앗길지 모른다는 불안감과 위기의식에 사로잡혀 있었다. 여러 가지 일들로 인한 심적인 충격도 자주 받았다.

이 같은 여러 요인들로 인해 광해군은 오래 전부터 심질 즉 심병(心病)을 앓았으며, 심(心)과 밀접한 관련이 있는 화증에도 시달리게 된 것이다.

광해군이 오랫동안 화증에 줄곧 시달려 온 것을 누구보다도 잘 아는 허준은 기회가 있을 때마다 광해군에게 이렇게 아뢰었다.

"전하, 외람된 말씀이오나, 화증은 무엇보다도 먼저 울화(鬱火)가 옥체 안에 쌓이지 않도록 하시는 것이 중요하옵니다. 또한 참는 것만이 능사는 아니며, 가슴 속에 쌓인 울화는 속히 배출해 내야만 하옵니다. 특히 마음속에 도사리고 있는 나쁜 감정들을 몰아낼 수 있도록 늘 심기(心氣)를 잘 다스리소서."

허준은 그의 《동의보감》에서도, 『병을 고치려거든 그 마음부터 다스려야 한다.』고 했는데, 특히 화증과 같이 마음속으로부터 생긴 병은 그 마음부터 잘 다스리는 게 꼭 필요하다고 보았기 때문에 광해군에게 이 같은 진언(進言)을 올렸던 것이다.

옛날에는 정월 대보름이 되면 이른바 「해원떡(解怨餠)」이란 것을 만들어 이것을 지난 한 해 동안 자신과 불편한 관계에 있던 사람이나 자신에게 원망이나 불만을 갖고 있는 사람 등에게 보내거나 받아먹는 풍습이 있었다.

즉 직접 말로써 표현하기 어려운 용서나 화해를 대신하여 떡을 주고받음으로써 간접적으로나마 나쁜 감정들을 해소하고 좋은 관계로 새롭게 출발하자는 의미에서 「해원떡」을 서로 주고받았던 것이다.

한방에서는 예로부터 화증을 비롯한 각종 신경성 질환에 연자(蓮子)·방풍(防風)·용안육(龍眼肉)·인삼·산약(山藥, 마)·살구·콩·시금치·감자·귤·호도·생선 등과 같은 약재류나 식품들이 좋은 것으로 여겨 왔다.

또한 서양에서는 양배추나 오렌지 주스 등이 「화병」에 좋은 음식으로 보고 있다.

만일 간 기능이 안 좋거나 간장 질환이 있을 때에는 녹색(푸른색)을 띤 약초인 쑥이나 인진쑥, 혹은 녹색을 띤 각종 야채류를 자주 먹으면 효과적인 것으로 보았다.

한의학에서 흔히 말하는 「오색(五色)」의 동양의학적 근거가 되는 《황제내경(黃帝內經)》에서도 청(靑)·적(赤)·황(黃)·백(白)·흑(黑)의 다섯 가지 색깔, 즉 오색은 각각 간(肝)·심(心)·비(脾)·폐(肺)·신(腎)의 오장(五臟)과 밀접한 연관을 갖는 것으로 기술하고 있다.

그러면서 음양오행설(陰陽五行說)에 근거하여 간은 오행상 목(木)에 속하고 그 색은 청(靑)에 해당하며, 따라서 푸른 색깔을 띤 식품이나 약재가 간에 이롭다고 본다.

마찬가지로 심장이나 이와 관련이 깊은 심(心, 마음)은 오행상 화(火)에 속하고 적(赤, 붉은색)에 해당하며 붉은 색깔의

식품이나 약재가 심으로 통하여 이를 이롭게 한다고 여긴다. 그리고 다른 것들도 이와 같은 논리로 설명된다.

다시 말해 청색은 木에 속하고 간과 통하며, 적색은 火에 속하고 心과 통하며, 황색은 土에 속하고 비(脾)에 통하며, 백색은 金에 속하고 폐에 통하며, 흑색은 水에 속하고 신(腎)에 통한다는 것이다.

또한 푸른색, 즉 녹색을 띤 식품들은 예로부터 건강 회복과 부활의 색으로 여겨 왔는데, 특히 이 색은 눈의 피로를 해소시켜 주고 몸과 마음을 안정시켜 주며, 각종 스트레스의 해소에도 좋은 것으로 여긴다. 이와 함께 녹색은 신경의 예민함을 가라앉혀 주고, 다혈질인 성격의 사람에게는 차분함을 안겨 주는 색으로 간주해 왔다.

게다가 청색이나 녹색은 몸과 마음을 상쾌하게 해주고 긴장감이나 불안감을 해소시-키며 심신 회복에도 좋은 색으로 보았다.

특히 녹색은 신진대사를 촉진시켜 몸과 마음에 활력을 불어넣으며, 흥분된 신경을 가라앉혀 주어 심장의 운동을 느리게 하고, 근육과 혈관을 축소시키는 역할도 하는 것으로 간주한다.

이와 함께 녹색은 신체에 강장제 역할을 하며, 불면증과 알레르기 증상을 완화하고 피부 개선에 도움을 주며, 일종의 방

부제 같은 성질도 지닌 것으로 여긴다.

더욱이 녹색을 띤 야채류는 간 기능 향상은 물론 각종 간장 질환에 특히 좋은 것으로 보는데, 이 가운데서도 봄에 새로 돋아나는 냉이와 쑥, 달래 등과 같은 봄나물들이 더욱 간에 좋은 것으로 여긴다.

《동의보감》에서는 특히 냉이를 가리켜, 『냉이는 그 성질이 따뜻하고 달면서 독이 없다. 간 기능을 돕고, 간의 해독 작용을 한다.』라며 냉이를 특히 「간의 성약(聖藥)」으로 높이 평가하고 있다.

민간요법에서는 예로부터 간의 기능이 나쁘거나 간염이나 간경화증, 또는 눈이 침침할 때 냉이의 뿌리에서부터 잎과 줄기 등을 모두 깨끗하게 씻어 그늘에서 잘 말린 다음 가루로 만들어 이를 하루에 세 차례씩 식후에 먹는 방법을 써 왔다. 이 방법은 설사를 자주 하거나 위장질환 등이 있을 때에도 쓰였다.

신장 기능이 허약한 사람이나 혈압이 높은 사람, 또는 정력이 부족한 사람 등은 냉이의 씨를 자주 먹으면 좋은 것으로 전해온다.

사실 냉이는 비위와 장을 튼튼하게 해주고, 소화액 분비를 촉진하며, 눈을 밝게 해주는 효능도 있다. 게다가 냉이는 단백질 함량이 아주 많고, 칼슘·인·철분·비타민 등도 많이 들어 있는 훌륭한 알칼리성 식품이다. 입맛을 돋우어 주는 역할도 하고, 피를 맑게 해주며, 속을 편하게 해주는 역할도 한다. 고혈압의 억제, 이뇨작용, 신장 기능의 보강과 양기 증강 등의 효능도 있다.

이런 이유로 내의원의 수의이자 식의(食醫)이기도 했던 허준은 소주방(燒廚房 ; 수라상을 비롯해 왕실의 음식을 만들던 곳)에 일러 광해군의 수라상에 봄철에는 특히 냉이를 비롯하여 씀바귀, 미나리, 달래, 부추 등과 같은 갖가지 봄나물들을, 그리고 여름철에는 각종 푸른 야채들을 자주 올리도록 지시했다.

이와 함께 안질을 자주 앓고 있는 광해군을 위해 눈의 피로를 덜어주고 눈이 나빠지는 것을 방지하며, 눈 건강을 회복시키는 데 효과적인 식품인 시금치와 구기자, 결명자(決明子) · 차조기 잎 · 사과 · 굴 · 소의 간 · 달걀 · 고등어 등과 같은 생선류들도 자주 수라상에 올리도록 지시했다.

당쟁의 격화 속에 충신들은 떠나고……

선조가 승하하고 광해군이 즉위하면서 당쟁은 더욱 격화되었다. 특히 광해군을 지지하며 그를 왕좌에 앉히는 데 앞장섰던 대북파는 왕위계승과 관련된 분쟁의 소지를 없애는 한편 불안한 왕권을 강화하기 위해 1613년(광해군 5년) 여름, 대북파의 중심이자 광해군의 최측근이었던 이이첨(李爾瞻)의 사주를 받은 삼사(三司 ; 사헌부 · 사간원 · 홍문관)에서는 영창대군의 처형과 인목왕후에 대한 폐모론(廢母論)을 들고 나왔다.

그러자 한음(漢陰) 이덕형(李德馨, 1561~1613)과 백사(白沙) 이항복(李恒福, 1556~1618, 별칭은 오성부원군, 오성, 오성대감, 동강노인) 등의 일부 신료들과 지방 유림들은 이것이 반인륜적 행위라며 강력히 반대했다.

그런데 이덕형은 원래 남인(南人) 출신으로서 북인의 영수 이산해(李山海, 1539~1609)의 사위였다. 이덕형은 17세 때인 1577년(선조 10년) 이산해의 삼촌인 토정(土亭) 이지함(李之菡, 1517~1578)의 추천으로 당시 영의정이었던 이산해의 사위가 되었다.

이덕형은 그 후 남인과 북인의 중간노선을 지키다가 뒤에 남인에 가담했다. 그러나 그는 당색이 강하지는 않았다.

이덕형이 이항복 등과 함께 영창대군의 처형과 인목왕후에 대한 폐모론에 대해 강력히 반대하자, 삼사에서는 광해군에게 이덕형을 모함하며 처형을 건의했다. 그러나 광해군은 이덕형을 아껴 이를 받아들이지 않고 그의 관직을 삭탈하는 선에서 이 문제를 수습했다.

이덕형은 대북파의 모함으로 목숨을 잃을 위기에 처하게 되었으나, 광해군에 의해 이 위기를 간신히 넘길 수 있었던 것이다. 관직을 삭탈당한 이덕형은 용진(龍津 ; 지금의 양평군)으로 낙향했다.

그러자 다섯 살의 나이 차이에도 불구하고 이덕형과 죽마고우(竹馬故友)로서 오랫동안 돈독한 우정을 쌓아 왔던 이항복 또한 관직에서 물러나 망우리에 동강정사(東岡精舍)를 짓고 동강노인(東岡老人)이라고 자칭하며 지냈다.

그러던 10월 9일, 이덕형은 낙향하여 머무르고 있던 용진에서 세상을 떠났다. 52세의 아까운 나이였다.

이덕형이 세상을 떠나던 날인 1613년(광해군 5년) 10월 9일자 《광해군일기》에는 그의 죽음에 대하여 이렇게 적고 있다.

『전 영의정 이덕형이 세상을 떠났다.

……

이덕형은 일찍부터 재상이 되리라는 기대를 받았다. 문학(文學)과 덕기(德器)는 이항복과 대등했지만, 관직은 이덕형이 가장 앞서 38세에 이미 재상의 반열에 올랐다.

임진왜란 이후 두드러진 공을 많이 세워 중국과 일본인들 모두 그의 명성에 복종했다. 사람됨이 솔직하고 까다롭지 않았으며 부드러우면서도 곧았다. 또 당론(黨論)을 좋아하지 않았다.

……

그가 세상을 떠났다는 소식이 알려지자 멀고 가까운 사람들이 모두 슬퍼하고 애석해 했다.』

이 실록에서도 언급하고 있듯이, 이덕형은 30대의 아주 젊은 나이에 재상에 올라 영의정을 세 번이나 역임했으며, 낭중지추(囊中之錐)란 말도 있듯이, 그는 나라의 위기 속에서 더욱 빛을 발했다.

특히 그는 임진왜란과 정유재란 때 누란(累卵)의 위기에 빠진 나라를 구하는 데 앞장서 큰 공을 세웠다.

그러나 그는 휘몰아치는 당쟁의 여파 속에서 결국 관직에서 쫓겨나 쓸쓸한 최후를 맞았던 것이다.

이덕형이 세상을 떠나자, 어려서부터 그와 절친하게 지내며 많은 해학과 일화를 남겼던 이항복이 그 누구보다도 가장 슬퍼했다. 그러면서 이항복은 하염없이 눈물을 흘리며 이덕형의 염(殮)을 직접 했다.

이항복은 그 후 1617년(광해군 9년)에 이이첨 등 강경 대북파가 주도한 폐모론이 또다시 거세지자 이에 적극 반대하고 나섰는데, 그는 이때 중풍을 앓고 있던 와중에도 광해군에게 이런 직언을 올린다.

"자식은 어머니를 원수로 삼을 수 없는 법이옵니다."

그의 이 같은 직언에 조정은 발칵 뒤집혔고, 이듬해인 1618년(광해군 10년) 이항복의 관직은 삭탈되었다. 뿐만 아니라 그는 함경도 북청(北靑)으로 유배되었다가 그곳에서 생을 마감한다.

그리고 그로부터 5년 후인 1623년(광해군 15년) 3월 12일, 이서(李曙) · 이귀(李貴) · 김유(金瑬) 등 서인(西人) 세력이 정변을 일으켜 광해군을 왕위에서 몰아내고 능양군(綾陽君) 이종(李倧)을 임금으로 옹립하는데, 이것이 바로 인조반정(仁祖反正)이다.

그런데 이 인조반정의 주역은 이항복을 스승으로 섬기던 서인들이었다.

《동의보감》으로 남은 허준, 먼 길을 떠나다

무상한 세월의 흐름 속에서 허준 또한 나이가 들었고, 노환(老患)이 그를 찾아왔다. 갈수록 기력이 떨어지며 거동조차 힘들었다.

그러자 허준은 광해군에게 내의원의 수의에서 물러날 수

있기를 청했다. 광해군은 잠시 그의 뜻을 만류했으나, 결국 허준의 청을 받아들였다.

그러나 허준은 내의원의 수의에서 물러난 이후에도 아픈 몸을 이끌고 후진 양성에 힘썼다. 자신이 살아 있는 한 그동안 쌓아온 의술과 의학에 관한 지식 및 임상경험 등을 후학(後學)이나 젊은 의원들에게 전해주고 싶었던 것이다.

그러던 중 허준의 건강은 더욱 나빠져 이제는 후진 양성도 더 이상 할 수 없게 되었다. 허준은 한양에 있는 자신의 집에서 병마(病魔)와 싸우며 하루하루를 힘겹게 보내야만 했다.

지난여름의 그 뜨거웠던 햇살의 열기가 차츰 가라앉자, 가을이 성큼 다가왔다. 선선한 가을바람이 물결처럼 불어왔고, 가을은 날마다 소리 없이 깊어갔다.

여름에는 시원하게만 느껴졌던 대나무 그림자가 이제는 왠지 차갑게 느껴졌다. 서리 맞은 국화의 진한 향기가 몸속까지 젖어들며 흐릿했던 정신을 맑게 해주었다.

그래서 고려 말과 조선조 초기의 무신(武臣)이자 학자였던 매헌(梅軒) 권우(權遇)는 그의 「추일절구(秋日絶句)」란 시에서,

대나무는 그 푸른 그림자를 나누어 책상에 스미게 하고,
국화는 맑은 향기 보내어 나그네의 옷을 채우네.

낙엽 또한 기세를 올리며,
온 뜰 비바람소리 내며 절로 날아다니네.

竹分翠影侵書榻 菊送淸香滿客衣 죽분취영침서탑 국송청향만객의
落葉亦能生氣勢 一庭風雨自飛飛 낙엽역능생기세 일정풍우자비비

라고 읊었던 것일까.

허준은 병상에 누운 채로 간혹 밖을 내다보며 날로 깊어가는 가을 풍경들을 바라보았다. 그러나 갈수록 기력은 떨어지고 정신은 혼미해졌다.

숨도 가빠졌다.

세상을 먼저 떠난 부모와 자신이 평생 모셨던 선조의 모습이 꿈에 나타나기도 했다.

아무래도 내년 가을에는 저 풍경들을 다시 볼 수 없을 것 같다는 생각이 들었다.

가을이 깊어갈수록 낙엽은 더 많이 떨어져 내렸다. 봄꽃들이 앞 다투어 몰려오던 게 엊그제 같았는데, 이제는 낙엽들이 우수수 지고 있었다.

송강(松江) 정철(鄭澈)이,

우수수 떨어지는 낙엽 소리
성긴 비 내리는 줄 잘못 알았네.

蕭蕭落木聲 錯認爲疏雨 소소낙목성 착인위소우

하고 노래했듯이, 이런 늦가을에 바람에 휩쓸려 다니는 낙엽들이 내는 소리는 비바람 치는 소리와 흡사했다.

가지마다 곱게 물들었던 단풍들도 이제는 하나 둘씩 떨어져 여기저기 나뒹굴었다. 허준의 마음은 왠지 바람에 휩쓸리는 저 낙엽들처럼 흔들렸고, 마음은 허전했다.

때가 되면 싱싱했던 풀도 마르고, 화려했던 꽃잎들도 시들어 버리듯이 우리네 인생 또한 때가 되면 그렇게 시들어 버리는 것 아니겠는가.

이런 생각이 허준의 마음속에서 메아리쳤다. 이제는 모든 것 다 내려놓고 조용히 떠날 때가 다가오고 있음도 느껴졌다. 그러면서 지난 세월 동안 있었던 그 모든 일들이 허준의 뇌리 속에서 파노라마처럼 펼쳐지며 빠르게 스쳐 지나갔다.

그러던 1615년(광해군 7년) 음력 8월 17일(양력 10월 9일), 세찬 바람에 낙엽들이 더 이상 견디지 못하고 무리지어 우수수 떨어지던 그 날 오후, 허준은 병상에서 마지막 숨을 거두었다.

내의원의 어의와 수의로서 오랫동안 선조와 광해군을 모시던 파란만장한 삶을 살았고, 후세에 길이 남을 저 불후의 명저(名著) 《동의보감》을 비롯하여 훌륭한 의서들을 많이 편찬하였으며, 만년에는 후진 양성에도 힘쓰던 당대의 명의 구암(龜巖) 허준이 77세를 일기로 세상을 떠난 것이다.

허준이 세상을 떠났다는 소식을 들은 광해군은 몹시 슬퍼하며 그의 죽음에 애도했다.

광해군에게 있어서 허준은 그의 목숨을 살려준 생명의 은인이 아니던가.

그러기에 광해군은 일찍이 허준을 두고 이런 말을 한 적이 있었다.

"허준은 내가 어렸을 때 많은 공로를 세웠다. 근래에도 내 병이 계속되고 있어, 그를 곁에 두고서 약을 물어 쓰고 싶다."

그만큼 광해군은 허준을 신뢰하며 오래도록 그를 가까이에 두고 자신의 병을 치료받고 싶었으나, 나이가 많은 허준이 먼저 세상을 떠난 것이 광해군에게는 너무도 안타깝고 슬펐던 것이다.

허준의 장례가 끝나고 난 후 광해군은 허준에 대한 고마움과 생전의 그의 공적을 기려 무언가 보답을 해주고 싶었다.

생각 끝에 광해군은 신료들의 끈질긴 반대에 부딪쳐 허준의 생전에 보류했던 관작(官爵)을 추증(追贈)해 주기로 마음먹었다.

허준이 세상을 떠나고 난 다음달, 광해군은 허준에게 그의 생전에 주려고 했던 숭록대부(崇祿大夫)보다도 더 높은 관작인 정1품 보국숭록대부(輔國崇祿大夫) 양평부원군을 추증했다.

허준은 일찍이 숭록대부에 올랐으며, 1606년(선조 39년)에는 왕실의 병을 다스린 공로로 또다시 정1품 보국숭록대부로 가자되었으나, 보국승록대부는 당상관의 문관이 받는 위계라는 이유로 일부 신료들이 극심하게 반대하는 바람에 취소되었던 적이 있었다.

그러나 허준이 세상을 떠난 이때 광해군은 신료들의 그 어떠한 반대가 있더라도 이를 물리칠 각오로 이 같은 결정을 내렸던 것이다.

광해군이 허준의 공적을 기려 그에게 추증했던 양평군(陽平君)에서 군(君)이란 임금의 서자(庶子)나 당상(堂上)의 위계(位階)에 한해 주어지는 부군(府君)의 관작을 말하는데, 허준은 이 때 양평군이라는 관작을 받음으로써 당시 의원(醫員)으로서는 최고의 명예인 당상(堂上)의 부군과 보국(輔國)의 지위에 올랐던 셈이며, 이는 실로 가문의 영광이 아닐 수 없는 일이었다.

허준의 사후(死後), 비단 광해군뿐만이 아니라, 당시의 많은 신료들과 내의원의 의관 및 어의들, 의녀들 또한 그의 죽음을 애도했다.

그러나 평소 허준을 못마땅하게 생각하며 질시했던 일부 신료들은 허준에 대해 이런 혹평도 서슴지 않았다.

"허준은 성은(聖恩)을 믿고 교만하였다."

물론 이러한 말은 허준에 대한 시기와 질투에서 나온 것으로 보이지만, 이런 시기와 질투에도 불구하고 허준이 그의 뛰어난 의술과 해박한 의학지식 및 풍부한 임상경험 등을 바탕으로 어의로서의 역할을 충실히 수행했을 뿐만 아니라, 세상의 많은 병자들을 위해 《동의보감》을 비롯한 훌륭한 의서들을 많이 편찬함으로써 갖가지 질병에 시달리는 백성들에게 큰 힘이 되어 주었다는 것만은 어느 누구도 부인하지 못할 분명한 사실이다.

후기(後記)

사후(死後) 376년 만에 발견된 허준의 묘소

허준이 세상을 떠난 이후 오랜 세월이 흐르면서 그의 존재는 사람들의 뇌리 속에서 차츰 잊혀졌다.

그가 남긴 《동의보감》은 내의원의 의관 및 어의들은 물론 이 땅의 많은 의원들에게 더 없이 소중한 의서 역할을 하며 임상에서도 이 《동의보감》을 통해 수많은 병자들이 여전히 치료받고 있었음에도 불구하고 정작 《동의보감》을 편찬해 낸 허준이란 존재는 흘러가 버린 강물처럼 잊혀져가고 있었던 것이다.

뿐만 아니라 허준이 묻힌 묘의 소재마저 묘연해졌다. 특히 근대에 이르러《동의보감》이 지닌 의학적·학술적·문화적·사료적 가치가 더욱 높이 평가되고, 이 의서를 쓴 허준이란 인물에 대한 재조명과 함께 허준에 대한 관심이 높아지면서 우리 한의학계에서는「동양의 의성(醫聖)」으로 추앙받는 허준의 묘(墓)를 찾기 위해 백방으로 수소문하고 다녔다.

그런데 이상하게도 금방 찾을 수 있을 것 같았던 허준의 묘는 대체 어디에 숨어 있는지 도무지 찾을 수가 없었다.

그러던 중 허준에 관해 깊이 연구하며, 한편으로는 허준이 잠들어 있는 묘소를 찾기 위해 오랫동안 애써 오던 재미(在美) 고문헌(古文獻) 연구가 이양재(李亮載) 교수는 《양천허씨족보(陽川許氏族譜)》에 기록되어 있는, 「어의호성공신 숭록양평군 증보국찬동의보감 부인안동김씨 묘장단하포광암동 손좌쌍분(御醫扈聖功臣 崇祿陽平君 贈輔國撰東醫寶鑑 婦人安東金氏 墓長湍下浦廣巖洞 巽坐雙墳)」이란 글귀에 주목했다.

이 글은 즉 『어의를 지냈고, 호성공신에 올랐으며, 숭록양평군에 봉해졌을 뿐만 아니라 《동의보감》을 지어 국가에 도움을 주었다. 부인은 안동 김씨이며, 장단군 왜포리 광암동에 부인과 함께 손(巽) 방향에 쌍분으로 있다.』는 내용으로서 허준과 그의 부인 안동 김씨의 묘가 장단군 하포리 광암동에 손좌(巽坐) 향으로 쌍분으로 있다는 뜻이었다.

그런데 손좌(巽坐)란 풍수지리에 있어서 묏자리나 집터 등이 손방(巽方)을 등지고 있는 좌향(坐向), 즉 묏자리나 집터 등이 남동(南東)을 등지고 있는 자리를 말한다.

따라서 이 글을 역(逆)으로 해석하면, 허준과 그의 부인이 묻힌 쌍분이 동남 방향에 누워 북서쪽을 바라보고 있다는 것을 뜻한다.

또한 이 글의 내용으로 미루어 볼 때, 허준의 후손들은 허준의 묘를 쓸 때, 당시 이곳으로부터 북서쪽에 위치하고 있던 양천 허씨의 집성촌을 바라볼 수 있도록 남동쪽을 등지고 북서쪽을 바라보는 이 자리에 허준의 묘를 썼던 것으로 추정된다.

즉 허준이 죽어서도 양천 허씨들이 오랫동안 모여 살아온 양천 허씨 집성촌을 바라다볼 수 있도록 허준의 가족과 후손들이 이곳에서 묘의 방향을 그렇게 잡았다는 것을 알 수 있다.

그러나 양천 허씨의 집성촌으로 알려진 장단군 대강면(大江面)은 현재 이곳에서 북서쪽으로 보이는 휴전선 너머의 북한 땅에 위치하고 있다.

다시 말해 허준의 묘는 현재 휴전선 바로 아래쪽인 장단군 하포리 광암동에 있으나, 예로부터 허준의 본관인 양천 허씨들이 많이 살아온 허씨 집성촌은 휴전선 바로 위쪽인 장단군 대강면 우근리에 있는 것이다.

《양천허씨 족보》에 기록되어 있는 내용들을 자세히 살피며 이를 근거로 하여 허준의 묘소를 찾아다니던 이양재 교수는 지금의 경기도 파주시 진동면 하포리 일대가 예전의 장단군 하포리 광암동 일대와 유사하다는 판단을 내렸다.

그러면서 그는 이 일대에 틀림없이 허준의 묘소가 있을 것으로 생각하고 틈이 날 때마다 이곳을 방문하여 인근 주민들을 상대로 허준의 묘소에 관해 탐문했다.

그런데 이 일대는 임진강(臨津江) 건너편의 비무장지대 안에 위치하고 있었다. 때문에 민간인 신분인 이양재 교수는 비무장지대 안에 들어가기도 어려웠고, 6·25 전쟁 때 이 일대 곳곳에 묻힌 지뢰와 불발탄 등이 많아 위험하기도 했다.

그럼에도 불구하고 이양재 교수는 허준의 무덤을 반드시 찾고야 말겠다는 집념으로 온갖 위험을 무릅쓰고 수시로 이 지역을 찾아와 허준의 무덤이 있을 만한 곳을 탐색했다. 그런 그를 위해 인근의 군부대에서도 많은 도움을 주었다.

그러던 1991년 9월 30일, 이양재 교수는 임진강 건너 비무장지대 안의 해발 159m에 위치하고 있는 깊은 산 속(경기도 파주시 진동면 하포리)에서 쌍분으로 보이는 봉분 두 개를 발견했다.

그러나 발견 당시 이 봉분들은 이미 도굴된 상태였으며, 그 형태마저 거의 알아볼 수 없었다. 하지만 이양재 교수는 이 도굴된 쌍분의 위치 등으로 미루어 《양천허씨 족보》의 기록에 나와 있는 허준과 그의 부인 안동 김씨의 묘소일지도 모른다는 생각이 들었다.

그래서 그는 군부대의 협조를 받아 이 묘소 앞을 발굴해 보자, 땅 속에 묻혀 있던 비석 하나가 나왔다. 그 중간이 끊어진 채 두 동강으로 나 있는 오래 된 비석이었다.

이 비석에 묻은 흙을 제거하고 자세히 살펴보니, 그 일부가 마모된 이 비석에는 놀랍게도 이런 글이 새겨져 있었다.

「陽平○○聖功臣○浚」

그런데 허준은 사후에 광해군에 의해 양평군(陽平君)으로 추증되었으며, 일찍이 임진왜란으로 인해 선조가 의주로 피난 갈 때 허준은 선조를 호종(扈從)한 공으로 「호성공신(扈聖功臣)」 3등에 오르지 않았던가.

따라서 이 비석의 「陽平○」에서 마모되어 알 수 없는 글자인 ○부분에 「군(君)」 자를 넣고, 또 「○聖功臣」에서 마모된 ○부분에 「호(扈)」 자를 넣으면 각각 「양평군(陽平君)」과 「호성공신(扈聖功臣)」이 될 뿐만 아니라 「○浚」에서 ○부분에 「허(許)」를 넣는다면, 「양평군 호성공신 허준(陽平君 扈聖功臣 許浚)」이 되므로 허준의 이름과 그가 받은 작위와 공신 칭호와 딱 들어맞게 된다.

다시 말해 이 무덤이 바로 허준의 무덤이라는 확실한 증거가 되는 것이었다. 또한 이때 발견된 무덤이 쌍분이었던 것으로 보아 《양천허씨 족보》에 기록된 대로 이 두 개의 무덤이 곧 허준과 그의 부인 안동 김씨의 무덤이라는 것을 추정할 수 있었다.

그리고 이것은 《양천허씨 족보》에 기록된 대로 허준 부부가 사후에 이 자리에 나란히 모셔졌음을 의미하는 것이며, 우리의 장례관습에 따라 쌍분의 왼쪽이 허준, 그리고 오른쪽이 그의 부인 안동 김씨의 묘라는 것을 뜻한다.

이렇게 해서 발견된 허준과 그의 부인 안동 김씨의 무덤 주위와 땅 속에서는 문인석(文人石) 2기, 상석(象石), 향로석(香爐石) 등도 발견되었다. 아울러 이들 쌍분의 상단에 묘 하나가 더 있는 것도 발견했는데, 이 묘는 허준의 생모(生母)인 영광 김씨(靈光金氏)의 묘로 추정된다.

그러나 여기에 묘가 하나뿐인 것으로 미루어 허준의 생부(生父)인 허론(許碖)은 이곳에 묻히지 않았던 것으로 보인다. 아마도 허준의 생부인 허론은 소실(小室)이었던 허준의 생모와 함께 묻히지 않고, 정실(正室)이었던 일직 손씨(一直孫氏)와 함께 휴전선 너머에 있는 양천 허씨 선산(先山)에 묻혔을 것으로 추정된다.

허준의 사망지는 당시 한양에 있었던 그의 집으로 보는 것이 타당하다. 그런 그가 사후에 이곳 경기도 파주시 진동면 하포리에 묻힌 것은 인근인 장단군 일대에 그의 조상들의 묘가 많고, 또 양천 허씨 집성촌이 가까이 있기 때문으로 여겨진다.

이와 함께 허준이 사망할 무렵, 허준의 아들 허겸(許謙)이 파주 목사로 재직하고 있었기 때문에 허겸이 부친의 묘를 자신의 근무처와 가까운 이곳에 썼을 가능성도 있다.

그러나 허준과 관련이 깊은 장단군은 1945년 8·15 광복 후에 6·25 전쟁을 거치면서 둘로 나뉘어져 남쪽은 현재의 파주시와 연천군으로, 북쪽은 북한의 장풍군과 판문군에 편입되었다.

어쨌든 이양재 교수의 10년간에 걸친 노력과 탐문 끝에 허준의 묘가 그의 사후 376년 만에 발견된 것은 참으로 다행스러운 일이 아닐 수 없다.

저 유명한 《동의보감》을 비롯하여 많은 의서들을 편찬하였을 뿐만 아니라, 「동양의 의성」으로까지 일컬어지는 허준의 묘소를 아직까지도 찾지 못하고 있었다면 이 얼마나 안타까운 일이었겠는가. 후손으로서 수치스러운 일이기도 할 것이다.

오랜 세월 동안 소재가 묘연했던 허준의 묘의 실체가 드러나고, 더욱이 《양천 허씨 족보》의 기록과 정확하게 일치하는 허준의 묘를 찾아냄으로써 이제는 많은 사람들이 허준의 묘소를 직접 찾아가 그의 업적을 기릴 수 있게 되었다.

더욱이 이 묘를 통하여 허준의 생애와 그의 사후에 관한 단서들도 부분적으로나마 파악할 수 있게 되었다.

허준의 묘역은 주변 정비를 거쳐 2007년에 이르러 일반에게 공개되었다. 보수를 거쳐 말끔하게 정돈된 허준의 묘역은 현재 약 50여 평 규모이며, 허준의 묘비는 113×41×12cm의 크기이다.

또한 발견 당시 묘 주변에 쓰러져 있던 2개의 문인석은 높이 203cm로서 원형을 거의 그대로 유지하고 있으며, 상석은 중앙에서 정북서 방향으로 놓여 있고, 가로 152cm와 세로 93cm의 크기이다.

땅 속에서 출토된 향로석 1개도 제자리에 놓여 있다.

허준의 묘소임이 입증된 이후, 허준의 묘는 1992년 6월 5일, 경기도 기념물 제128호로 지정되었으며, 의성허준기념사업회가 소유하고 있다.

허준에게는 외아들 허겸이 있었으며, 허겸은 문과에 급제하여 부사를 거쳐 이후 파릉군(巴陵君)이란 관직에 올랐는데, 이는 허겸이 파주 목사로 재직하였다는 것을 뜻한다.

조선조 19대 숙종 때에는 허준의 증손자인 허진(許瑱)이 파춘군(巴春君)의 작호를 받았으며, 허진의 아들이자 허준의 고손자인 허육(許堉)은 양흥군(陽興君)의 작호를 받았다.

그 후 허육의 아들이자 허준의 5대손인 허선(許銑)은 조선조 21대 임금인 영조 때에 양원군(陽原君)에 올랐다. 그리고 허선의 아들로 허준의 6대손인 허흡(許潝) 역시 영조 때에 양은군(陽恩君) 봉작을 받았다.

이렇게 허준의 후손들은 누대에 걸쳐 조정에서 관직을 받았으며, 선대가 살아오던 경기도 장단군 우근리(현재 경기도 파주시)를 중심으로 대대로 거주해 왔다.

조선조 후기에 이르러서는 허준의 10대손인 허도(許堵, 1827~1884)가 황해도 해주군 대거면 은동리로 이주했다. 그 후 허준의 13대 종손인 허형욱(許亨旭, 1924~?)이 1945년까지 이곳에서 살았다.

그러나 8·15 해방 이후 남북이 분단되면서 허준의 직계 후손은 북한에 남게 된 것으로 추정된다. 양천 허씨 종친회에서는 현재 한국(남한)에서 허준의 후손을 자칭하는 사람들은 사실 허준의 진짜 후손이 아니라고 밝힌 바 있다.

또한 허준의 선대나 후대에 의원(醫員)은 전무한 것으로 알려져 있다.

다만 조선 중기에 의학에 대하여 깊은 지식이 있었던 김안국(金安國, 1478~1543)과 김정국(金正國, 1485~1541) 형제의 모친인 양천 허씨가 허지(許芝)의 딸로서 허준의 조부이자 경상도우수사(慶尙道右水使)를 지냈던 허곤(許琨)의 큰누이인 것으로 알려져 있다.

허준의 업적과 그가 살았던 모습을 엿볼 수 있는 허준 박물관

서울특별시 강서구 가양동에는 현재 허준 박물관이 있다.

서울특별시 강서구에서는 일찍이 허준의 이름을 따서 가양동에 「허준로」라는 도로 이름을 붙였는데, 이 「허준로」에 지난 2005년 허준 박물관이 설립되었던 것이다.

서울특별시 강서구에서 이곳에 허준 박물관을 세운 것은, 이 일대가 허준이 《동의보감》을 집필한 곳으로 알려져 있기 때문이다.

1999년 건립계획을 수립하여 2005년 문을 연 허준 박물관은 《동의보감》을 편찬하였을 뿐만 아니라, 한국의 전통의학인 한의학을 체계화한 구암 허준선생의 업적과 그의 높은 의학정신을 기리기 위해 세워진 박물관으로서, 전국에서 유일하게 허준을 주제로 한 한의학 박물관이다.

허준 박물관에는 허준이 쓴 여러 의학서들이 소장되어 있는데, 주요 소장품으로는 《동의보감》을 비롯하여 1608년(선조 41년)에 허준이 왕명을 받들어 편찬, 간행한 산부인과 계통의 의서인 《언해태산집요(諺解胎産集要)》 목판본(보물 제1088호)과 1601년(선조 34년)에 허준이 왕명에 따라 지은 것을 1608년(선조 41년)에 내의원에서 발간한 의서인 《언해두창집요(諺解痘瘡集要)》, 조선시대 때 응급처치를 위해 편찬된 의서로서 세조 때 처음 간행되었으며, 이후 16세기 중반에 언해로 된 복각본(覆刻本 ; 번각본飜刻本)으로 간행되었던 《언해구급방(諺解救急方)》도 전시되어 있는데, 이 《언해구급방》은 《구급방언해(救急方諺解)》라고도 한다.

이와 함께 허준과 관련된 여러 유물들 및 한의학과 관련된 유물 등이 전시되어 있다.

지상 3층 규모로 지어진 허준 박물관의 1층에는 관리사무실과 창고, 주차장, 기계실, 발전기실 및 부대시설 등이 있으며, 2층에는 기념 로비와 안내데스크, 시청각실, 회의실, 뮤지엄 숍, 휴게실 등이 있다.

3층은 본 전시실로서 영역에 따라 6개 전시실로 세분되어 있는데, 허준 기념실에는 허준의 영정 및 허준의 일대기와 《동의보감》의 집필과 제작과정을 상세하게 보여주는 모형 디오라마(diorama ; 배경 위에 모형을 설치하여 하나의 장면을 만든 것, 또는 그러한 배치), 허준의 여러 저서들과 한의학 관련 고서적들, 허준과 한의학의 미래 등에 대한 자료가 전시되어 있다.

1613년(광해군 5년) 내외원에서 처음 간행된 《동의보감》의 훈련도감자본도 볼 수 있다.

또한 약초·약재 전시실에는 《동의보감》에 실려 있는 각종 약초와 약재들 및 처방별 약재 자료들이 전시되어 있으며, 의약기기실에는 한방에서 예로부터 사용해 온 침과 뜸을 비롯한 여러 가지 한의학 의료기구들과 약초를 캐는 채약도구들, 약을 만드는 제약기, 한약을 달이는 약탕기, 약의 무게를

재는 약도량형기 등 각종 전통 의약기(醫藥器)들이 전시되어 있을 뿐만 아니라, 그 용도에 관한 설명도 자세히 써 놓았다.

아울러 의약기실에서는 우리 조상들이 각종 약초나 약재들을 이용하여 약을 어떻게 만들었으며, 이때 어떤 기구들을 사용했는지를 자세히 살필 수 있다. 뿐만 아니라 전통의약기기들이 시대별로 어떻게 발전해왔는지도 알아볼 수 있다.

허준 박물관에는 이 밖에도 조선시대 때의 임금과 왕실 가족들을 진료하던 내의원의 주요 구조와 내의원의 생활상 등을 축소모형으로 재현하여 보여주고 있는데, 내의원 안에서 처방에 몰두하는 어의들, 탕약을 달이는 의녀들, 약초를 다듬는 약초꾼들의 모습이 생생하게 표현되어 있다.

또 일반 백성들이 이용하던 한의원의 모습도 모형으로 보여준다. 관람객들이 한약재들을 약봉지로 직접 싸 볼 수 있고, 자신의 체질도 알아보며, 인체의 주요 부위를 살필 수 있는 체험공간도 마련되어 있다.

「어린이 허준교실」, 「2, 4주 토요휴업일 체험프로그램」, 「허준 건강의학교실」 등의 사회교육 활동도 하고 있으며, 매년 개관기념으로 특별전시회와 학술 세미나도 개최한다.

그러나 서울특별시 강서구 가양 2동 26-5번지 일대 구암공원 안에 있는 허준 박물관은 매주 월요일과 1월 1일, 설과 추석에는 문을 열지 않는다. 허준 박물관 옆에는 각종 성인병과 난치병 등을 연구하는 한국한의학연구소와 대한한의사협회 건물(2005년 4월 말 완공)도 있다.

허준이 《동의보감》을 집필한 장소로 알려져 있으며, 허준의 본관인 양천 허씨의 시조인 허선문(許宣文)이 태어난 동굴이라 하여 양천 허씨의 발상지로도 알려져 있어 서울특별시 기념물 제11호로 지정된 「허가 바위」도 구암공원 내에 함께 조성되어 있어 시민들의 휴식 공간으로도 널리 이용되고 있다.

허준의 호를 따서 이름을 붙인 구암공원 내에는 허준의 동상도 있는데, 이는 허준의 위대한 업적을 기리기 위해 대한한의사협회 회원들을 비롯하여 많은 이들의 성금으로 조성된 동상이다.

동상 제막식은 공원이 개원한 1993년 10월 31일에 열렸으며, 「허가 바위」 옆의 구암공원 호수 북쪽 언덕에 있다. 서울특별시 강서구에서는 매년 10월에 「허준 축제」를 열고 있으며, 허준 동상 앞에서 전통적인 유교 제례 절차에 따라 허준 추모 제례도 진행한다.

「허준 테마거리」는 2014년 6월 11일 주민들에게 처음 공개되었는데, 약 300m에 달하는 거리 초입부터 상당한 크기의 《동의보감》 책자 모형 안내판과 함께 《동의보감》이 2009년 유네스코 세계기록유산으로 등록된 것을 강조하는

「UNESCO」 표지가 눈길을 끈다.

허준이 내의원 어의 시절에 광해군의 두창을 치료한 일 등을 이야기 형식으로 표현한 조형물들도 들어서 있다. 또한 거리 전 구간에는 한약재의 원료로 쓰이는 이팝나무와 복자기나무(Three-flowered Maple, 단풍나무과의 낙엽교목)를 심어 방문객들로 하여금 자연스레 한방의 향기를 느낄 수 있도록 했다.

뿐만 아니라 매실과 대추 등 열매 모양으로 된 의자에 『두 손바닥을 뜨겁게 비벼 눈을 눌러주면 눈이 밝아진다.』, 『윗니와 아랫니를 씹듯이 자주 마주치면 이가 튼튼해진다.』, 『머리카락을 자주 빗고 얼굴을 자주 두드려라.』와 같은 한방에서 예로부터 전해오는 건강 상식들이 적혀 있는 글들도 보인다.

외국인들도 공감할 수 있도록 대부분의 안내와 설명을 한국어와 함께 영어, 중국어, 일어, 러시아어로 표기하고 있는 것도 특징이다.

—《허준》卷 三 끝 —

동의보감—조선 유학의 인간과학

《동의보감》의 탄생과 새로운 인간과학

《동의보감》의 전체 구성은 모두 다섯 편으로, 내경편(內景篇)·외형편(外形篇)·잡병편(雜病篇)·탕액편(湯液篇)·침구편(鍼灸篇)이 그것이다.

먼저 「내경편」은 《동의보감》 전편의 의학론을 정리한 부분으로 허준의 의학론과 철학을 한눈에 살펴볼 수 있다. 《동의보감》 편술의 원칙이 수록되었기 때문이다.

이 원칙은 기존의 의학서들이 필적하지 못하는 《동의보감》의 장점이었다. 이른바 「양생론(養生論)」으로 통칭하는 수양의 방법이다. 이 밖에 「내경편」에는 주로 오늘날의 내과 질환에 해당하는 병증들을 수록하였다.

다음 「외형편」 4권은 몸 외부에 생기는 질병과 이비인후과, 안과의 질병, 피부과, 비뇨기과 등의 질환이 기술되어 있다. 「잡병편」 11권은 진찰법, 병의 원인과 「내경편」과 「외형편」에서 언급하지 않은 여러 가지 내과적 질병들에 대하여 그 질병의 병론(病論)과 그 병증(病症)에 대한 처방들을 수록

하였다. 이른바 병리·진단학에서부터 구급, 부인, 소아과 그리고 전염병 등에 대해 광범위하게 기록하였다.

「잡병편」에는 구급, 부인, 소아의 질병 등을 별도로 기술해 놓고 있어서 후일 《동의보감》의 전체적인 구성에 혼란과 중복이 있다는 비판을 받기도 하였으나, 여기에는 허준(許浚)의 인간에 대한 이해가 가장 잘 드러나 있다.

한편 「탕액편」 3권에는 당시 우리나라에서 흔히 사용했던 약물 1천여 종에 대한 효능, 적용 증세, 채취법, 가공 방법, 산지 등을 밝혀 놓았으며, 나아가 가능한 경우에는 약물의 이름 밑에 민간에서 부르는 향명(鄕名)을 한글로 달아놓기도 했다.

이른바 조선시대 전기의 향약론(鄕藥論)으로 총칭되는 임상 약물학 혹은 본초학의 집대성이라 할 만한 「탕액편」은 「내경편」과 함께 《동의보감》의 가치가 잘 드러나는 부분이다.

마지막으로 「침구편」 1권에는 침과 뜸을 놓는 방법과 장소, 즉 혈(穴)의 위치나 적용 증상 등을 기술해 놓았다.

《동의보감》이 완성되자, 허준은 조선의 의학이 중국으로부터 독립했다는 자신감을 드러냈다. 《동의보감》의 권1 「집례」에서 허준은 중국과 조선을 포함한 동북아시아의 의학권을 동원(東垣 ; 이고李杲, 금원사대가金元四大家의 한 사람이었던 이동원李東垣은 중국의 북부에서, 또 다른 인물인 주단계朱丹溪는 중국 남부에서 주로 활약하며 자신의 학설을 펼쳐 나갔다. 이를 빗대어 동쪽의 조선에서 허준의 동의가 있음을 비유한 것이다)의 북의(北醫)와 단계(丹溪)의 남의(南醫 ; 중국의 금원시대金元時代에 한의학이 융성하였는데 특히 당대 유명한 의사 4명의 대가를 금원사대가金元四大家라고 한다), 그리고 조선의 동의(東醫)로 구분하였다.

허준 당대의 조선 의학이 중국의 그것에 버금가는 하나의 로컬리티(locality)를 구축했다는 자부심이었다. 이미 여말(麗末) 선초(鮮初)에 신유학과 함께 수입된 금원사대가(金元四大家 ; 금金 · 원元 시대의 유완소劉完素 · 장종정張從正 · 이고李杲 · 주진형朱震亨 등 이름 난 네 명의 의학자를 가리킨다)와 명나라 초기의 의학이 양예수의 《의림촬요》 등을 통해 허준에게 전해졌으며, 그 바탕 위에서 허준은 새로운 의학지식을 나름대로의 기준으로 분류 · 정리할 수 있었다.

특히 16세기 중후반 조선에 새롭게 도입되고 있었던 명대(明代)의 의학은 누군가에 의하여 정리될 필요가 있었다. 이루어지기만 한다면 조선 전기의 《의방류취》나 《향약집성방》 이후 가장 큰 업적이 되는 것이 분명했다.

허준이 그린 「신형장부도(身形臟腑圖)」

그렇다면 이러한 독자적인 정리와 편집을 가능케 하며 나아가 자부심마저도 가지게 된 요인은 어디에 있었던 것일까?

허준은 가장 먼저 조선의 의학전통을 들고 있다. 중국과 함께 조선의 경우도 예부터 사승관계(師承關係)를 통한 의학·의술의 전수가 이어져 왔음을 강조하고 있다.

바로 고려시대 말엽부터 지속되어온 향약 사용의 전통과 계승이다. 향약 사용을 중심으로 한 경험방들의 수집과 전수는 조선 의학의 독자성을 담보하는 실증의 자연학이라 일컬을 만한 것이었다.

즉, 《동의보감》 탕액편에 보이는 수많은 「속방(俗方)」 기사들은 바로 전통적인 약물학의 지식으로서 당시 조선에 분포하는 동·식물에 대한 자연과학적 이해가 어느 정도 축적되어 있었는지를 단적으로 보여주고 있다.

그리하여 이러한 맥락에서 허준은 「조선의 동의(東醫)」를 정립하고 계승시켜야 한다는 자부심을 가질 수 있었던 것으로 보인다. 정리된 의서의 내용이 만물의 변화를 비추어 밝혀내는 것이라면, 중국에서 「보감」이라고 하듯이 조선에서도 역시 보감이라고 할 만하다는 생각으로 자신이 편찬한 의서를 「동의의 보물」이라고 이름 지었던 것이다.

허준은 동의의 체계를 구축하는 데 머물지 않고 그것을 인간사회의 보편적 질서인 인륜의 차원으로까지 연계시키려 했다. 다시 말해서 인륜에 바탕을 둔 자연학, 즉 동양의 전통적인 자연관인 「하늘과 땅 그리고 인간의 우주론」에 바탕을 둔 새로운 의철학(醫哲學)을 도출해낸 것이다.

허준은 《동의보감》의 서두를 한 장의 도판으로 시작한다. 백 마디의 말보다는 한 번 보는 것이 더 확실하게 자신의 뜻을 보여줄 수 있다고 생각한 것이다. 이른바 「신형장부도(身形臟腑圖)」가 그것이다. 혹자는 인체 내부의 장기 및 그 특징을 그림으로 표현한 것이 뭐 대단하겠느냐고 반문할지 모르지만, 사실 허준이 거질(巨帙)의 《동의보감》에서 서술하려 했던 인간의 정수가 바로 이 도형과 논설에 있다고 해도 과언이 아니다.

하늘을 상징하는 머리와, 땅을 나타내는 몸, 그리고 이 둘을 인체의 척추가 연결하여 하늘과 땅의 선천적 기운에 인체의 후천적 기운을 소통·순환시키고 있다는 것이 그 내용이다. 「자연을 닮은 인간」 그것이 목적하는 바는 대단히 심오하고 정치적이었다.

자연(自然)과 당연(當然)

오늘날 우리는「본연(本然)」또는「자연(nature)」을 인간의 손때가 묻지 않은 상태로 보는 반면, 무언가 인간의 흔적을 자연에 새긴 상태를 「문화(culture)」로 이해한다. 그러나 이렇게 자연과 문화를 상대적인 것으로만 파악한다면, 조선 시대 사람들이 생각했던 자연과 문화의 관계를 이해하기가 어려워진다.

「자연」이란 「자연의 상태」—즉, 본연(本然)—와 「자연스럽다」는 의미를 동시에 지니고 있다. 그런데 우리에게 「자연스러운 것」들은 「본래 그러한 것」이 되기 쉽다. 그것이 몸에 밴 습관이든 마음의 습속이든 마찬가지다.

밤에 한쪽 방향으로만 누워서 자는 습관이 있는 사람은 그 후 이를 바꾸더라도 한동안 어리둥절한 경험을 하게 된다. 18세기의 실학자 성호(星湖) 이익(李瀷)은 자신의 경험을 예로 들어, 습관을 고치기는 어렵다고 토로한 바 있다.

또한 오랫동안 먹물이 벼루에 배게 되면 그것을 완전히 씻어낼 수 없다는 비유를 들어, 습관을 고치기는 거의 불가능할 정도라고 과장하기도 했다.

몸에 밴 습관처럼 마음의 습관(habit of mind) 역시 가장 강력한 자연스러움의 바탕이 된다. 너무나 자연스러워 무심결에 행동하고 사고하는 것들이 우리의 상식을 구성한다. 개인의 생각을 넘어서는 여러 사람들의 집단적 심성(menta- lity)을 상식이라고 정의할 수 있다면, 우리는 실로 다양한 수준과 내용의 상식의 굴레로부터 자유롭지 못함을 깨닫게 된다.

우리는 대부분 자신의 상식에 근거한 행동과 사고방식을 자연스럽게 취급하게 되므로 상식에 어긋난 행동과 사고를 대하는 순간 불편하고 부자연스럽게 느끼는 것이다.

상식 가운데 오랜 시간 동안 내면화된 역사적 축적물들은 보통 「문화」가 된다. 야콥 부르크하르트가 《세계사적 성찰》에서 말했듯이, 자발적으로 일어나며 그 어떤 하나의 보편적이거나 강제적인 권위도 요구하지 않는 정신적 발전들의 총합이 바로 문화인 것이다.

우리가 공기를 무의식적으로 마시고 내뱉듯이, 내면화된 문화 역시 거의 본능에 가까울 정도로 우리의 사고와 행동을 지배한다. 개인적 차원에서만 보더라도 습관이 된 생각이나 행동은 몸에 푹 배어 있어서 무의식중에 우리를 움직이는 것처럼, 문화는 한 시대구성원들의 몸과 마음을 조절하는 보이지 않는 메커니즘이다.

그런데 자연스럽게 내면화되어 있어서 본성처럼 느껴지는 문화의 목록들을 정리하다 보면 상당 부분 도덕이나 예절 등 지켜야 할 것들과 관련되어 있음을 알 수 있다.

에토스(ethos)라는 단어의 어원이 「습관」이나 「관습」을 의미하고 있다는 것은 우연이 아니다. 도덕과 인륜은 습관의 자연스러움에서 기원하기 때문이다. 인륜, 즉 당연을 거부하기 힘든 이유가 바로 도덕이 「자연스러움」에 기초한 본연(本然)으로 인식되기 때문이다.

자연을 닮은 인간

모든 사회의 전통과 역사적 관습은 도덕과 법의 근원으로 자연스럽게 전환되는 게 보통이다. 자연법이 실정법과 성문법의 기초가 된 것도 그러하고, 조선의 자연철학이 곧 사회철학으로 환원되는 것도 그러하다.

「자연스러운 것」은 곧「당연한 것」으로 될 수 있는데, 「당연함」은「자연스러움」에 가장 가까울 때 그 효과가 가장 강력하다. 말하자면「당연한 법도(當然之則)」들이「자연의 법칙(自然之理)」과 한 몸이 될 때, 즉 당연한 도덕이 자연의 원리를 형이상학의 차원에서 요청할 때 이 둘의 관계를 비판적으로 회의하기가 어렵다는 말이다. 당연한 일은 너무나 자연스럽게 본성적인 것으로 되고, 반면에 너무나 자연스러운 일도 당연한 것으로 여겨지기 때문이다.

아리스토텔레스가 말하는 피지스[Physis, 그리스어로 「자연」을 의미하며, 피지스의 학(physica)은 「자연학」이다. 또한 오늘날의 「물리학(physics)」이나「생리학(physiology)」이라는 명칭도 여기에서 기원하고 있다. 피지스는 인공, 인위에 기원하고 있다]와 노모스(Nomos ; 인위적 것을 의미한다. 인간이 만들어낸 인위적인 법률, 습관, 관습, 방법 태도들이 그러하다)의 관계가 혼연일치된 세상이다.

신유학(新儒學)이 추구하는 것 역시 본연(자연)과 당연, 그리고 당연과 본연(자연)의 관계가 혼연일치된 「성리학(性理學)」의 세계다. 즉 인간의 본성(性)이 곧 자연의 원리(理)이며, 자연의 원리가 곧 인간의 본성이 되는 것이다.

이는 인간이 지켜야 할 도덕률(人文 ; 인문이란 「인간의 문화」이며, 보통 세상에서 지켜야 할 도덕률들을 의미한다)들이 본래부터 그랬던 것(人性)처럼 내면화될 수 있는 상황, 따라서 당연의 질서를 자연의 원리로 이해하는 일, 이것이 신유학의 「자연학」이었다.

이렇게 인문(人文)이 인성(人性)이 되면, 자연은 도덕의 반대편에 있는 것이 아니라, 그것과 한 몸이 되어 버린다. 도덕의 반대로서의 자연이나, 문명의 반대로서의 자연이 아니라 도덕 그 자체로서 자연인 셈이다.

인간사회의 도덕률을 보증하기 위한 자연의 원리는 「자연스럽게」 인간사회로 인입(引入)되어야 한다. 자연과 한 몸인 인간 그리고 인간과 똑같은 자연, 이것이 바로 조선 성리학이 목적하는 천지인(天地人)의 메타포였다.

이를 위해 인간 세상의 도리가 자연의 원리와 한결같음을 증명할 필요가 있었다. 다시 말해 인간의 형성뿐 아니라 인간 자체가 자연과 일치되어야 함을 과학적으로 보여줄 필요가 있다는 말이다.

바로 국가의 대규모 프로젝트로 만들어진 의서 《동의보감》의 역할이었다. 이 책은 인간을 자연의 모사품인 소우주(小宇宙)로 규정함으로써 자연의 질서를 인간사회의 질서, 즉 당연(當然)의 세계로 끌어들이는 데 결정적인 역할을 하였다. 이러한 유교적 인간론은 다음의 「신형장부론((身形臟腑論)」에서 두드러지게 나타난다.

사람은 우주에서 가장 영귀한 존재이다.
머리가 둥근 것은 하늘을 본뜬 것이고,
발이 네모진 것은 땅을 본받은 것이다.
하늘에 사시가 있으니, 사람에게는 사지가 있다.
하늘에 오행이 있으니, 사람에게는 오장이 있다.
하늘에는 육극(六極)이 있으니, 사람에게는 육부가 있다.
하늘에 팔풍(八風)이 있으니, 사람에게는 팔절(八節)이 있다.
하늘에 구성(九星)이 있으니, 사람에게는 구규(九竅)가 있다.
하늘에 12시(時)가 있으니, 사람에게는 12경맥이 있다.
하늘에 24기(氣)가 있으니, 사람에게는 24유(兪)가 있다.
하늘에 365도(度)가 있으니, 사람에게는 365골절이 있다.

하늘에 일월이 있으니, 사람에게는 안목(眼目)이 있다.

하늘에 주야가 있으니, 사람에게는 오매(寤寐)가 있다.

하늘에 뇌전(雷電)이 있으니, 사람에게는 희로(喜怒)가 있고,

하늘에 우로(雨露)가 있으니, 사람에게는 눈물이 있다.

하늘에 음양이 있으니, 사람에게는 한열(寒熱)이 있고,

땅에 천수(泉水)가 있으니, 사람에게는 혈맥이 있으며,

땅에 초목과 금석이 있으니, 사람에게는 모발과 치아가 있다.

이러한 것은 모두 사대(四大), 오상(五常)이 묘하고 아름답게 조화되어 성립된 것이다.

도교와 불교의 주술적 의학

15·6세기 조선 의학은 상당히 주술적이고 구복(求福)적인 세계에 머물러 있었다. 고려시대 이후 널리 행해졌던 수경(守庚 ; 경신일을 지킨다는 의미로 밤을 새워 삼시충이 몸 밖으로 빠져나가지 못하게 하는 풍속) 풍습은 도교의 주술이 의학의 담론으로 받아들여진 결과다.

도교에서는 삼시충(三尸蟲)이 사람의 몸 속에 있다가 경신일 밤에 상제에게 올라가 인간의 죄과(罪過)를 고발한다고 보았다. 삼시는 3마리의 벌레로 몸 안의 위치에 따라 상시(上

尸), 중시(中尸), 하시(下尸)로 구분되었는데, 사람이 도를 닦는 것을 싫어하고 마음이 타락하는 것을 바랐다. 때문에 장생불사와 건강을 유지하기 위해서 반드시 삼시충을 제거할 필요가 있었다. 여기서 수경의 풍습이 발생하였다.

경신일 밤에 잠을 자지 않고 환하게 불을 켜놓아 삼시충이 상제에게 보고하지 못하도록 한 것이다. 특히 불교와 습합(習合)되어 수경신(守庚申)을 하면서 《원각경(圓覺經)》을 낭송하기도 했다.

이미 고려시대에 밤새도록 풍악을 울리고 잔치하며 술 마시는 떠들썩한 수경신 풍속이 왕실로부터 민중들 사이에 널리 행해졌다. 그리고 이는 조선시대에도 그대로 이어져 많은 학자들이 삼시의 풍속을 노래하였다.

불교 역시 구복적인 도덕관의 한 차원으로 받아들여졌다. 15·6세기 가장 널리 읽히고 전파되었던 《장수경(長壽經)》은 의학과 연관된 불교의 담론을 잘 보여준다. 장수와 멸죄(滅罪)를 구하는 한 우바새(優婆塞 ; 출가出家하지 않고 부처님 제자가 된 남자)의 질문에 석가모니가 답하는 형식으로 이루어진 불경이다. 사람들은 악업을 멸하고 장수를 위한 방편으로 《장수경》을 필사하여 전파하거나 향을 사르고 지성으로 기도했다.

그 밖에도 장수를 위해 지켜야 할 금기사항이 자세히 나와 있는데, 부모가 될 줄 알면서도 성교를 하여 아이를 잉태하거나 출산 시 피를 땅에 흘려 지신(地神)을 쫓아내거나, 아이의 배꼽을 충실히 마감하지 못하여 독충이 들어오거나, 아이의 입 안에 있는 나쁜 기운을 솜으로 잘 닦아주지 못하거나, 임신이나 출산 도중 부정한 것을 보아서는 안 된다. 또한 아이가 병들었다면 어미의 젖을 짜 허공에 뿌려 원귀들에게 제공하고 청정한 마음으로 《장수경》을 독송하면 병이 낫는다고 보았다.

이처럼 불교의 《장수경》이나 도교의 수경 풍속은 여전히 인간의 행복과 장수를 기복적 차원에서 구원하려는 데 지나지 않았다. 마땅히 지켜야 할 장수의 방법과 건강한 삶을 위한 지침들이 주술적이고 미신적인 세계의 소산이었던 것이다.

양생(養生)의 정치학

조선시대의 유학은 도교와 불교의 주술적이고 구복적인 차원의 인체론을 넘어 새로운 차원의 인체과학을 만들어야 했다. 그러면서도 기왕의 불교와 도교의 내용을 배제하지 않고 이를 포섭하는 결과물이 필요했다.

《동의보감》은 불교와 도교의 인간학을 모두 포섭하면서

새로운 인간과학의 정당성을 주술이나 구복의 세계가 아닌 하늘의 법칙으로부터 가져왔다.

「자연을 닮은 인간」은 당연히 「자연의 원리」를 준수하지 않을 수 없다. 춘하추동의 순리, 밤과 낮의 질서, 음과 양의 조화, 인륜의 구현, 이 모두는 당연한 인간의 삶이 정초(定礎)해야 하는 자연의 원리였다. 《동의보감》의 양생학은 바로 이를 구현한 인륜의 의학에 다름 아니다. 자연스러운 삶이 곧 인간의 마땅한 도리요, 인륜의 마땅함을 지키는 일이 건강의 지름길이라고 여겼기 때문이다.

유학을 중심으로 불교 혹은 도교를 회통하려는 철학은 16세기 중·후반 서울과 한강 이북의 경기도 일대의 철학자들로부터 준비되고 있었다. 허준의 스승인 양예수, 그리고 《동의보감》 편찬의 기초를 설계했던 유의(儒醫) 정작(鄭碏) 등에게서 나타나는 유학과 도가 및 불교를 넘나드는 회통(會通)의 사상은 매우 중요한 의미를 지닌다.

중국을 시원으로 하는 동양의학은 시작에서부터 양생 등 도가철학에 근거하고 있었다. 중국 최고의 의서인 《내경(內經)》의 첫머리에서 자연에 조응하는 양생의 도를 설명한 이후, 전통적으로 의학은 자연을 따르는 양생설과 밀접한 관계를 유지할 수밖에 없었다.

물론 《동의보감》의 경우도 이러한 철학을 뼈대로 조선

의학의 전통을 정리하였다. 《동의보감》의 서문격인 「집례」를 보면 『도(道)는 정(精)을 얻고, 의(醫)는 조(粗)를 얻는다.』고 되어 있다. 그러나 이때의 「도」는 단지 도가에서 말하는 「도」의 개념을 뜻하는 것만은 아니다. 따라서 궁극적으로 유학의 체계 내에서 도·불을 절충하는 삼교회통(三教會通)의 맥락을 드러내고 있음을 알 수 있다. 바로 16세기 중·후반 조선 사상계의 특징을 반영하고 있는 것이다. 이것이 허준이 이루어낸 새로운 인체과학, 즉 《동의보감》의 양생학이다.

《동의보감》은 인체가 소우주임을 천명함으로써 소우주 인간과 대우주 자연의 상응을 증명하였다. 그럼으로써 인간사회의 「당연함의 질서」를 「자연의 법칙」으로 내면화할 수 있는 발판을 마련하였다. 또한 자연의 질서는 인간의 윤리로 자연스럽게 내삽(內挿)할 수 있는 기회를 제공받았다.

《동의보감》이 유학자들과의 합동작업이라는 점을 상기할 필요가 있다. 인간사회의 질서를 유지하기 위한 당연한 것들의 목록, 즉 유학자들이 주장하는 많은 도덕의 항목들이 「자연의 법칙」이 된 것이다.

유학자들은, 부당한 삶은 인륜에 어긋나는 일인 동시에 양생에도 적합지 않으므로 자연스럽게 사는 일이야말로 가장 건강한 삶의 기초이자 윤리적 삶의 전제라고 여겼다. 자연을 닮는 행위, 그것은 첫째로 인륜을 알고 지키는 것이요, 둘째로는 수양이었다.

조선의 양생학이 외단(外丹 ; 마음의 수양보다는 약물의 섭취 등 외부적인 방법으로 장생을 추구하는 방법)보다 수양과 절제를 강조하는 내단(內丹 ; 외단과는 반대로, 수양에 치중하는 섭생 방법)으로 침잠(沈潛)한 이유는 매우 분명하다. 《동의보감》의 양생학이 그랬듯이, 양생이란 자연에서 기원하는 당연의 질서와 문화의 절제를 인체에 투영하는 것이기 때문이다.

분명히 허준의 《동의보감》은 조선시대 초기부터 전해온 독자적인 향약(鄕藥) 의학, 그리고 양예수의 스승인 장한웅(張漢雄)과 정작(鄭碏) 등으로부터 이어진 도교와 불교 및 유학을 회통하고, 나아가 명나라의 새로운 의학을 통합한 16세기 후반의 조선의학의 일대 결정판이다.

그러나 더욱 주목해야 할 점은 《동의보감》의 인간과학이야말로 도교와 불교를 넘어 새로운 시대정신으로 자리 잡은 유교의 윤리적 삶을 철학적으로 뒷받침하려 했다는 사실이다. 《동의보감》을 통해 의술은 유교의 통치술이 되었고, 유교는 과학적 근거를 얻게 되었다. 인체를 포섭한 새로운 인체과학은 인륜의 정당성을 자연의 법칙에서 구함으로써 그것이 매우 근원적이고 비판 불가능한 영역에 있는 것처럼 만들었다.

《동의보감》의 지성사적 의의는 바로 여기에 있다. 자연과 인간을 완전하게 이어준 「신형장부론」의 과학, 이는 자연과 인간의 관계에 대한 유학의 이데올로기를 인체에 투영한 인간과학이다.

더 생각해 볼 문제들

1. 허준이 자신의 의학을 「동의」라고 한 이유는 무엇인가? 18세기 중반 청나라에서 《동의보감》이 출판될 때 능어(凌魚; 청나라 건륭 계미(1763)년 간행된 건륭벽어당간본乾隆壁魚堂刊本을 1766년 재판한 판본으로 능어의 서문이 실려 있다)가 지은 서문을 참고하여 생각해 보자.

동의(東醫)란 무엇인가? 나라가 동쪽에 있으므로 「동(東)」이라 한 것이다.

옛날에 이동원(李東垣)이 십서(十書)를 지어 북의(北醫)로서 강소(江蘇) 동남쪽에서 행해졌고, 주단계(朱丹溪)가 심법(心法)을 지어 남의(南醫)로서 관중(關中)의 북쪽 지방에서 두각을 나타냈으니, 지금 양평군 허준이 궁벽한 외번(外蕃)의 나라에서 저술하여 능히 중국(華夏)에 행해졌으니, 족히 전할 만한 것이라면 지역의 한계를 두지 않는 법이다.

보감(寶鑑)은 또 무엇을 말하는가? 햇빛이 구멍을 비추어

어두운 그늘이 사라지고 살결을 분별할 수 있을 정도가 되는 것이니, 사람으로 하여금 책을 한번 열어보면 일목요연하여 환한 것이 보감이라 할 만하였다.

예전에도 위생보감(衛生寶鑑), 고금의감(古今醫鑑) 등의 서명이 있었으니 동의보감이라 한다고 해서 과장되거나 혐의할 만한 일은 아닌 것이다.

2. 《동의보감》에서 허준이 강조한 조선 의학의 전통, 즉 향약(鄕藥)이란 무엇인가? 특히 선조 임금이 본초에 향명(鄕名)을 부기하도록 명한 이유와 관련지어 생각해 보자.

3. 「자연을 닮은 인간」이란 어떤 의미인가? 이는 인간과 자연을 합일시키는 의미에서 오늘날 생태주의나 친환경주의와 같은 자연주의와 흡사해 보이기도 한다. 그러나 유학에서 말하는 천인합일(天人合一)은 자연의 가치가 중심이라기보다는 인간중심의 자연관이라고 할 수 있다. 양자의 입장 차이는 무엇인지 생각해 보자.

허준 연보

1539년(중종 34년, 허준 1세) 용천부사(龍川府使)였던 아버지 허론(許碖)과 그의 소실(小室)이었던 어머니 영광(靈光) 김씨 사이에서 서자(庶子)로 태어났다. 허준이 태어난 곳은 경기도 양천현 파릉리(지금의 서울시 강서구 등촌 2동 능안마을)로 알려져 있으나, 아버지의 임지(任地)였던 평안도 용천과 전라도 부안, 혹은 어머니의 고향인 전라도 장성 등으로 보는 견해도 있다.

1569년(선조 2년, 허준 31세) : 허준과 친분이 두터웠던 문신(文臣) 미암(眉巖) 유희춘(柳希春)이 이조판서 홍담(洪曇)에게 허준을 내의원(內醫院)에 천거해 주도를 부탁하여 이때 허준이 내의원에 들어간 것으로 추정.

1571년(선조 4년, 허준 33세) : 종4품 내의원 첨정(僉正)이란 벼슬을 받으며 내의원 의관(醫官)이 된다.

1573년(선조 6년, 허준 35세) : 정3품 당하관(堂下官)인 통훈대부(通訓大夫) 내의원정(內醫院正 ; 內醫正)에 오른다.

1575년(선조 8년, 허준 37세) : 어의(御醫) 안광익(安光翼)과 함께 선조를 처음 진료하기 시작함.

1581년(선조 14년, 허준 43세) : 선조의 명으로 한의학의 기본인 진맥(診脈)에 관한 의서인 《찬도방론맥결집성(纂圖方論脈訣集成)》 편찬 작업을 시작한다.

1587년(선조 20년, 허준 49세) : 내의원의 수의(首醫) 양예수(楊禮壽) 등과 함께 선조를 진료하여 선조의 건강이 좋아지자 호피(虎皮)를 상으로 받는다.

1590년(선조 23년, 허준 52세) : 두창(痘瘡, 천연두)에 걸린 왕자 혼(琿, 광해군)을 치료하여 완쾌시킨다.

1591년(선조 24년 허준 53세) : 광해군을 치료한 공으로 선조로부터 파격적으로 정3품 당상관(堂上官)인 통정대부(通政大夫)의 벼슬을 받는다. 이와 함께 내의원의 부제조(副提調)가 된다.

1592년(선조 25년, 허준 54세) : 임진왜란(壬辰倭亂)의 발발로 선조가 의주로 피난가자, 어의로서 선조를 호종(扈從)한다.

1596년(선조 29년, 허준 58세) : 광해군의 병을 다시 고쳐 종2품 가의대부(嘉義大夫)로 제수되며 동반(東班)에 올라 신분의 한계를 완전히 벗어던지고 양반 신분이 된다. 선조의 명을 받아 양예수 등 여러 어의들과 함께 조선의 실정에 맞는 의서(醫書)인 《동의보감(東醫寶鑑)》 편찬사업에 착수한다.

1600년(선조 33년, 허준 62세) : 양예수의 사망으로 그의 뒤를 이어 내의원의 수의가 된다.

1601년(선조 34년, 허준 63세) : 내의원의 수의로서 정헌대부(正憲大夫) 지중추부사(知中樞府事)로 승진한다. 정유재란(丁酉再亂)의 발발로 인해 그동안 중단되었던 《동의보감》 편찬사업을 선조의 명에 의해 허준이 단독으로 맡아서 재개한다. 이와 함께 임진왜란 중에 소실된 《구급방(救急方)》을 다시 짓고 언해(諺解)를 붙여 2권 2책의《언해구급방(諺解救急方)》을 편찬하여 내놓는다. 이어 세조 때의 의학자 임원준(任元濬)이 저술한 천연두 치료에 관한 책인 《창진집(瘡疹集)》을 개편하고 역시 우리말로 번역하여 《언해두창집요(諺解痘瘡集要)》를 편찬한다.

1604년(선조 37년, 허준 66세) : 임진왜란 때 선조를 끝까지 호종한 공로로 호종공신(扈從功臣) 3등에 책록된다.

1606년(선조 39년, 허준 68세) : 본관인 양천(陽川)의 읍호(邑號)를 받아 양평군(陽平君)이 된다. 이와 함께 품계도 승진하여 종1품 숭록대부(崇祿大夫)에 오른다. 이어 선조의 중환을 호전시킨 공으로 선조가 그에게 조선 최고의 품계인 정1품 보국숭록대부(輔國崇祿大夫)를 내리고자 했으나, 사간원(司諫院)과 사헌부(司憲府) 등의 맹렬한 반대에 부딪혀 실현되지 못한다.

1608년(선조 41년, 허준 70세) : 선조가 승하한다. 이에 허준은 내의원의 수의로서 선조가 승하한 책임을 지고 의주로 유배된다. 유배지에서 《동의보감》 집필에 전념한다. 허준이 1601년(선조 34년)에 선조의 명을 받아 저술한 《언해두창집요(諺解痘瘡集要)》와 세종 때 편찬한 태산(胎産)과 영아의 질병 치료에 관한 의서인 《태산요록(胎産要錄)》을 우리말로 옮기고 수정한 《언해태산집요(諺解胎産集要)》가 내의원에서 간행된다.

1609년(광해군 원년, 허준 71세) : 귀양에서 풀려난다.

1610년(광해군 2년, 허준 72세) : 총 25권 25책으로 구성된 《동의보감》을 완성한다.

1612년(광해군 4년, 허준 74세) : 허준이 1581년(선조 14년)에 완성했던 《찬도방론맥결집성》이 비로소 내의원에서 간행된다.

1613년(광해군 5년, 허준 75세) : 훈련도감(訓鍊都監)에서 목활자로 인쇄한 《동의보감》이 마침내 간행된다. 광해군의 명에 따라 중종 때부터 전해져 오던 온역에 관한 의서인《벽온방(辟瘟方)》과 《간이벽온방(簡易辟瘟方)》 등을 참고하여《신찬벽온방(新纂辟瘟方)》을 편찬한다. 이와 함께 목활자인 내의원자로《벽역신방(辟疫神方)》을 간행한다.

1615년(광해군 7년, 허준 77세) : 허준 사망. 사망 후 광해군에 의해 정1품 보국숭록대부 양평부원군 작위가 추증된다.

1991년 9월 30일 : 재미(在美) 고문헌(古文獻) 연구가 이양재(李亮載) 교수에 의해 임진강 건너 비무장지대 안의 해발 159m에 위치한 산속(경기도 파주시 진동면 하포리)에서 허준 사후 376년 만에 허준의 묘소를 발견한다. 이후 허준의 묘는 1992년 6월 5일, 경기도 기념물 제128호로 지정된다.

2005년 3월 : 서울특별시 강서구 가양동에 허준 박물관이 개관된다. 서울 강서구를 중심으로 매년 「허준 축제」를 개최한다.

2009년 : 《동의보감》이 유네스코 세계기록유산으로 등재된다.

2015년 : 허준이 직접 관여하여 간행되었던 《동의보감》초판 완질

어제본(御製本)으로서 국립중앙도서관에 소장되어 있던 《동의보감》(오대산사고본, 25권 25책 36.6×22.0cm)이 보물 제1085-1호에서 국보 제319-1호로 승격 지정되었으며, 한국학중앙연구원에 소장중이던 《동의보감》(적성산사고본, 25권 25책, 36.6×22.0cm)도 보물 제1085-2호에서 국보 제319-2호로 승격 지정된다. 서울대학교 규장각 한국학연구원이 소장하고 있던 《동의보감》(태백산사고본, 24권 24책과 17권 17책 2종류, 36.6×22.0cm)은 보물 제1085-3호에서 국보 제319-3호로 승격 지정된다.

<참고 문헌>

1) 《조선왕조실록》 (이성주, 추수밭, 2011)
2) 《설민석의 조선왕조실록》 (설민석, 세계사, 2016)
3) (조선왕조실록》 (유종문, 아이템북스, 2008)
4) 《박시백의 조선왕조실록 10 선조실록》 (박시백, 휴머니스트, 2015)
5) 《박시백의 조선왕조실록 11 광해군일기》 (박시백, 휴머니스트, 2015)
6) 《조선왕조실록(왕의 기록, 나라의 일기)》 (강명관, 문학동네, 2016)
7) 《심리학으로 보는 조선왕조실록》 (강현식, 살림, 2008)
8) 《한 권으로 읽는 조선왕조실록》 (박영규, 웅진지식하우스, 2017)
9) 《선조, 광해군, 인조 조선왕조실록》 (우리역사나눔회, 무지개, 2014)
10) 《조선왕조실록으로 오늘을 읽는다》 (이남희, 다할미디어, 2014)
11) 《조선왕조실록(영광과 좌절의 오백년)》 (이상각, 들녘, 2009)
12) 《조선왕조실록》 (김용삼, 동방미디어, 1997)
13) 《조선왕조야사록》 (최범서, 가람기획, 2015)
14) 《조선 사람 허준》 (신동원, 한겨레 출판사, 2001)
15) 《허준》 (장문식, 파랑새, 2007)
16) 《허준(세계 최초로 성홍열을 치료한 조선 의사)》 (박석준, 다섯 수레, 201 3)
17) 《조선의학의 전통을 우뚝 세운 명의 허준》 (신동운 외, 해나무, 2005)
18) 《허준의 동의보감 연구》 (김호, 일지사, 2000)
19) 《동의보감》 (허준 저, 한국학자료원, 2015)
20) 《동의보감》 (허준 저, 동의과학연구소 옮김, 휴머니스트, 2002)
21) 《완역 동의보감》 (허준 저, 최창록 옮김, 푸른 사상, 2005)
22) 《소설 동의보감》 (전3권, 이은성, 창작과비평사, 2001)
23) 《명의 허준의 새 동의보감》 (이재운, 명지사, 1998)
24) 《구암 허준(동의보감을 쓴 조선 최고의 명의 이야기)》 (이재운, 책이 있는

마을, 2013)
25) 《동의보감의 저자 신의 구암 허준》 (이수광, 미르북스, 2013)
26) 《동의보감과 동아시아 의학사》 (신동원, 들녘, 2015)
27) 《조선의학사》 (김두종, 탐구당, 1966)
28) 《조선의약생활사》 (신동원, 들녘, 2014)
29) 문화재청(www.cha.go.kr)
30) 《동의보감》 (한국민족문화대백과, 한국학중앙연구원)
31) 「네이버 지식백과」 허준(許浚) (한국민족문화대백과, 한국학중앙연구원)
32) 《조선시대 수군 실록 발췌(인종-선조)》 (김주식 · 임원빈 외, 신서원, 2000)
33) 《광해군, 그 위험한 거울》 (오항녕, 너머북스, 2012)
34) 《국역 청야담수(구암 허준 34화)》 (김동욱, 보고사, 2004)
35) 《한방과 건강》 (2011년 2월, 한방과 건강 편집부, 매일건강신문사)
36) 《나는 조선의 의사다(천연두와 종기로부터 나라를 구한 14인의 명의 이야기)》 (이수광, 북랩, 2013)
37) 《조선시대 왕들의 생로병사》 (강영민, 태학사, 2002)
38) 《조선 사람의 생로병사》 (신동원, 한겨레신문사, 1999)
39) 《민족 한의 허리띠 DMZ》 (구암 허준 선생 묘). (김선태, 유페이퍼, 2013)
40) 《한국의 전통음식》 (황혜성 외, 교문사, 2003)
41) 《약이 되는 식품》 (이철호, 어문각, 1989)
42) 《한방과의 만남》 (이철호, 어문각, 1987)
43) 전남일보 2018년 12월 13일자 「담양 연계정과 미암일기」

허준 & 동의보감 卷三

초판 인쇄일 / 2019년 5월 15일
초판 발행일 / 2019년 5월 20일

★

지은이 / 이철호
펴낸이 / 김동구
펴낸데 / 圖書出版 明文堂 (창립 1923년 10월 1일)
서울특별시 종로구 윤보선길 61(안국동)
우체국 010579-01-000682
☎ (영업) 733-3039, 734-4798
(편집) 733-4748
FAX. 734-9209
e-mail : mmdbook1@hanmail.net
등록 1977. 11. 19. 제 1-148호

★

ISBN 979-11-90155-03-8 04810
979-11-90155-00-7 (세트)

★

값 15,000원 (낙장이나 파본은 구입하신 서점에서 교환해 드립니다.)